汲古選書 39

中国の文章
―ジャンルによる文学史

褚斌杰 著
福井佳夫 訳

目次

日本語版への序

中国旧時の文化たるや、その源泉はとおく流れはながい。そうした文化の成果が、言語や文字のかたちで出現してくれば、ジャンルの問題と関連しないということはありえない。

上古から現在まで、各ジャンルはさまざまの形態をとり、じつに変化をきわめている。ではジャンルとは、なにをさすのだろうか。かんたんにいえば、ジャンルとは文学の種類であり、形態であり、また様式なのである。人びとが社会生活をおくるさいには、自分の思想や感情を表現し、また他人といろんな交流をする必要がでてくる。そのためには、それにふさわしいことばや文学の形式が必要となってこよう。こうした事情が、各様の特徴をもったジャンルを発生させたのだった。

中国旧時の文壇をみわたせば、さまざまな形態をもったジャンルが交錯しており、これが中国の文学に百花繚乱というべき様相を呈させた。これらの各ジャンルの源流や発展のさま、そして特徴などを研究する学問のことを、ジャンル論といい、またジャンル学と称するのである。このジャンル論は、中国でもふるい歴史をもち、はやく魏晋六朝の時期には、もう専門的な研究者や論著が出現していた。その後、ジャンル論は文学の理論と批評史の重要な一部門となって、研究者からずっと重視されつづけ、また関連の論著も歴代にわたって、ぞくぞくとかかれてきたのである。

現代においては、我われのなすべき任務は、現代の科学的な見かたや方法をもちいて、旧時のジャンルやジャンル史に対し、あたらしい研究と、そして総括とをおこなうことにあるだろう。そして、旧時の文学遺産をよりよく継承するようつとめ、それによって、あたらしい文化や文学の創造に資するよう、努力してゆかねばならない。

私は前世紀の八十年代に、こうした仕事に手をそめ、北京大学や中央広播電視大学、そして香港樹仁学院などにおいて、この方面の課程を設立したり講義したりしてきた。またそれ以外に、この『中国古代文体概論』という書物をつづって、北京大学出版社と台湾の学生書局から、それぞれ出版した。この拙著が出版されるや、学界の注目をあつめ、先後して北京市社会科学優秀著作賞と全国優秀暢銷書賞とを、受賞するにいたった。

日本の友人である福井佳夫先生は、中国の古代中古文学が専攻であるが、ジャンル学に対しても関心をもって、研鑽をかさねてこられた。彼は一九九九年に、訪問学者として北京大学に来学された。かくして我われは相知のあいだがらとなり、切磋琢磨する機会にめぐまれたのである。今回、福井先生は数年の努力をかたむけて拙著『中国古代文体概論』を翻訳し、日本の読者に紹介してくれることになった。私はこれをとてもうれしくおもっている。私は、福井先生の学術上の成果を尊敬することひさしいが、彼の中日文化交流における熱心さとその貢献に対しても、いっそうふかい感謝を表したいとおもう。

褚　斌　杰

二〇〇三年七月四日　北京の寓所にて

中国の文章
──ジャンルによる文学史──

第一章　ジャンルの発生とその発展

世界の各民族の文学が発生したときとどうよう、わが国旧時の文学も、文字が発明されていない上古の時代から、すでに発生していた。発生当初の文学様式は、おもに原始的な詩歌であり、神話であり、また歌舞であった。上古にはじまったこの三種の文学様式は、今日の我われからみると、まだ単純で拙劣なものであったが、後代の文学様式の発展と変遷に対しては、重要な影響力をもった。

たとえば、リズムや韻律を重視する言語をもちいて、情をのべ志を叙する文学様式、つまり詩歌は、後世にいたるまで重要な文学ジャンルのひとつでありつづけた。また濃厚な物語性をおびていた神話や伝説は、後世の小説ジャンルの発生と発展に、ずっと重要な影響力をもちつづけた。歌舞という総合芸術にいたっては、まさに後世の演劇文学の起源となったのであった。こういうわけで、ジャンルの発生と発展の歴史は、ずっと上古の時期にまでさかのぼることができるのである。

文学は、労働にその起源を有する。リズムや韻律を有する言語芸術である詩歌は、当初は、上古の人びとが労働に従事するなかで、その労働の動きのリズムにともなって、形成されてきた。上古の人びとが集団労働にしたがうとき、しばしば疲れをいやしたり、力をあわせたりする必要から、動作の緩急に応じて一種の掛けごえをかけあう。こうした掛けごえは、きまった高低や間隔を有するので、一定のリズムが形成されてくる。この種のリズムをもった掛けごえと、労働者の願望をのべたことばとが結合したとき、韻律を有し、感情にもとんだ言語形式が発生してきた。これが詩の起源である。わが国上古に発生した原始的な詩歌は、短促な二言形式であった。この二言形式は、当時の単純で短促な労働のリズムから生じたものなのだ。

上古の神話は、最古に発生した物語ふう作品である。それらが文字に記録された時期はわりとおそく、上古にあっては、もっぱら口耳相伝というかたちで流伝していた。この上古の神話もまた、人びとの労働のなかから発生し、発展してきたものであった。上古の社会においては、生産力がひくかったし、そのうえ、周囲をとりまく自然現象に対しても、科学的知識や理解がとぼしかったので、当時の人びとは自然を幻想的に解釈したり、あるいは自然にうちかち、征服したいという願望を表現したりした。このようにして、おおくの神話物語が発生してきたのである。比較的よくしられた上古神話としては、女媧補天や精衛塡海、夸父逐日、鯀禹治水、后羿射日などがある。これらはいずれも、上古の人びとが労働にしたがいつつ、自然界のさまざまな困難とたたかってきたようすを、いきいきとうつしだしている。そのわきたつような想像力と、複雑で感動的なストーリーは、後世の筋をもったジャンル、たとえば小説や寓言や演劇などの発生や発展に対して、おおきな役わりをはたした。

上古においては、歌や舞踊や音楽などは、一体化したものであった。そうした上古の歌舞については、先秦や両漢の古籍にみえる断片的な記事のなかから、そのあらましが看取できる。たとえば、『今文尚書』堯典には、つぎのような話をしるす。帝舜のとき、夔《き》に命じて音楽をつかさどらせたところ、夔は「ああ、私が石をつよく、またよわく、うちならせば、百獣たちもいっしょにおどりだすでしょう」といったという。ここでいう「石」とは石の楽器、つまり石磬《せきけい》のことである。旧注によると、夔は楽理に精通した楽師だったので、彼がかなでる音楽は「神や人びとをなごやかにさせ」、万物を感動させた。ひいては百獣もみなたちあがって、おどりだしたという。

これは、もちろん伝説である。だが、我われの推測によれば、『尚書』が記載しているのは、たぶん上古における歌舞の光景だったろうとおもわれる。ここでいう「石をつよく、またよわく、うちならす」とは、上古の人びとが、当時の石製楽器だった石磬をうちならすことを意味し、また「百獣たちもいっしょにおどりだす」というのは、上古の人びとが、獣皮で身をくるんだり、獣の仮面をかぶったりして、楽器の演奏のもとで、熱狂してとびあがったり、うたいおどったりしているようすを、さしているのだろう。

こうした歌舞は、狩猟にでるまえの宗教儀式だったのかもしれない。するとその目的は、氏族の守護神にむかって祈りをささげ、収穫のおおからんことを、祈念することであったろう。あるいは、上古の習俗だったのかもしれない。するとその目的は、青年たちの狩猟能力を訓練することであったろう。あるいは狩猟がおわったあと、たくさんの獲物がとれたことの祝宴だった可能性もある。いずれにせよ、上古の歌舞は、彼らの日々の労働や生産の期待などと、ふかい関連があったにちがいあるまい。

『呂氏春秋』古楽には、つぎのような記載がある。

むかし葛天氏がつくった音楽は、三人が牛の尾を手にもち、足をふみならして、八曲うたうものだった。その一曲目は「載民」、二曲目は「玄鳥」、三曲目は「遂草木」、四曲目は「奮五穀」、五曲目は

「敬天常」、六曲目は「達帝功」、七曲目は「依地徳」、八曲目は「総禽獣之極」であった。

これらは、おそらく、上古の人びとの宗教儀式に関連した歌舞であったろう。その内容は、当時の農業や狩猟などの労働と、関係があったはずだ。「牛の尾を手にもち」というのは、歌舞のとき、牛の尾を手にもって小道具にしたさまを描写したのだろう。「足をふみならし」というのは、足をふみならして拍子をとったことをいうのだろう。そのつぎの「八曲うたう」というのは、歌舞がふくんでいた八つの内容や場面を、それぞれ個別に描写したものである。まず「載民」「玄鳥」は、たぶん祖先の由来や、部族のトーテムをうたったものだったろう。右の順序にしたがえば、つぎの「遂草木」「奮五穀」は草木や五穀の成長を祈念して、うたいおどるものだったにちがいない。つぎの「敬天常」「依地徳」「達帝功」は、当時の人びとの、生産にかかわる気候や土地への尊崇の念や、原始的な宗教信仰などを反映するものだろう。最後の「総禽獣之極」というのは、彼らが狩猟でたくさんの獲物をえたことをいうのだろう。ひょっとしたら、家畜が繁殖するのを意味しているのかもしれない。こうした上古の表現芸術が、後世の戯曲文学の先蹤となったのである。

上古は人類の幼年時代である。当時の社会では、生活ぶりは淳朴かつ簡素であり、とくに文字がまだ発生していなかった。そのため、彼らなりの文学創作や文芸活動があり、また初歩的な文芸様式もいくつか誕生したものの、ほとんどは未熟なものであり、まだ萌芽状態にすぎなかったのである。

書面による文学は、文字が発明されたあとに発生した。わが国でいつ文字が発生したか、現時点ではまだなんとも断言できない。西安の半坡村から出土した仰韶文化の陶器から判断すると、表面に若干の符号がきざまれており、中国最古の文字である可能性もないではない。甲骨の卜辞の発見は、おそくとも殷の中期（紀元前十四世紀ごろ）には、わが国に初歩的な文字が発生し、また文字で記載した書面文献が存在していたことを、確実に証明したのだった。この殷墟から出土した甲骨の卜辞、さらに殷代と周初の銅器にきざまれた銘文、『周易』の卦や爻辞、『尚書』中の殷周のころの布告などは、わが国の散文（無韻の文）の萌芽だといえよう。それゆえ前代（清末民国）の学者は、文章の源流にさかのぼったとき、つぎのようにいったのである。「かいたり、きざんだりするようになると、文字がほぼできあがったといってよい。銘文や甲骨文は、殷のころにはじまっている。舜の世や夏の時代では文字はまだなかったが、孔子は『尚書』を刪定して堯典からはじめた。その『尚書』におさめられた文は後代につたえられ、古今にかがやいている。文章の源流は以上のようだったはずだ」（姚華『論文後編』源流第一）。

さきにいった「甲骨の卜辞」とは、殷の王室が占卜をおこなったとき、亀甲や獣骨のうえに「その結果などを」刻した、ごくかんたんなメモ書きのことである。この卜辞はすくないときで数字、おおいときで百余字ぐらいで、当時の占卜の内容や結果が記録されている。それらはごく簡潔なものだが、人物や犠牲用の家畜、時間、場所、方向などの記録の面ではわりと正確であって、わが国の最古の記事文の萌芽であり、またその原初的な形態でもあった。また、殷周の銅器にきざまれた銘文のおおくは、功績や徳望をたたえた内容であり、わが国の頌や賛のジャンルの遠祖である。

『周易』の卦や爻辞は、発生した時期がたいへんはやい。殷末周初にかかれた字句も、たくさんのこっている。卦や爻辞の記事はたいへんみじかいが、甲骨の卜辞にくらべると字句は整斉されており、いきいきとした描写もふくんでいる。そのなかには、簡潔で洗練された行文で、ある種の生活の知恵や哲理をのべたものもあって、わが国の散文が芽をだして発展してゆく、重要な一里塚をなすものといえよう。

まとまった量をもつ、わが国最古の散文作品は、『尚書』と名づけられた文集のなかにおさめられている。『尚書』とは、「いにしえの書物」という意味である。儒家の人びとはこの書を尊崇して経典としたので、また『書経』ともよばれる。この書物は、わが国のふるい歴史的文献をあつめた選集であり、虞書、夏書、商書、周書の四部分にわかれている。そのなかの虞書と夏書とは、後世の儒家たちが旧時の伝聞にもとづいて、内容を増加し粉飾してでっちあげたもので、とても虞や夏のころの作とはみとめられない。比較的信用できるのは、商書と周書の部分である。

殷と周はすでに奴隷制国家となっており、すでに史官も設置されていた。「左史は発言を記録し、右史は事がらを記録した。その事がらの記録が『春秋』であり、発言の記録が『尚書』なのだ」（班固『漢書』芸文志）というのが、それである。『尚書』中の殷や周に関する文は、すべて史官が筆をとって記録した官製の布告文である。そのなかには、誓辞、詔令、誥言、訓辞、さらには政治に関する語録などがふくまれる。後世のジャンル分類にしたがえば、それらはすべて公用文中の臣下へあたえた下行公文に属する。これらの文章の形式は、後世の中央王朝の公用文のスタイルに、おおきな影響をあたえたのである。

『詩経』は、わが国最古の詩歌の選集で、すべて三百五篇の詩をふくんでいる。この『詩経』にふくまれる諸作は、一時の作ではありえず、最古の詩は西周の初期に発生し、もっともおそいのは春秋のなかごろだろう。この時期の詩歌は、上古の歌謡にくらべると、おおきく進歩している。たとえば四言を主体とする句形や、反復する畳詠体の章法は、『詩経』のころの詩の主要な特色である。また『詩経』の諸作品はすべて、音楽にあわせてうたうことができる。それらの詩が風、雅、頌の三種に編纂されているのは、音調とふかい関係があるからだろう。ある作品はまた、「舞容」（舞踊するようす）とも関係がある。たとえば頌に属する詩は、音楽だけではなく、動作もあらわしており、うたったりおどったりする歌舞用の曲だといってよい(1)。

『詩経』の作品は、篇幅のながいのも、みじかいのもあり、また叙情詩も叙事詩もあって、その風格は多種多様である。わが国の詩歌が、最初の原始的な二言詩のスタイルから、『詩経』の四言体の詩へと発展していったのは、おおきな進歩であるが、それはまた、社会生活の変化と言語の変化とを、反映したものでもあった。

春秋から戦国末までは、わが国旧時の文化がさかんに発展していった時期であった。百家が争鳴し、諸子が蜂起したが、その結果、文学の方面においては、散文が勃興するという現象があらわれた。この時期の著名な思想家や政治家、史学家たちの論著は、同時にまた重要な散文作品でもあった。

この時期の散文の特徴は、これらの著作家たちが、しばしば文学的な技法と結合させつつ、哲学的思惟をつづり、また史実の記録をのこした、ということである。たとえば、彼らが道理を説き事がらを記録するとき、〔内容だけでなく〕言語技巧に注意し、論理や修辞に意をはらっている。また一篇の構成や構想などに苦心し、ときにはイメージを喚起しやすい各種の手段も動員した。これによって、彼らの著作には、二重の性格がもたらされることになった。すなわち、史学や思想、あるいは政治論の著作でありながら、濃厚な文学的色彩をもち、かなりの文学的価値まで有するようになったのだ。

この時期に出現した『左伝』や『戦国策』などの歴史的散文は、過去の事件や人物を記述するとき、おのおのの場面に具体的な描写をおこない、また人物像に対しても、注意ぶかい描写をおこなっている。そのため、おおくの篇や章で筋だてがおもしろくなり、ストーリー性にもとんできた。また登場人物もうごきださんばかりであり、個性がゆたかである。当時の遊説家の口上や策士の弁論などの記述では、その筆づかいたるや、筆墨のかぎりをつくしており、能弁ぶりが自在にえがかれ、いきいきと精彩をはなっている。そのため、文をよみおわっても、まだ耳目にその姿や声がのこっているほどだ。これらは後世の古文の発展に影響をおよぼしただけでなく、物語の形式をもった作品、たとえば小説や演劇の発展に対しても、ふかい影響をあたえたのである。

このほか、これらの歴史の著作は、当時の社会生活や人物の活躍を記述するとき、しばしば、そのとき流行し使用されていた各ジャンルの文を、そのまま引用してくれている。このようにして、歴史上の各ジャンルの資料が、大量に提供されることになった。たとえば宋代の陳騤は、彼がかいた『文則』のなかで、『左伝』中に引用された各ジャンルについて、つぎのようにのべている。

春秋時代、王道はおとろえたが、文章の道はとだえていなかった。当時の文辞を博捜してみれば、文の規範がそろっている。このことを『春秋左氏伝』の文章でかんがえるため、その精華をとりだしてみよう。すると、つぎのような八ジャンルにわけることができよう。

第一は「命」であり、婉曲にして理にかなっている。周の襄王が重耳にたまわった命（僖公二十八年）や、周の霊王が斉の侯環にたまわった命（襄公十四年）が、これである。

第二は「誓」であり、謹厳でいかめしい。晋の趙簡子が鄭をうつときにちかった誓（哀公二年）が、これである。

第三は「盟」であり、簡約で信頼できる。亳城の北でちぎった盟（襄公十一年）が、これである。

第四は「禱」であり、懇切で真剣である。晋の荀偃が黄河の神にいのった禱（襄公十八年）や、衛の蒯聵が戦争のさい鉄の地でささげた禱（哀公二年）が、これである。

第五は「諫」であり、温和で率直である。魯の桓公が鼎を受納するのを、臧哀伯がいさめた諫（桓公二年）が、これである。

第六は「譲」であり、雄弁で公正である。晋が陰戎をひきいて潁をうったのを、周の詹桓伯が抗議した譲（昭公九年）が、これである。

第七は「書」であり、暢達であり手本となる。子産が范宣子にあたえた書簡（襄公二十四年）や、晋の叔向が鄭の子産におくった書簡（昭公六年）が、これである。

第八は「対」であり、優美で鋭敏である。鄭の子産が、陳の罪状をたずねた晋に対して返答した対（襄公二十五年）が、これである。

文章をまなぶひとが、これらの八ジャンルをよめば、古人の文章の大要をしることができよう。陳騤はここで、『左伝』にそろっている八ジャンル、つまり命、誓、盟、禱、諫、譲、書、対を例としてあげている。だが、じっさいのところは、この八ジャンル以外にも、まだたくさん追加できるのだ。たとえば、晏子が「和同」を論じた一節（昭公二十年）や、穆叔が「不朽」を論じた一節（襄公二十四年）は、論弁に属するだろうし、また王子朝が諸侯につげた文（昭公二十六年）は、詔令に属するだろう。また虞人の箴（襄公四年）や正考父の鼎銘（昭公七年）などは、箴銘に属し、魯の哀公がつくった孔子の誄（哀公十六年）などは、哀祭に属する——などである。これらが『左伝』に記録されることによって、後世におけるジャンルの発展のために、かっこうのモデルを提供することになった。同時にまた、わが国の豊富な文学ジャンルが、はやくも先秦のころに発生し、しかもかなり発展をとげていたことを、しめすものにもなったのである。

諸子百家の散文は、おおむね道理を説いた文である。これらは、発生した当初はおおく語録体だったが、のちになって、まとまりや構成をもった論説文形式へ発展していった。諸子散文の主要な特徴は、道理を説きながらも、また文采もゆたかだということだ。しかも主張や流派、さらには性格もちがった思想家や政治家たちのあいだで発生してきたので、それらの散文は、それぞれことなった風格をはっきりしめしている。たとえば、『論語』は簡潔にして慎重、迂遠そうで含蓄があるし、『孟子』は敏捷で比喩がうまく、気勢が充実している。『墨子』は質朴で飾りけがなく、論理性を重視しているが、『荘子』は奇抜さがひとをおどかし、また想像力がゆたかである。また『荀子』は構造が明晰で、論断ぶりは精密だが、『韓非子』は鋭利できびしく、道理の説きかたは徹底している——など。このように、諸子の散文はどれも特色を有していて、斬新にして、また多様でもある。

これらの諸子の散文が、道理を説き事がらを論じるとき、文辞の修飾や論理の厳密さを追求したのはもちろんだが、それ以外にも、作品中の事物や人物のなかに、みずから会得した哲理をもこめようとした。そのため、おおくの寓言や物語を活用し、創作することになった。わが国の寓言体の作品は、先秦時代に発生しただけでなく、この時期こそが最盛期だったのだ。これは後世における寓言や童話の創作に影響をあたえ、また後世における小説の発展にも、重要な貢献をしたのだった。

戦国時代の後期には、詩のジャンルにもあたらしい発展があった。それは、『詩経』の古風で素朴な四言詩のあとをうけて、南方の楚地方に斬新な詩体、『楚辞』が発生したことである。この『楚辞』を創始し、またそれを代表する作家は、楚の偉大な詩人、屈原である。『楚辞』は、そのほんらいの意味からいえば、「楚地方の歌辞」という意味であり、地方色の濃厚な新詩体であった。

『楚辞』を『詩経』と比較してみると、その顕著な違いや進歩は、句形がながくなったこと、リズムが変化したこと、そして篇幅がながくなったこと——の三つである。『楚辞』は、『詩経』の詩が四言を主体にしていたのを打破して、五言や六言や七言などの長句にかえた。『詩経』の四言体では、そのリズムはふつう、二音で休止がはいる型で構成されている。つまり、二字で一休止がはいる（ので、一句が四字である関係上、二字一拍の）、毎句二拍のリズムである。ところが『楚辞』では、三字で休止がはいるケースも出現し、一句内の拍節では、偶数拍もあれば、奇数拍もあるなど、偶数拍と奇数拍とが混用されるようになった。このように屈原の『楚辞』作品は、句形のうえでは不統一であるが、『詩経』の短促な四言の型をやぶることにより、実際上は詩のスタイルに解放をもたらすことになった。それとともに『楚辞』は、詩の篇章の構成をおおきく拡大させ、一篇中に叙情と叙事とが混在したり、また叙情と詠物と議論とが同居したりするようになって、詩歌の芸術的表現力を極限にまでたかめたのである。

『楚辞』という新詩体は、無から発生したわけではない。それは、当時の南方の楚文化によってはぐくまれ誕生した、一枝の新花なのだ。『楚辞』は楚地方の民間文学、具体的にいえば、楚声や楚歌の直接的な影響のもとに発生した。『楚辞』以前におこった『詩経』は、おもに中国の北方に発生し、当時の「北方の」中原文化を代表するが、『楚辞』のほうは、南方、楚地方の郷土文学なのである。

春秋戦国時代においては、楚は南方の大国であり、長江や淮水流域の広大な地域を占有していた。楚の国は政治や文化の方面では、はやくから中原と交流をもっていた。だがいっぽうで、自国の文化的伝統も、きちんともちつづけ、とくに宗教や民俗、詩歌、楽舞などの方面では、独立した特色を保持していた。楚地方の民歌や楽舞、とりわけ民衆のあいだで流行し、神話ふうの性格をもった巫曲は、特有のロマン的な情感を有していた。それは、変化にとみ優美でもある句形や韻律とともども、当地の詩人たちの創作に啓示をあたえ、楚辞体の詩歌の形成に、おおきな貢献をしたのだった。

屈原を代表とする楚辞体の作品が出現したのち、それらの作品は、各時代の詩歌の形式をゆたかにしただけでなく、旧時のジャンル発展においても、多方面の影響をあたえた。たとえば、わが国の賦文学の発生や発展、さらには後世の五言や七言の古体詩の発生に対しても、楚辞体の作品はおおきな影響や示唆をあたえたのである。

先秦時代は、わが国旧時の文学が発生し発展をとげる、初期段階にあたっている。ジャンル史からみても、多種多様な文学ジャンルが萌芽しはじめる、重要な時期でもあった。わが国では文学が発達すると、ジャンルが豊富になり、様式もおおくなっていったが、後代のおおくの文学ジャンルは、おおむね先秦時代にはもう発生し、はぐくまれていたのだ。それゆえ、旧時のジャンル論の学者たちのあいだでは、しばしば「文学は五経からうまれた」という説さえ提出されたのだった。

たとえば、北斉の顔之推『顔氏家訓』文章篇は、つぎのように主張している。「文学は五経に源を発している。詔、命、策、檄は『尚書』から生じているし、序、述、論、議は『易経』から生じている。歌、詠、賦、頌は『詩経』から発生し、祭、祀、哀、誄は『礼記』から発生している。また書、奏、箴、銘は『春秋』からうまれている」。だがじっさいのところは、もっとはやく梁の劉勰が、彼の『文心雕龍』宗経篇で、これと似たようなことをいっていた。このほか、清代の学者、章学誠もかつて「戦国の文学は、すべて六芸に源流をもっている」「後世の文学は、その各ジャンルはすべて戦国期にできあがっていた」（『文史通義』詩教上）などと主張している。

こうした、後代に流行した各ジャンルを、すべて五経に由来させようという説は、もちろん牽強付会以外のなにものでもない。それでも、後世のおおくのジャンルが先秦にもう発生していた、あるいは萌芽していた――という主張は、やはり事実に即した意見だといってよい。とくに、後世におおくの新ジャンルが発生し発展したが、それらがしばしば先秦文学の影響をうけていることは、もはや否定できない事実なのである。

秦漢の文学は、先秦文学の基礎のうえに発生し、発展してきた。秦代は思想を統制し、文化を破壊するような政策をおこない、また期間もみじかかったので、文学史上ではこれといった功績をのこしていない。

だが、秦の宰相をつとめた李斯の手になる刻石の文、たとえば泰山、琅邪、芝罘、会稽などの刻石文は、形式としては『詩経』の雅や頌を模倣している。おおくが三句で韻をふみ、四言で一句としている。これはわが国最古の碑文であり、後世の碑誌文の源流となったのである。

漢代でもっとも発展したジャンルは、漢賦であった。「賦」と題されたわが国最古の作品は、戦国後期の「荀賦」（荀況の賦）だが、当時においては、まだ単純で短小な通俗的ジャンルにすぎなかった。ところが漢代の作家たちになると、楚辞体の形式や特徴を吸収し、さらに先秦縦横家たちの散文の文采や気勢を摂取して、誇張や大仰な表現を特徴とする、いわゆる漢大賦をつくりあげたのである。漢賦は半詩半文のジャンルであり、両漢四百年間における文人たちの主要な文学様式となった。後代になると、この賦のジャンルは時代や文学の発展につれて、駢賦や律賦や文賦などの多様な形態に変化していった。

漢代では、詩のジャンルでも、あたらしい発展がおこった。漢代楽府詩の出現は、わが国旧時の詩歌が、『詩経』や『楚辞』につづく、第三の重要な発展段階にいたったことをしめしている。いわゆる楽府詩とは、漢代の音楽機関「楽府」によって収集され、演奏された詩篇をさす。それは、音楽つきの歌詩であり、楽府詩という名前も、その音楽機関の名称に由来している。

この漢代の楽府詩では、雑言体が主であったが、しだいに五言体に収斂していった。雑言体の楽府では、句形は長短まちまちで、句形を整理することにはこだわらなかった。一篇中において、ときに句形がおおきく変化することもあり、一、二字句から八、九字句、あるいは十字句にいたるまで、どれも使用されたのである。魯迅は『漢文学史綱要』で「詩の新体も、また発生した。〈離騒〉や〈雅〉の末裔のほか、雑言の詩もおこったが、これが楽府なのである」といっている。こうした漢代楽府の雑言体は、唐代になると歌行体という、自由奔放な詩体に発展していった。この歌行は、わが国の古体詩においては、独自の性格を有しており、唐代のおおくの詩人たちは、この形式で傑出した作品をうみだしたのである。

雑言体のほか、漢代楽府や民歌のなかから、整斉した五言体の楽府も、たくさん出現してきた。たとえば「陌上桑」「上山采蘼蕪」「十五従軍征」などである。詩歌の種類からいえば、楽府や民歌はさらに、わが国の叙事体の詩を創始し、発展させることになった。もっとも『詩経』において、叙事的要素をもった作品がすでに出現している。たとえば国風の「氓」「谷風」「七月」、また大雅の「生民」「緜」などである。だが、これらの詩は、主要な事がらひとつにしぼって、集中的に描写しようとする意欲がとぼしい。ある詩は客観的に描写しているだけだし、またある詩は、主人公の主観的表白によって叙しているので、やはり叙情詩に属していよう。こうしたことからすれば、『詩経』の〔叙事的要素をもった〕詩は、いわば叙情詩が叙事的要素をおびたものであって、いわば叙事詩の萌芽的状態にすぎなかったのである。

ところが、漢代の楽府や民歌には、〔詩の主人公ではない〕第三者によって叙された物語ふうの作品が出現し、さらに人どおしの対話や一定の性格をもった人物像も、出現してきた。たとえば「陌上桑」「東門行」「孔雀東南飛」などである。これによって漢代楽府や民歌は、わが国叙事詩の正式の出現を象徴することになった。

漢代の楽府や民歌、またその他の民間歌謡の影響のもとで、五言詩が新興の詩体として、文壇のなかに正式に登場してきた。文学史においては、民間文学はいつも新文学、さらには文学の新形式の源泉となってきた。それらは深山のなかの清泉のように、ひっそりと、またつきることなくわきだして、各時代の文学にあたらしい生命力をふきこんでくれるのである。

斬新で完備した五言詩は、まず漢代の民衆のなかからあらわれた。現存する両漢の楽府や民歌からみれば、雑言体は前漢におおく、五言体は後漢におおい。それゆえ、五言詩の形成をめぐっては、民間歌謡においても、漸進的な発展のプロセスがあったことをうかがわせる。五言詩は、句形の容量やリズムの面で、四言詩よりもすぐれた性格を発揮した。そのため、文人たちの注意をひくようになり、やがて彼らはこれをまなび、模倣するようになった。このようにして、五言詩は正式に文壇のなかにはいってき、その後しだいに発展して、おおいに流行するようになったのである。

漢代はまた、わが国の各種の散文（無韻の文）が、ひじょうに発展をとげた時期でもあった。先秦の散文は、歴史的散文と諸子の散文とが主要なものであり、それらは歴史の専著となったり、学者の思想や学術を叙した論著として結実した。それらの文は、各種のジャンルをふくみ、また胚胎してはいたものの、まだそれらは独立した文章作品とはいいにくかった。ところが漢代、とくに後漢の時期になると、特定のジャンルを得意とすることによって、称賛をうける文人が出現しはじめた。くわえて、社会生活が発展するとともに、しだいに各種のジャンルが整備されていった。たとえば、記録によれば、蔡邕は碑文の創作によって称賛され、孔融、曹植、王粲、阮瑀らは、それぞれ書記の名手だったり、表の巧者だったり、哀誄の達人だったりしたという。このようにして、散文の各ジャンルは飛躍的な発展をとげ、文学史上に独自の地位をきづいたのである。

魏晋南北朝の時期になると、詩文の各ジャンルに、また長足の発展と創造とがみられるようになった。とくに重要なのは、駢文が出現したことである。駢文は、また駢儷文とも称するが、これはわが国の詩歌や辞賦、さらには民間での謡言や諺などで慣用的に使用する修辞技法、すなわち排比や対偶の基礎のうえに、さらに文人たちが洗練をくわえることによって形成された、あたらしい文体である。その主要な特徴は、句形を洗練させること、字句を対にすること、文采を追求すること――などであろう。これは、中国語の言語や文字の基盤のうえに形成された、独特の文体である。この駢文は魏晋に発生し、南北朝に盛行し、いくどかの盛衰をへて、清末の時期にいたっても、なおその末裔はいきのこっていたのだった。

魏晋南北朝の時期は、わが国詩歌が発展してゆく、重要な一段階でもあった。詩体のうえでは、五言の古詩がこの時期に成熟の境地に達したほか、七言の古詩も曹丕の習作をへて、宋の鮑照になって確立している。とりわけ、わが国の近体詩は、この時期においてこそ、はぐくまれ芽ばえたのだった。斉梁の時期は、対偶を重視した駢儷文が盛行し、そのうえ音韻学も進歩してきたので、やがて漢字の四声（平上去入）と対偶の修辞とを、詩歌の分野に適用させる試みが発生してきた。こうして、声律の諧和をおもんじ、近体の格律を有した詩が、初歩的な発生をみるにいたったのである。古体詩から近体詩が出現したことは、わが国旧時における詩体の一大変化であった。この変化においては、斉梁における永明体の詩の発生こそが、重要な転機となったのである。

唐代はわが国旧時の文学が、全面的な発展をとげた時代であった。わが国の古典詩文の各種ジャンルは、この時期に成熟し、また発展したのである。まずはじめに詩歌の分野で、各体が百花斉放をきそいあう場面が出現した。初唐の沈佺期と宋之問のふたりは、近体詩の格式を最終的に完成させ、詩のいろんな格律をかくあるべしとさだめたのだ。律詩（五言律詩、七言律詩、排律、絶句をふくむ）は名家たちの手をへて、詩壇上で異彩をはなった。伝統的な古体詩（五言詩、七言詩、楽府、楽府歌行をふくむ）も、もともとあった基礎のうえに、より充実度をくわえ、発展をとげていった。同時に、各種の詩の風格や流派も、たがいに妍をきそいあって、唐代の詩壇を空前の繁栄へと、みちびいていったのである。

韓愈と柳宗元を代表とする唐代の古文家たちも、わが国旧時における散文の新局面をきりひらいた。韓愈と柳宗元、さらにその後をついだ宋代の欧陽脩らが主導した、いわゆる「古文運動」は、いっぽうでは散文言語の改革であったが、同時に散文の各ジャンルをたいへんゆたかにし、また発展させたのだった。なかでも、伝統的な碑銘文や論説文、伝状文、哀祭文、雑記文などは、当時の著名な古文家たちによって、つねに新機軸がうちだされていった。たとえば、韓愈は伝統的な論説文において、あたらしく「原」や「解」などのジャンルをつくり、序跋文においては、贈序のジャンルをきりひらいた。柳宗元も雑記文において、山水遊記をつくりだしている。また蘇軾や欧陽脩らも、漢賦や駢賦の基礎のうえに、古文の風格を兼備した文賦を開拓した――など。しかもそれだけでなく、もっと重要なことは、彼らが文学の構想や言語の修辞、構成の技巧、音節の頓挫などの各種手法を、はばひろく活用して、旧時の散文の芸術性を最高度にたかめ、伝統的な実用文や公用文までも、文学的な佳品にしたてなおした、ということである。唐宋の散文は、うえは周、秦、漢を継承し、したは元、明、清にまで影響しており、つまり唐宋は、わが国旧時の散文ジャンルが完備し、格段の発展をとげた時期だったのである。

詩歌の方面において、宋詞と元曲（散曲）とは、伝統的な詩体をやぶって出現した、ふたつの新形式であった。詞は当初は曲子詞と称され、また長短句ともよばれたが、散曲とおなじく音楽つきの文学である。中国の詩歌には、もともと楽《がく》にのせる伝統があった。たとえば、最古の『詩経』や漢代楽府詩、南北朝楽府詩、さらには唐の絶句におよぶまで、ともにかつては楽にのせてうたえたのだ。この詞と曲とはもともと、民間歌曲の発展と、異民族の「新声」輸入とにともなって発生してきた、新興の歌詞つき俚曲であった。ところが、のちに文壇にひきあげられ、新興の音楽つき文学となったのである。

詞ジャンルは中・晩唐や五代のころに萌芽し、宋代に大流行した。曲は金代に発生し、元代に最盛期をむかえた。一篇中の句数がきまっている、一句中の字数がきまっている、平仄や声律を重視する――などの点からいえば、この詞と曲とは、じっさいは格律を有した詩に属していよう。しかしそれらは近体詩とはちがって、また独自の形式や風格も有している。

たとえば、篇や章の句形からみれば、詞は長短句がまじるのが特徴であり、また一篇のなかに散句もまじえている。また韻をふむ間隔が長短さまざまなので、起伏・曲折・いらだち・抑揚などの感情を表現するのに便利である。こうした特徴は、整斉され画一的な律詩とくらべると、詞の長所だといえないことはない。こうした特徴によってこそ、詞は発生後、文学史のうえで詩とならんで発展し、詩歌創作史において、旧時の人びとがこのみ、したしむジャンルになりえたのである。

曲のジャンルもまた、［音楽の］曲調に応じて創作された長短句である。ただし曲のばあいは、詞とちがって用韻や字数の方面で、そうとう融通性がある（たとえば、平の韻と仄の韻とで押韻できる、襯字をくわえることができるなど)。

このほか、ジャンルの風格の点で、曲は一般の詩や詞とちがっている。詩は、叙情であろうと叙事であろうと、つねに含蓄をたっとんで典雅や荘重さを重視し、また芸術的手法としては余情の効果をおもんじる。また詞のほうは、ふつう婉曲さをたっとび、情趣をおもんじる。いわゆる「詩は荘重、詞は柔媚」というのがそれだが、ただし、いつも洗練されていなければならない。ところが曲のばあいは、こうした詩や詞とはかなりちがう。曲は、自然でわかりやすいことを重視し、ことばづかいや用語の面で俚俗におちいることを、まったく気にしない。真にせまった口調、荘重にして飄逸、清新にして活発——こうした風格の面で、曲はほかのジャンルに卓越しているのだ。こうした特徴によってこそ、金・元以後に発展してきた戯曲は、この曲によってセリフの代用とし、物語を演じたり、ひとの口吻をまねたり、また人物像を創造したりできたのだった。

わが国旧時におけるジャンルの発生や発展の歴史を通観してみると、文学の各種の種類や形式は、旧時の作者たちが、社会の現実を反映させる必要にもとづきつつ、わが民族の思想や習慣、さらに言語の特徴などの基礎のうえに、だんだんと創造し、発展させ、そして完好ならしめてきたものだ、ということがよくわかってこよう。どの文学ジャンルにおいても、発生し発展し、相互に浸透しあい、そして時代とともに変化してきたプロセスをもっている。あたらしいジャンルが発生したり形成したりするのは、社会生活の発展によってそれが必要になってくるからだが、また、社会における言語が発展し変化し、作家たちの創作経験が蓄積されてきた結果でもある。ジャンルというものは、文学の形式の一要素に属するが、いっぽうで文学作品における思想の伝達にも影響をおよぼし、作品の思想や題材、風格に対しても、ある種の制約力を有している。そういうわけで、旧時の作家たちは文学の創作に従事するとき、各ジャンルの特徴をよく把握するよう留意したが、同時にあたらしいジャンルをも、積極的に創造していったのである。

このようにみてくると、旧時のジャンル史を学習し研究して、文学史上における各ジャンルの特徴を把握すること、および各ジャンルが発生し、発展し、変化していった法則をしること――そうした仕事は、現代の我われが、民族形式をもった新文学をあらたに発展させてゆくさいに、きっと有益な示唆や指導をもたらしてくれるにちがいない。同時にまた、おおきな功績をのこした歴代の作家たちの創作経験を総括するさいにも、その作業はとくに必要なことなのである。

注

(1)「毛詩序」には「頌はすぐれし徳望をほめたたえ、その功業を神につげるものである」という。清代の学者の阮元は訓詁学の立場から、「頌」の本義を考察して、頌は「容」であり、つまり「舞容」(おどっているようす)の意味だと主張した(『揅経室集』巻一「釈頌」)。これによると、「頌」とは神霊や祖先を祭祀するときにもちいる、歌舞用の曲だということになる。

第二章　ジャンル分類とジャンル論

文学が一定の発達段階にさしかかって、大量の作品が出現したり、おおくの創作経験が蓄積されてくると、やがて、文学のいろんな現象を専門的に研究したり、創作におけるさまざまな問題を、総合的に説明しようとする論著が発生してきた。つまり文学批評である。

もっとも、文学作品には、それじたい種類の違いがある。たとえば、わが国旧時でもっともはやく発生し、発展してきたのは詩歌であり、その後に散文（無韻の文）が発生してきたのだが、その散文は発展してゆくうちに、使用される範囲や役わり、あるいは様式の違いによって、いろんな種類が生じてきた。これによって、人びとは、その各様の文学作品に対して、きちんと種類を弁別しようとする考察や研究をおこなうようになり、かくして文学批評の一分野、ジャンル論が発生してきたのである。このジャンル論とは、各ジャンルの特徴やジャンルどうしの弁別、あるいはその発生や発展、変遷などに対して、専門的に考察や研究をおこなおうとするもので、旧時ではこれを「文章流別論」ともよんだ。

わが国では旧時、ジャンル研究の専著が出現するのは比較的おそかった。だいたい、魏晋の時期になってから、ようやくある種の文学論の著作のなかで、ジャンルの異同や特徴の問題などについて、正式に論じはじめた。ただしジャンルの違いについては、もうすこしはやい時期に気づいていたようだ。たとえば、わが国最古の詩歌集『詩経』と最古の散文集『尚書』の二書は、ともに先秦のころに編纂されている。こうした詩や文などの相違するジャンルを、きちんと二書にわけて編纂したことじたいが、当時の人びとのジャンル弁別の意識を、事実として反映しているといえよう。

『詩経』中の詩篇に対しては、また風、雅、頌という分類もなされている。この三分類の分類基準や名称の意味については、漢代以来ことなった解釈がある。たとえば、ある者は民衆教化の働きの相違によるとかんがえ、ある者は音楽の相違によるとかんがえている。事実はどうあれ、こうした三分類は、当時において、すでになんらかの基準にもとづいて、詩歌の分類がこころみられていたことをしめしている。

『尚書』中の文章においては、どれも散文に属するものの、やはり典、謨、訓、誥、誓、命などのことなった名称がある。このことは当時、官用文書に対しても、やはり用途や形式の違いにもとづき、区別して称していたことをしめそう。すこしあとの『周礼』には、「六辞をつくる」という記載があって、「〔大祝は〕六辞をつくって、上下、親疏、遠近の人びとを交流させる。その第一は祠（「辞」とあるべきだろう）、第二は命、第三は誥、第四は会、第五は禱、第六は誄である」（春官宗伯下・大祝）という。ここでは、六種のことなったジャンルを列挙している。

また、我われは現存する『礼記』のなかに、すでにジャンルの性質や用途、源流を叙した記述があるのを、みいだすことができる。たとえば、『礼記』檀弓上には、魯の荘公が宋人とたたかったとき、御者の県賁父が死んでしまったので、荘公は「彼に誄をおくった。士の階級で誄がつくられたのは、ここからはじまる」とある。また、やはり『礼記』中には、誄の文の使用範囲に解説をくわえて、「ひくい身分の者はたかい身分の者の誄をつくらず、年少者は年長者の誄をつくらない。これが礼である。ただ天子の死にさいしては、天の名を称して誄をつくる。諸侯どうしで誄をつくりあうのは、礼の規定にあわない」（曾子問）といっている。

また同書中には、古代の銘文の名称や用途、性質、創作要領などについても、くわしい解説がなされている。「鼎には銘がきざまれる。銘とは自分の名をつたえるものである。自分の名をしるし、そして先祖の美徳をたたえ、後世につたえるわけだ。先祖たる者には美点もあり、欠点もあろう。しかし銘のたてまえとして、美点をあげて欠点はあげない。これが、孝子や孝孫の心情であり、賢者だけがこれをなしえる。このように、銘は先祖の美徳、功績、成果、賞賛、名誉などを論じて、天下に明示し、さらに祭器にきざんで、また自分の名をしるす。こうして先祖の祭祀をおこなうのである」（祭統）。『礼記』はほんらい、周代の倫理や制度をのべた書であるが、そのなかでたまたま、ジャンルを説明する内容に深いりしてしまったわけだ。これらはジャンル論とはいえないけれども、ジャンル論の濫觴ではあろう。

後漢の班固は、劉歆『七略』をふまえて『漢書』芸文志を撰した。そのさい、書籍を「六芸」「諸子」「兵書」「術数」「方技」の五略にわけて著録したほか、単独の詩や賦の作品を「詩賦略」として著録し、さらに賦を「屈原賦」「孫卿賦」「陸賈賦」「雑賦」の四類にわけて著録している。前三類では、各類のなかに若干の賦家と作品とを属させ、「雑賦」では、作品の形式や題材によって、「客主賦」「行徳及頌徳賦」など十二種にわけている。これらも、文学作品への分類をこころみたものだろう。

我われが、この前三類の分類と著録のしかたとをみたとき、あたかもジャンルの風格の変化を、そのまま体現させているかのように感じる。ただし芸文志においては、まだ解説や説明をくわえていない。したがって、我われは、当時、班固が文学作品を集録しようとしたとき、それらを分類しようと努力はしたもののの、しかしそれは、ジャンル論といえる段階には、なおいたっていなかったとみなさざるをえない。そうではあるが、『漢書』が後代におけるジャンルの発展とジャンル論の発生に、間接的ながら重要な働きをしたことは、けっして無視してはならない。

『漢書』は、『史記』とちがった点がある。それは、『漢書』が文人たちの列伝で、その文章や作品をもらさず採録しようとしていることだ。採録された作は、単独の奏、議、書、論などの文や、さらにその他のジャンルにもおよぶ。清の趙翼は『廿二史劄記』巻二で、つぎのように指摘している。「司馬遷は自分で事を叙したがって、〔自分以外の者がかいた〕経学の文やすぐれた論策などは、ほとんど採録しない。だから、その文は簡潔になる。班固のほうは、学問に関わりがあったり、政治につながったりすれば、その文書類はかならず採録している」（巻二）。これによって、『漢書』はあたかも、前漢一代、二百余年のあいだにかかれた文学作品の集合体のごとき観を呈し、後世における、各ジャンルをそなえた選集の出現や、各ジャンルの発展のために、一定の条件を準備したのだった。

わが国のジャンル論は、だいたい魏晋ごろにはじまり、斉梁以後にさかんになった。魏晋南北朝は、わが国の文学が「自覚の時代」にはいりはじめた時期であり、おおくの文章家が出現した。詩文を得意とする文人たちは、みな自分の別集をもっていて、世にひろまっており、しかも、それらの別集は各ジャンルをそなえ、佳作もすくなくなかった。こうしたなかで、諸家の作品を収録した選集が出現してきたのである。『隋書』経籍志にも「選集［の出現］は、建安以後、辞賦がたくさんかかれ、諸家の別集が日ましに増加してきたことによる」としるされている。

諸家の各ジャンルの作品を収録した選集の出現は、ジャンルをいかに分類すべきかという問題を、提起することになった。さらに当時、文学がしだいに学術一般からはなれて独立してきたことから、専門に文学を論じた文学批評の著作も、これに呼応するかのようにして発達してきた。かくして、文学創作に関する問題を検討すると同時に、ジャンルの分類研究も正式に出現してきたのである。

曹丕の「典論」論文は、わが国の文学批評史上、もっともはやく出現した重要な文学論である。「典論」は、文学の価値や、作家の個性と作品の風格などの問題について、議論を提起しているが、それと同時に、ジャンルの問題も正式にとりあげている。このなかで、曹丕はつぎのようにいう。

文学というものは、根本はおなじだが末はことなっている。おもうに、奏・議は「雅」（閑雅）であるべきだし、書・論は「理」（論理的）であるべきだし、銘・誄は「実」（事実）を重視すべきだし、詩・賦は「麗」（美麗）であるべきだ。この四科はそれぞれちがっているので、どれを得意にするかは、ひとによってことなる。ただ通才だけが、すべてのジャンルをカバーできるのだ。

曹丕はここで、文学の共通性と、各ジャンル特有の条件について論じている。ここでいう「根本はおなじ」というのは、すべての文学創作に通底する条件や特質をさす。「文学は気をもって主となす」の主張にもとづいて、彼は、文学の創作は作家の気質や才能の表現であり、それゆえ一般の学術的著述とはちがって、個性や感情が必要であるとかんがえているのである。

ただし、こうした「根本はおなじ」以外に、また「末はことなっている」ともいっている。これは、文学作品にはジャンルの違いがある、という意味だろう。一般的にいえば、作家というものは、ある種のジャンルのみを得意とし、なんでもかけるという人物は、ひじょうにすくない。その原因は、各ジャンルの条件がちがっていて、ジャンルごとにきまった形式や風格が必要とされるからだ。曹丕は、当時流行していたジャンルを八種にわけ、それをさらに四科に帰属させ、それぞれ「雅」「理」「実」「麗」の字をもちいて、各ジャンルの主要な特質を概括している。曹丕のこうした、ジャンルに分類してからその特質を説明してゆくやりかたは、ジャンルごとに文を論じ、その創作上の特徴を究明してゆく風潮を、きりひらいていったのである。

曹丕「典論」論文についで、晋初の陸機が、専門的な文学論「文賦」を執筆した。この「文賦」こそは、わが国の文学批評史上で最初にあらわれた、系統的かつ全面的に文学を論じた著作であった。「文賦」は賦の形式を利用してかかれているが、創作に関する一連の重要な問題、たとえば作品の着想過程、構想と措辞の関係、文学の継承と革新などの問題に対しても、広範にしてつっこんだ検討をおこなっている。そうしたなかで、ジャンルの問題にも具体的に言及している。

ジャンルはたくさんあり、万物は多種多様である。いりみだれて変化し、その形象は描写しがたい。そこで文辞に表現するには、おのが才に応じて技巧をつくさねばならぬし、また内容をつくすには、要点をつかんで要領よくおこなわねばならない。ことばの取捨選択に努力し、内容の深浅にも妥協してはならぬ。方形や円形のような定型からはずれても、対象の実相をえがきつくすようつとめる。このため外見を重視する者は、華麗な辞藻をほしがり、内容を重視する者は、適切な表現を希望するだろう。簡潔な表現にこだわる者は、文辞がかたぐるしくなり、闊達な文辞にこだわる者は、文辞が放漫になりがちだ。

そこで、詩は情に即して美麗に、賦は万物をうつして明瞭に、碑は修辞をつくして内容をおぎない、誄は情が纏綿としていたましく、銘は内容ゆたかでおだやかに、箴は屈折があって清荘に、頌はゆったりとして華美に、論は精細で明快に、奏は平易で閑雅に、説はきらびやかで、ひとを惑乱させるように――それぞれかくとよい。ジャンルにはこうした区別があるので、まちがえたり、でたらめにしたりしてはいけない。文辞は暢達にして道理明快たるべきで、冗漫さはさけるべきである。

ここでいう「ジャンルはたくさんあり、万物は多種多様である」とは、文学の形式やジャンルは多種多様であり、客観的世界の現象も無限に変化する、という意味である。つづいて陸機は「万物は多種多様である」の観点から、文学の創作とは、千変万化をつづける現象を追跡し、捕捉し、描写し、そしてその多様にして精確な映像を、我がものにする行為だとかんがえる。そのあと、彼はつづいて「ジャンルはたくさんあり」の状況について、解説してゆく。陸機のジャンルに関する説は、曹丕よりも拡大されている。曹丕の四科八種を十種にひろげながら、それぞれジャンルの主要な特徴と創作要領とを叙していく。その叙しかたはひじょうに細緻であり、したがって、各ジャンルの特質によりぴったりした叙述になっている。

たとえば、曹丕は「詩賦は美麗であるべきだ」といって、詩と賦の特徴をごっちゃにしていたが、陸機は「詩は情に即して美麗に、賦は万物をうつして明瞭に」のように、弁別して解説をくわえている。こうすると、詩歌のもつ叙情的性質と辞賦の有する鋪陳的性質とが、精確に説明されることになり、詩と賦とをごっちゃにして「美麗であるべきだ」などというより、はるかに適切な説明となろう。また曹丕は、「事実を重視すべきだ」ということばで、銘と誄の特徴をまとめているが、これはあきらかにおおざっぱすぎよう。ところが、陸機はこの二種をわけて、「誄は情が纏綿としていたましく、銘は内容ゆたかでおだやかに」という。こうすると、銘と誄への特徴の指摘が、より精確なものになろう。その他のジャンルでも、これとどうようである。これによって、陸機のジャンル論は曹丕のものよりも、もっとすすんだ段階にいたっていることがわかろう。

ところで、もしここで曹丕「典論」論文と陸機「文賦」とは、ひろく文学の諸問題を論じたものであり、そのなかでたまたま、ジャンルの問題に言及したにすぎない――というふうにいったならば、わが国旧時における最初のジャンル論の専著としては、陸機よりすこしおくれる摯虞の著作『文章流別志論』をあげるべきだろう。

『隋書』経籍志の記載によれば、摯虞は『文章流別集』四十一巻と『文章流別志論』二巻とを撰している。前者は、各ジャンルの作品をえらんだ文学選集である。ジャンルに応じてならべているので、これによって各ジャンルの区別や源流がわかる。後者のほうは、もっぱらジャンルについて研究した著作で、各ジャンルの性質や起源、および発展変化などを論じている。この両書はともに亡佚しているが、『志論』の断片が『芸文類聚』や『太平御覧』などに引用されているので、現在でもみることができる。輯佚された内容からみると、この『文章流別集』はすくなくとも、頌、賦、詩、七、箴、銘、誄、哀辞、解嘲、碑、図識など十一のジャンルを収録していたようだ。『隋志』では、「各ジャンルを体系的にしわけし、それらを一書にまとめて、『流別集』と称した」といっている。『志論』の佚文数則をあげれば、つぎのようである。

○頌は、詩のなかでも、とくに美麗なものだ。古代、聖帝明王が功績をあげ、治道が完成したとき、頌《ほ》めたたえる声がわきおこった。そこで、史官はその頌声の歌詞を記録し、楽人はそれを楽《がく》にのせてうたった。そして宗廟にその旨を奏上し、鬼神につげたのだった。だから、頌がほめたたえるのは、帝王の仁徳であり、これを楽律にのせて演奏するのである。ある頌は帝王の功績をほめあげ、ある頌は名声をたたえるが、あまりに詳細になってくると、もはや古代の頌から逸脱したものとなろう。

むかし班固は「安豊戴侯頌」をつくり、史岑は「出師頌」「和熹鄧后頌」をつくった。それらは、スタイルは「魯頌」に似ているが、ことばづかいはちがっている。これは時代による変化である。揚雄の「趙充国頌」は頌ではあるが、むしろ雅のスタイルに似ている。傅毅の「顕宗頌」は、文辞は「周頌」に似ているが、風や雅のスタイルもまじえている。馬融の「広成頌」「上林頌」などは、現在の賦のスタイルとおなじであり、これを頌と称するのは、もともとのありかたから、ずいぶんとおざかったものだ。（『芸文類聚』巻五六、『太平御覧』巻五八八）

○哀辞は誄の仲間である。崔瑗、蘇順、馬融らがこれをつくっているが、おおむねは、若死にしたり、天寿をまっとうできなかった者のために、つくられている。建安中、魏の文帝（曹丕）と臨淄侯（曹植）とは、ともに自分の幼児と死別した。そこで徐幹や劉楨らに命じて、哀辞をつくらせている。哀

辞のスタイルは哀悼の情を主とし、嘆息のことばを従とする。（『太平御覧』巻五九六）

ここにあげた数則によって、摯虞は各ジャンルに一般的な説明をくわえるだけではなく、おおくの資料を準備した基礎をふまえて、ジャンルの異同や性質、歴史的変化、発展の方向などについて、精細な研究をおこなっていることがわかろう。各ジャンルの来源や、形式の特徴、変化などについても、明快に論じているし、くわえて、補助的に名作を実例としてあげているので、比較的つよい科学性も有するにいたっている。この摯虞『文章流別志論』は、わが国ジャンル論の開山だといってよかろう。

摯虞『文章流別志論』とほぼ同時代の著作に、李充『翰林論』がある。『隋書』経籍志には、李充に『翰林論』三巻があると著録しているが、はやくも唐初には亡佚してしまった。現存する佚文から判断すると、この『翰林論』はどうやら、ジャンルについて論じた書物だったようだ。李充が論じたジャンルとしては、書、議、賛、表、駁、論、奏、檄など八種がある（輯佚からの判断による）。彼のジャンルへの解説ぶりは、摯虞『文章流別志論』よりは簡略である。だが、各ジャンルの発生や手本とすべき風格などについては、なかなか見識があり、またジャンルごとに作品名をあげて、その具体例をしめしてくれている。

○肖像画や画をえがくことから、賛のジャンルは発生した。賛は、ことばは簡潔で、内容はただしくなければならない。孔融が楊公の賛をつくったのは、その模範となろう。

○論理性を追求することから、論難のジャンルは発生した。論難は、理に切合することが大切で、非論理的なのはよろしくない。嵇康の論などは、理に切合した文になりえている。

○朝廷で政治を論じることから、奏議のジャンルは発生した。奏議は、遠大な見とおしが基本となるべきである。陸機「晋書限断議」の文は、美しさで名だかい。

○表のジャンルは、遠大な見とおしが基本となるべきで、はなやかな文藻はあとまわしでよい。曹植の表はそうした作品になっている。諸葛亮が後主（劉禅）にたてまつった表や裴頠が侍中を辞退した表、さらに羊祜が開府を辞退した表などは、その理想的な作品だといってよい。

こうした事例は、創作経験の蓄積と文学自覚の時代の到来に応じて、文を分類しようとする研究の誕生が、もう日程のうえにのぼってきたことを証明するものだ。こうして、ジャンル論という学問の分野が、正式に発生してきたのである。

わが国で最初にあらわれたジャンル別編纂による有名な文学選集は、梁代の蕭統による『昭明文選』である。わが国最古の詩歌の選集としては、とうぜん『詩経』を、そして第二としては、劉向があんだ『楚辞』をあげるべきだろう。だがこれらは、同種の作品をあつめたものにすぎない。どうようにふるい『尚書』も、最古の散文集とみなすことができ、誓、命、訓、誥などの文をあつめている。しかしこれらも、網羅的にあつめてきたものにすぎず、散文の各ジャンルに着目して、なにかの弁別をした結果というわけではない。しかるに『文選』だけは、各種の詩文や賦などを網羅的にあつめ、ジャンルによって弁別しながら、同類の作ごとに排列した大規模な選集である。そのうえ、その採録基準をきちんとおおやけにしたうえで、ジャンルごとに作品を収録している。こうした編纂方式によって、『文選』は、わが国の文学批評史とジャンル史の両面において、重大な意義と影響力とをもちえたのである。

この『文選』の出現は、けっして偶然ではない。それは、秦漢以後、いわゆる「文章の学」が学術的著作（経部、史部、子部）から、しだいに分離し、独立してきた結果なのである。先秦のころは、文学と歴史と哲学とは分離していなかった。そのうえ、当時の学者たちは、それぞれ一家の言を有していて、歴史散文は一冊のまとまった著作だったし、また諸子百家の学術的著作も、ある思想家あるいはその学派の論じたものを、まとめて一書としたものであって、単独の文学作品が出現することは、ほとんどありえなかった。

ところが、秦漢の時期、とくに後漢以後になると、こうした状況に変化がおこった。おおくの文人たちが、「文辞のすばらしさによって名声を博す」ようになってきたのだ。これにより、単独につづった作品がしだいにおおくなり、おおくの文人たちが、単独の作品で名声をあげるようになったのである。

たとえば、范曄『後漢書』文苑伝に著録されたものから、そうした状況がよみとれよう。杜篤は「著述せしもの、賦、弔、書、誄、七言、女誡、および雑文など、すべて十八篇」、傅毅は「詩、賦、銘、誄、頌、祝文、七激、連珠など、すべて二十八篇を著す」、黄香は「賦、牋、奏、書、令など、すべて五篇」、蘇順は「著述せしもの、賦、論、誄、哀辞、雑文など、すべて十六篇」、劉珍は「誄、頌、連珠など、すべて七篇を著す」、葛龔は「文、賦、誄、碑、書、記など十二篇を著す」、崔琦は「著述せしもの、賦、頌、銘、誄、箴、弔、論、九咨、七言など、すべて十五篇」、辺韶は「詩、賦、頌、碑、銘、書、策など、すべて十五篇を著す」、趙壹は「賦、頌、箴、誄、書、論、雑文など十六篇を著す」などとある。

ここにあげた例からみれば、彼らがつづった詩文は、すべて単独の作品であり、またひろく、各ジャンルにおよんでいる。これをおおざっぱにまとめれば、『後漢書』に著録されたジャンルは、二十余種をくだることはなかろう。それは、詩、賦、頌、誄、弔、銘、賛、書、論、祝文、哀辞、連珠、碑、記、箴、策、牋、奏、令、七激、七言、九咨、さらには分類できぬ雑文など――である。

魏晋になると、文人のおおくは詩文の別集をもつようになった。『晋書』や『隋書』経籍志の記載によれば、西晋と東晋の二代において、文人たちの別集は百、二百をくだらない。こうした、作家が輩出し、作品が量産されるという状況は、彼らの詩文をまとめた選集の必要性をうながすことになった。しかも文学ジャンルの増加は、また必然的に、選集編纂時に、現存するジャンルを整理、弁別し、分類してゆく必要性をうながした。蕭統の『文選』は、まさにこうした状況に応じて、出現してきたのであった。

今本の『文選』はすべてで六十巻あり、周代から六朝の梁までの七、八百年間、百三十人の文人と少数の佚名作者とによる、七百余篇の作品を収録している。一書全体では、所収作品をジャンルごとに三十九種にわけているが、冒頭にくる賦はさらに十五種に、二番目にくる詩はさらに二十二種に、それぞれ細分されている。こうした大規模なジャンル分類は、空前のものであり、当時においては、創造的な試みであったにちがいない。

この『文選』は、その性格からいえば選集に属し、ジャンル論の専著ではありえない。だが後世のジャンル論、とくにジャンル分類学においては、その影響力は甚大であり、また深遠でもあった。そこで、『文選』のジャンル分類の細目を、以下にかかげてみよう。

第一　賦

1、京都賦　　2、郊祭賦　　3、耕藉賦　　4、畋猟賦

5、紀行賦　6、遊覧賦　7、宮殿賦　8、江海賦
9、物色賦　10、鳥獣賦　11、志賦　12、哀傷賦
13、論文賦　14、音楽賦　15、情賦

第二　詩

1、補亡詩　2、述徳詩　3、勧励詩　4、献詩
5、公讌詩　6、祖餞詩　7、詠史詩　8、百一詩
9、遊仙詩　10、招隠詩　11、反招隠詩　12、遊覧詩
13、詠懐詩　14、哀傷詩　15、贈答詩　16、行旅詩
17、軍戎詩　18、郊廟詩　19、楽府　20、挽歌
21、雑歌　22、雑詩　23、雑擬

以下の各類では、ジャンルがさらに細分されることはない。

第三　騒　第四　七　第五　詔　第六　冊
第七　令　第八　教　第九　策　第十　表
第十一　上書　第十二　啓　第十三　弾事　第十四　牋
第十五　奏記　第十六　書　第十七　移書　第十八　檄
第十九　難　第二十　対問　第二十一　設論　第二十二　辞
第二十三　序　第二十四　頌　第二十五　賛　第二十六　符命

第二十七　史論　　第二十八　史述賛　第二十九　論　　第三十　連珠
第三十一　箴　　第三十二　銘　　第三十三　誄　　第三十四　哀文
第三十五　碑文　第三十六　墓誌　第三十七　行状　第三十八　弔文
第三十九　祭文

『文選』の文学批評史上の主要な貢献は、いかなる作品を採録するかによって、文学と非文学との境界を明確にしようとしたことにある。『文選』の収録作品のリストをみると、先秦の経、史、子（経書、史書、諸子）関連の著作はすてて、もっとあとの時代の集部（詩文集）に属する、単独の詩や賦や文章作品だけをあつめている。蕭統は「文選序」で、こうした作品を「篇章」「篇翰」「篇什」などと称する。彼によれば、これら集部に属する作品が、経書や諸子や史書などと性質を異にする理由は、それらが「能文を以て本と為す」からだという。ここでいう「能文」とは、「事は沈思に出でて、義は翰藻に帰す」ということであり、つまり、「能文」の作品は、作者の深甚な沈思と華麗な文藻とをふまえて、表現されてきたものなのだ。こうした考えかたを作品採録の規準にしたからこそ、蕭統は大量の古代作品のなかから、すぐれた作品を選択して、規模のおおきい文学選集を編纂することができたのである。

この『文選』の出現は、後代、文学が独立して発展してゆくのに、おおきな推進力をあたえることになった。同時に『文選』は、ジャンルの分類においても、重大な貢献をしている。まず蕭統は、当時ひろまっていたおおくの詩文に、種類上の区別をほどこし、どれかのジャンルに所属させた。蕭統『文選』以前においては、さきにのべたように、曹丕や陸機、摯虞、李充らが、ジャンルやジャンル分類の問題に初歩的な論及をおこなっていた。だが、それらは挙例のしかたが恣意的だったり、ジャンルへの細心な分類、考察ではあっても、あつめた資料が不十分だったりした。だが『文選』ははじめて、古今のジャンルに普遍的な考察をほどこし、こまかく分析し、同類のものをあつめて弁別したのである。かくして、全面的なジャンル分類を完成させ、おおくの創造的な成果をあげることができたのだ。

たとえば、蕭統以前においては、［楚辞体の］辞と［後起の］賦とは区別されていなかった。漢代の人びとは、楚辞体の作品を賦に属させたが、魏晋でもこれを踏襲し、辞と賦とを区別していなかったのだ。ところが『文選』は、詩賦以外に「騒」のスタイルをたてることによって、前人が辞と賦をごっちゃにしていた誤りを是正したのである。

また『文選』は、詩と賦をほかの文学から区別していたが、これにくわえて、詩と賦とをさらにこまかく分類している。こうした小分類と、そのとき採用した名称とは、後代に踏襲されていった。たとえば、京都賦、郊祀賦、畋猟賦、紀行賦、詠史詩、遊仙詩、詠懐詩、贈答詩などである。とりわけ『文選』は詩歌において、楽府というジャンルを独立させているが、これはジャンル認識のきめこまかさと、見識の豊かさとを、よくしめすものである。これを要するに、『文選』はジャンル分類において、おおくの開拓者的な成果をあげ、また貢献をなしているのだ。

ただし『文選』の分類には、名称にこだわりすぎた欠点があって、そのため、煩雑すぎるマイナス面も生じている。たとえば賦と七、難と設論、補亡と擬古などは、もっと注意ぶかく検討していたなら、区別する必要はなかったはずだ。これによって、後代、『文選』は「分類が煩雑である」と非難されてしまった。こうした欠点も、後代に影響をあたえてゆくのである。
『文選』は専門的なジャンル論の著作ではないが、その序文では、ジャンルの源流や発展についても、多少の説明をおこなっている。たとえば蕭統は賦の源流について、つぎのようにのべている。

詩序に云う、「詩に六義有り。一に風と曰い、二に賦と曰い、三に比と曰い、四に興と曰い、五に雅と曰い、六に頌と曰う」と。今の作者に至りては、古昔に異なり、古詩の体を、今は則ち全く賦の名に取る。荀宋は之を前に表わし、賈〔誼〕〔司〕馬〔相如〕は之を末に継ぎたり。茲より以降、源流は寔に繁し。

賦ジャンルは、『詩経』の「六義」中の「賦」から発展してきたもので、名称もこれによる。賦の最古の作者は荀卿と宋玉であり、その輝きをひきつぎ、さらに発揚せしめた者が、漢代の賈誼と司馬相如である。これ以後、いろんな題材の賦、あるいは記事や詠物などの各種の賦が、発展し、また変化していった——という意味である。こうした「文選序」の叙述は、あきらかにジャンルの発生や源流を検討したものである。

つづいて蕭統は、楚辞体つまり騒体文学にも言及し、辞と賦とは同類ではない。楚の屈原は騒体文学の創始者であり、これが、後世でいう「騒人の文は、ここからはじまる」(「文選序」)ということなのだ、とかんがえた。

また、蕭統は詩歌の源流にもふれ、『詩経』を最古の作品とする。だが、「漢のなかごろから、詩の道はしだいに変化してきた。楚王の補佐役を辞した韋孟は「在鄒」詩(四言の「諷諫詩」をさす)をつくり、匈奴にくだった将軍の李陵は五言の「河梁」詩をかき（五言の「携手上河梁」詩をさす）、ここに四言詩と五言詩の別が生じた。さらに、字数のすくないものでは三言詩、おおいものでは九言詩が、それぞれ発生し、ことなる道をたどって発展していった」ともいう。ここでは、詩歌はさきに四言詩が発生し、つづいて五言詩に変化していき、さらに漢代に雑言詩が出現してきた、とのべているのだ。

文学の各ジャンルに論及したときは、つぎのようにいっている。「箴はひとの欠点をおぎなうことから発生し、戒は補佐し矯正することからはじまった。論は道理を分析して精細につづり、銘は事を叙して清新かつ豊潤にかくべきだ。故人の功績をほめるために誄がおこり、有徳者の肖像をえがこうとして賛ははじまった」と。蕭統は、個々のジャンルは個々の必要から発生しており、それゆえ個々の性質や効能を有する、とかんがえている。くわえて、当時の「おおくの形式がぞくぞく出現し、流派もつぎつぎとあらわれている」という盛況ぶりに対しても、文学進化の観点から、肯定的にみなしている。彼のこうした観点は、これにつづく後出のジャンル論研究に、よい刺激をあたえた。

劉勰の『文心雕龍』は、わが国はじめての、規模は宏大、論旨は精密、体裁も完備した文学理論の専著である。『文心雕龍』の作者、劉勰はこの書において、文学の原理論や批評基準、創作論、作家と作品論、ジャンル論などの各方面に、するどい考察をくわえ、おおくの精確な見解を提示している。わが国の文学批評史上において、この書物は、従前の成果をうけつぎ、後代の研究をきりひらいた、影響力のおおきい巨著なのだ。もしジャンル分類とジャンル論の方面だけからいったなら、この書物は、以前のあらゆる著作よりも精密であるだけでなく、周到な体裁をも具備しており、後世のジャンル論研究のために、道を整備してくれたものといえよう。

『文心雕龍』は全十巻で上編下編にわかれ、各編二十五篇よりなる。上編の巻一は五篇をふくむが、ここが全体の総論にあたる部分であり、作者のいう「文の枢紐（重要なところ）」である。巻二「明詩」から巻五「書記」までは、ぜんぶで二十篇あり、すべてジャンル論である。この二十篇のうち、篇名として標示されたものとして、三十三種の文学ジャンルがふくまれている。それは、詩、楽府、賦、頌、賛、祝、盟、銘、箴、誄、碑、哀、弔、雑文、諧、隠、史伝、諸子、論、説、詔、策、檄、移、封禅、章、表、奏、啓、議、対、書、記の三十三種である。このほか、劉勰独自の考えによって、楚辞体つまり騒体の作品を、総論部分へもってきて論じており、これを「弁騒」篇と称する。事実上は、この篇もジャンル論の一篇だとみなしてよかろう。

以上の三十四種は大分類であって、本書中では、これ以外にもおおくの小分類がなされている。たとえば「論説」篇では、さらに伝、注、評、序、引などにも言及されており、また「雑文」篇では、対問、七、連珠などがふくまれ、「書記」篇では、譜、籍、簿、録、方、術、占、式、律、令、法、制、符、契、券、疏、関、刺、解、牒、状、列、辞、諺などがふくまれている。これによって、『文心雕龍』がカバーしているジャンルは、事実上は『文選』をはるかに凌駕しているのだ。

また、各ジャンルの風格上の特徴を重点的に論じるばあいでも、劉勰は曹丕「典論」論文や陸機「文賦」よりも、ずっとおおくのジャンルをとりあげている。まえにものべたように、曹丕は四科八種に言及しただけだったし、陸機も十種にすぎなかったが、『文心雕龍』の定勢篇では、二十余種のジャンルをとりあげているのだ。

章表奏議の各ジャンルは典雅さ、賦頌歌詩の各ジャンルは清麗さ、符檄書移の各ジャンルは明快さ、史論序注の各ジャンルは緊密さ、銘盟碑誄の各ジャンルは奥ぶかさ、連珠七辞の各ジャンルは巧美さを、それぞれ創作のさいのモットーとする。このようにジャンルに応じて文の調子をきめ、その違いに対してうまく対応してゆくわけだ。

もっと重要なことは、『文心雕龍』はジャンル分類上、独自の特徴と長所とをもちあわせていることだ。とりわけ重要なのは、すべてのジャンルを「文」と「筆」とに二大別していることである。「文」とは韻文をさし、「筆」とは韻文以外のもの（無韻の文）をさす。劉勰のいう「最近の常言に文と筆とがあり、おもうに、無韻のものが筆で、有韻のものが文なのだろう」（『文心雕龍』総術）というのが、それである。ジャンルの排列のしかたも、この文筆の順にもとづいており、たとえば、近代の劉師培は『中古文学史』で、つぎのように指摘している。「『文心雕龍』の篇次については、第六篇から十五篇までは、明詩（じっさいは「弁騒」篇からである）、楽府、詮賦、頌賛、祝盟、銘箴、誄碑、哀弔、雑文、諧隠などの篇がならぶが、これらはすべて有韻の文である。ところが第十六篇から二十五篇までは、史伝、諸子、論説、詔策、檄移、封禅、章表、奏啓、議対、書記などの篇がならび、これらはすべて無韻の文である。これこそ、『文心雕龍』がひそかに、文と筆の二種を区別している証拠ではなかろうか」。この劉師培の分析と指摘は、劉勰が文と筆とでジャンルを大別した原則に、よく符合したものといえよう。

この文筆の説は、文学理論においては、まず晋代にはじまり、斉梁にいたって盛行した。この説は、当時の文学理論家たちが、文学作品の特徴や範囲に対して、いかなる探求をおこなってきたかを、よくあらわしている。各ジャンルの作品中、詩と賦は文学作品に属するが、それは両者の性質や形式から、すぐ了解できよう。だが、詩賦以外においては、どのジャンルを文学の範疇にいれるべきか、これはなかなか複雑である。魏晋以後、駢文がしだいに発展してきたが、駢文の特徴は辞藻の華麗さを追求することにあり、さらに音調の諧和にもおよんだ。これが理論家たちにヒントをあたえ、彼らは文飾した韻文を「文」と称し、その他をひっくるめて「筆」とよんだ。だが、こうした区別は、事実上はおおくの作品を、文学の外へおいだす結果をまねいてしまった。『文選』が経書や史書や諸子を採録していないのも、そうした考えかたの反映であろう。

しかし、中国文学の実際の発展のしかたからみると、こうした「筆を文学とみなさぬ」考えかたは、あまり適切とはいえない。というのは、経書や史書、諸子の文においても、また一般の実用文においても、一部に文学性をもった作品、あるいはある種の文学的要素をおびた作品が、現に存在しているからだ。劉勰は、こうした文学をせまくみなす考えかたを矯正しようとした。彼はジャンルの源流を説明するために、いっぽうでは、当時流行した文筆説にてらして、「文を論じ筆をのべるには、ジャンルによって区別した」（序志）が、またいっぽうでは、「筆」の範囲を拡大して、諸子や史伝をも文学の範疇にふくめ、さらに文学においては経書を重視すべきだ、とも主張したのである。「聖人の文が典雅美麗なのは、もとから形式美と内容性とを兼備しているからなのだ」（徴聖）という彼の発言は、つまり経書を文学の外に排除したりはしないぞ、という意味でもあるのだ。

とうぜんのことながら、我われが現時点からみたとき、こうした劉勰の見かたは、文学作品の範囲を不明確にするものだといってよい。ただし彼が、文筆の説に消極的な態度をとりつつ、文学の範囲を拡大していったことには、合理的な傾向もないではない。とりわけ、わが国の古代文学の発展状況（文学、史学、哲学の不分離）や、散文文学の民族的特徴（学術的文章や実用文との境界がはっきりしない）などを、あわせかんがえたとき、劉勰の考えかたは、「文」をおもんじ「筆」をかるんじる騈文派とくらべると、より現実的な態度だったというべきだろう。後世、ジャンル分類において、騈文派と古文（散体文）派とで、分類法がことなるという問題が発生したが、劉勰『文心雕龍』のばあいは、騈散両派によく目くばりしたものであり、文学全体をしっかりみわたしたものだといえよう。

『文心雕龍』のジャンル分類については、以上のべたとおりだが、この書物のジャンル論方面での最大の貢献は、ジャンル論を展開するための詳細なモデルをつくった、ということにあるであろう。そのモデルとは、ジャンルを論じるさい、つねに「始めを原《たず》ねて以て末を表す、名を釈して以て義を章《あき》らかにする、文を選んで篇を定める、理を敷いて以て統を挙げる」（序志）の四ステップを遵守する、ということだ。劉勰は、この四段階のステップを、前半二十篇のジャンル論の「綱領」であると称している（序志）。

では、「始めを原ねて以て末を表す」とはなにか。それは、ジャンルを論じるさい、その起源や変遷について説明することである。「名を釈して以て義を章らかにする」とはなにか。それは、ジャンルの名称の意味を解釈して、その命名のしかたから、各ジャンルの性質をあきらかにすることである。「文を選んで篇を定める」とはなにか。それは、ジャンルごとに代表的な作家の名作をえらびだして、評価をくわえることである。「理を敷いて以て統を挙げる」とはなにか。それは、各ジャンルの創作の方法や理論を明確にして、各ジャンルに必要な条件や風格を説明することである。『文心雕龍』がジャンルを論じた各篇は、おおむねこのような四段階からなっている。

たとえば、「詮賦」篇から例をあげてみよう。この篇では、はじめに賦の名称の由来と意味とを考察し、賦は「詩に六義があり、その第二を賦という」から借用したのだという。そのあと、賦には「鋪《し》く」の意があると解釈し、だから「文采を鋪いて、物をうつし志をのべる」のが、その特徴だというのである。これが、「名を釈して以て義を章《あき》らかにする」である。つづいて賦の起源に論及し、賦の発生は「命を『詩』人より受け、宇を『楚辞』よりひらく」、つまり『詩経』と『楚辞』の両者から影響をうけており、賦と題して作品をつづった最古の文人は荀卿であった、とのべる。これが「始めを原《たず》ねて」である。つづいて、賦の変遷に話題をうつす。秦の「雑賦」から漢初に「秦からの流れにしたがって、発生してきた」状況におよび、また武帝以後の「あらゆる事物をすべてえがいた」漢大賦に論じいたる。さらには「草木禽獣や雑品雑器」をえがいた小賦におよぶまで、賦の題材や形式上の変化を歴述してゆく。これが「末を表す」である。

すぐつづけて、荀卿、宋玉から魏晋の作家にいたる名作をあげて、それぞれ論評をくわえてゆく。これが「文を選んで篇を定める」である。最後に、賦のジャンルに必要な条件や風格について総合的に説明して、賦作品は「内容はかならず明瞭にして典雅であるべき」で、「文辞はかならず巧妙にして美麗であるべき」だとのべ、つまり「文采が錯綜していても、質朴さはきちんとのこり、色彩がまじっても、本色はうしなわれない。これが賦をつづるさいの要点である」という。これが「理を敷《し》いて以て統を挙げる」である。その他の各篇においても、劉勰はジャンルを論じるさいには、おおむね同種のステップと内容とにしたがって説明している。

『文心雕龍』よりまえ、曹丕「典論」論文や陸機「文賦」がジャンルを論じたさいは、ただ風格の特徴を解説するだけで、それ以外のことについてはふれていなかったし、また摯虞『文章流別志論』と李充『翰林論』の両書は、ごく少許の箇所で名称や変遷、作品採録に言及しただけで、しかもきわめて簡略だった。『文心雕龍』はこれをおおきく発展させ、ジャンルの論及範囲はさらに拡大され、内容もずっと豊富になった。また論述ぶりも充実したものとなり、厳密な体系を有している。

このほか、『文心雕龍』がジャンルを論じるさいには、もうひとつ長所がある。それは各ジャンルを精確に弁別し、また個々の特徴を明確に説明するために、いつも類似した二ジャンルを比較して論じ、読者にその相違を理解させせやすくしていることである。

たとえば「銘箴」篇ではいう。「夫《そ》れ箴は官にて誦せられ、銘は器に題さる。名称も用途も異なりしに、警戒するは実に同じなり」。これは、箴と銘の両ジャンルは、ともに「ひとをいましめる」（警戒）という点からは、おなじ効用をもっているが、ただ、箴のほうは官府に献じて日々となえてもらい、銘のほうは器物にきざむという違いがあるので、こうしたべつの名称があるのだ——という意味である。劉勰はつづいて「警戒するは実に同じなり」という基本にもとづき、さらに精緻な比較をおこなう。「箴は全て過ちを禦《ふせ》ぐ、故に文は確切に資《と》るべし。銘は褒賛を兼《か》ぬ、故に体は弘潤を貴《たっと》ぶ」。これは、箴と銘とはともに「ひとをいましめる」効能をもつが、箴はもっぱら過失をいましめる方面でもちい、銘のほうはむしろ功徳を賛仰することがおおい。こういうふうだから、「用途だけでなく」風格のうえからも、すべておなじということにはならない――という意味である。

また「頌賛」篇では、頌の書きかたと風格とに論及したとき、劉勰はつぎのようにいう。「夫《か》の頌を原《たず》ぬるに惟れ典雅にして、辞は必ず清鑠《せいしゃく》なるべし。敷写するは賦に似れども、華侈《かし》の区には入らず。敬慎するは銘の如きも、規戒の域に異なれり」。頌の文の理想的な風格としては、典雅であることであり、措辞においては簡明でありながら、輝きがなければならない。書きかたにおいては、賦のような鋪陳叙述を理想とするが、しかし賦ほど華麗にしたり誇張したりしてはならない。その執筆態度としては、銘の創作とおなじように慎重を期さねばならぬが、しかし銘ほど戒めの口調があってはならない――という意味である。

さらに「哀弔」篇でも、弔文の書きかたと風格に論及したとき、つぎのようにいっている。「夫れ弔は古義ありと雖も、華辞は未だ造られず。華過ぎ韻緩やかならば、則ち化して賦に為《な》れり」。弔文では華麗な表現を追求してはならぬ。もし華麗になりすぎ、かつ音韻のほうでルーズになってしまえば、賦になってしまいかねない――という意味である。

このように『文心雕龍』は、ジャンルの性質や特徴を記述するときは、類似したジャンルと比較させながらおこなっているので、各ジャンルの特色をいっそう浮きぼりにできるし、また相互の相違も弁別しやすくなっている。章学誠はかつて、『文心雕龍』を称賛して「体は大なれども、思いは精密だ」といったが、この長所はジャンルを論じるばあいでも、じゅうぶん発揮されているといえよう。

とうぜんのことながら、『文心雕龍』のジャンル分類やジャンル論にも、それなりの限界がある。たとえば、文学の規範を聖人にもとめたり、経書を尊重したりする考えかたによって、劉勰は五経を各ジャンルの源流とみなし、経書をジャンル分類から除外している。実際上は『詩経』は詩歌であり、『尚書』は歴史的な公用文であり、『春秋』は編年体の歴史散文なのだが、劉勰はこれらを尊崇して「文の枢紐」とみなし、一般のジャンルと同列にあつかおうとしない。また『楚辞』への独自の分析にもとづいて（劉勰は、屈原の思想は経書に一致するとみなしている）、ほんらい一ジャンルたるべき『楚辞』、つまり騒体を、ほかのジャンルと同等にならべていない。

また、『文心雕龍』ではジャンルを論じるさい、［前述したように］いつも「名を釈して義を章らかにする」方法をとる。これによって、いくつかのジャンルでは、名称の考察から意味が浮きぼりになっているが、劉勰はときに同音の字で、ジャンルの意味を解釈したがることがある。「詩は持である」とか、「移は易である」「諧は皆である」などがそれだが、これらは読者に牽強付会の感をいだかせるだろう。このほか分類のさいに、名称にとらわれて実体をみまちがえたケースもある。たとえば、「七」や「対問」を「雑文」のなかに所属させているが、両ジャンルの性格から判断すれば、これらは賦のなかに属させるべきだった——などが、それである。

このように、劉勰の『文心雕龍』と前述の蕭統『文選』の二書は、ジャンル分類やジャンル論において欠点がないではない。だが、あとにつづく同種の論著においては、この二書から影響をうけていないものはないのである。

唐以後も、歴代、文学の選集は輩出しつづけた。それら後代の選集のなかには、『文選』にならって、ジャンルによって排列し、同類ごとに作品を収録したものもあれば、摯虞『文章流別志論』に模して、名作をえらんだほか、各ジャンルに解説をほどこしたものもある。これらの選集の編纂者のうち、ある者は駢文をたっとび、ある者は古文（散体文）をたっとび、またある者は駢散兼宗だったりする。それによって、彼らの収録する文の範囲や規準もことなってくるし、また分類においても、ジャンルの増減や変更が生じてきている。

たとえば、宋の姚鉉『唐文粋』百巻では、古賦、古調、頌、賛、表奏書疏、状、檄、露布、制策、文、論、議、古文、碑、銘、記、箴、誡、銘（ここは物銘をさす。うえの銘とはことなる）、書、序、伝録記事――の合計二十二種のジャンルにわけるが、さらに各ジャンルにおいて、また三百十六の小分類がなされている。姚鉉は自序のなかで、この書は「同種の作品ごとにならべており、『文選』のやりかたを継承した」と称している。これによって、彼の分類が『文選』を参考にしたものであることがわかろう。

ただし、彼は『文選』のジャンル分けに、かなり改変をほどこしている。主要なものは、ジャンルの所属がえや合併である。たとえば『文選』にあった騒、七、辞、連珠の四種は賦のなかにはいり、上書、啓、弾事、奏記の四種は表奏書疏に属した。移は檄のなかにはいり、符命、誄、哀文、弔文、祭文は、すべて「文」に属した。また、牋は「書」に所属し、史論は論のなかにおさまり、墓誌も碑のなかに所属させられている。いっぽう、新ジャンルとして独立したものには、状、露布、文、議、古文、記、誡、物銘など八種がある。

以上を要するに、『唐文粋』は『文選』のジャンル三十九種を二十二種にへらしており、煩雑だった『文選』のジャンル分類をよく修正している。だが、各ジャンルにおける小分類はきわめて煩雑で、『文選』よりずっとおおくなってしまった。

姚鉉『唐文粋』にすこしおくれて、真徳秀の『文章正宗』正集、続集の各二十巻が出現した。正集は『左伝』『国語』から晩唐までの作品をえらび、続集は北宋の文をおさめている。彼は自序でつぎのようにいう。

「正宗」と称したのは、後世の文学は変化がはげしかったので、文をまなぼうとする者に、文学の正流を識別しやすくさせようとしたためである。むかしから、文を収録した者はおおかったが、杜預(『善文』五十巻がある)や摯虞などの昔賢が収録したものは、おおく亡佚して現存していない。いま世間にひろまっているのは、梁の『昭明文選』と姚鉉『唐文粋』ぐらいのものだが、現在からみると、この二書とて、正流の作品群を集録しえているか、あやしいものだ。……

私が編纂したものは、ひとのなすべき道をあきらかにし、世間に役だつ作品を主としている。文体は古代ふうで、内容は経書にちかいものであって、はじめて収録した。そうでなければ、文辞がすぐれていても、収録していない。本書は、辞命、議論、叙事、詩歌の四つの部門からなる。

この『文章正宗』における作品採録は、当時の道学者たちの文学観をよく反映している。ただし真徳秀がはじめた、文学を辞命、議論、叙事、詩賦の四つの門に大別するやり方は、なかなか創見にとむものであり、後代における「門に大別し類に細分する」文学分類の新方法を啓示したものといえよう。

姚鉉『唐文粋』のあと、すぐつづいて出現した選集に、南宋の呂祖謙『宋文鑑』百五十巻（五十九種にわける）、元の蘇天爵『元文類』七十巻（四十三種にわける）、明の程敏政『明文衡』九十八巻（三十八種にわける）などがある。これらはすべて、一代かぎりの作品をあつめた選集であり、たがいに関連しつつ、ひとつの系統をなしている。

明代には、注目すべきジャンル論の書物が二書あらわれた。呉訥の『文章弁体』と徐師曾の『文体明弁』である。この二書は選集ではあるが、とりあげるジャンルごとに、名称、性質、源流などを説明した序説を付しており、事実上はジャンル論の性質を有している。

この両書でとりあげたジャンルは、ひじょうな広範囲にわたっている。詩や文や賦をふくむだけでなく、律詩や詞などの、隋唐以後に発生したあたらしいジャンルも、積極的にとりあげているのだ。

まず『文章弁体』のほうは、内集と外集とのふたつの集にわかれており、内集は五十巻で古体の詩文をあつめ、外集五巻は駢文と律詩と詞をおさめている。その「凡例」で呉訥はつぎのようにいう。

文辞はジャンルが重要である。むかし編纂されたジャンル別の選集で、いまも世間にひろまっているのは、梁の『昭明文選』六十巻、姚鉉の『唐文粋』百巻、東萊（呂祖謙）の『宋文鑑』百五十巻、西山（真徳秀）の前後『文章正宗』四十四巻、蘇伯修（天爵）の『元文類』七十巻ぐらいにしかすぎない。だが『唐文粋』『宋文鑑』『元文類』は一代の作品を採録したものだし、『文選』の編集方針には混乱がある。たとえば第一巻の古賦では、「両都賦」を冒頭にすえていて、「離騒」をずっとあとのほうにならべている。ひどいのは、揚雄「劇秦美新」や曹操への「九錫文」なども採録されていることで、とても模範とはしがたい。

ただ『文章正宗』だけは義例が精密で、その類目は四門になっている。辞命、議論、叙事、詩歌である。古今の文学はけっきょく、この四門のなかにふくまれるのだ。だが、『文章正宗』の四門のなかには、さらにおおくのジャンルがふくまれているので、ジャンルを区別しようとしても、けっきょくはこれという決めてがない。

それゆえ、本書では「古歌謡辞」から「祭文」にいたるまで、ジャンルごとに一類をたてることにした。各作品は時代によって先後をきめ、すべてで五十巻とした。宋代の学者たちの成果によりつつ、愚見もくわえてジャンルへの解題をかき、各ジャンルのはじめにおいた。これによって、すこしは本書の編纂意図をご理解いただけるであろうか。

右の「凡例」は、作品採録とジャンル解題をつづった意図、および内集を編集した状況などについて、説明したものである。外集に関しては、つぎのようにいう。

四六は古文の変体であり、律賦は古賦の変体である。律詩と雑体詩は古詩の変体であり、詞曲は古楽府の変体である。西山（真徳秀）の『文章正宗』は、こうした変体の作品はいっさいおさめていない。だが、東萊（呂祖謙）の『宋文鑑』のほうは、これらも収録している。いま、この『宋文鑑』のほうにしたがう。

かくして、また四六、対偶、律詩、歌曲などをあつめて五巻とし、『外集』と名づけて［内集の］五十巻のあとに付することにする。こうして、多様なジャンルをあつめることによって、文学の創作が時代によって変化してきたことを、明確にしたいとおもうしだいである。

これによって、『文章弁体』では各ジャンルを収録し解説するさいは、古体の詩や文を採録したうえに、さらに前人の先入観をやぶって、駢体や近体の詩文をも排除していないことがわかる。こうした態度は、文学の範囲や発展状況にたいする、この書のトータルな見かたを反映したものであろう。また同時に、書名や形式などから判断すると、この書は選集ではあるものの、むしろジャンルを分析して、ジャンルの性質や変遷などについて解説、研究することのほうに、その重点があったこともしられよう。

この『文章弁体』では、ジャンルを五十九類にわける。いささか煩雑すぎる嫌いがあるものの、その分類にはおおくの創造性がひそんでいる。たとえば詩歌では、「古詩」のしたで、さらに四言、五言、七言、歌行の四種に細分し、隋唐以後の近体詩では、さらに律詩、排律、絶句などにわけているが、こうした分類は、詩歌の題材によって分類した『文選』や『唐文粋』などにくらべると、いっそう詩体の特徴を反映したものになっている。また文章作品においては、唐宋の古文家たちが創案した新ジャンルたる原、説、解、判、題跋などを収録しており、ジャンルの内容をゆたかにしている。

この『文章弁体』にすこしおくれる徐師曾の『文体明弁』八十四巻は、『文章弁体』の基礎のうえにたちつつ、さらにこれを増益して、できあがったものである。しかしながら、いろんな方面で、顕著な改善点がみられる。たとえば、ジャンルを博捜する点では、『文章弁体』よりさらに完備していて、百二十七類のおおきにのぼっているし、また各ジャンルへの解説も、いっそう詳細になっている。いま「碑文」を解説した一則をあげて、その形式と研究水準とをみてみよう。

劉勰はいう。「碑は埤（つけたす）の意である。上古の帝王は、まず封禅の儀式と称して、石をたてて山岳に埤《つ》けたした。だから碑という。周の穆王は、自分の足跡を弇山《えんざん》の石にきざみこみ、秦の始皇帝は銘辞を嶧山の頂きにきざみこんだ。このあたりから、碑ははじまったのである」。だが、『儀礼』士昏礼には「門のなかにはいったら、碑にむかって一礼する」とあり、その注に「宮室には碑があり、それで日の影の長さをみて時間をしった」と、また『礼記』祭義には「犠牲の動物がはいってきたら、碑につなぐ」とあり、その注に「むかしは宗廟に碑をたてて、これに犠牲の動物をつないだ」とある。

　これらによると、往時は宮廟に碑があり、それで日の影の長さをはかったり、犠牲をつないだりしたことがわかる。後人はこれによりつつ、その碑のうえに功績をきざむようになったのであり、碑の由来はずいぶんとおいことになろう。器物に字句をきざむのを真似［て碑に功績をきざむようになっ］たのは、周や秦の始皇帝ごろからはじまるのだ。

　後漢以来、碑文の制作はおおくなった。その結果、山川の碑、城池の碑、宮室の碑、橋道の碑、壇井の碑、神廟の碑、家廟の碑、古跡の碑、風土の碑、災祥の碑、功徳の碑、墓道の碑、寺観の碑、物に託した［寓意のある］碑などがつくられた。これらの碑は、金属（彝鼎のたぐい）がしだいに減少してきたのにともなって、つくられるようになったもので、つまりは「石を以て金に代えしも、不朽においては同じ」（『文心雕龍』誄碑篇）ということである。

　だから碑とは、じっさいは字句をきざむ器にすぎず、碑にきざまれた字句が、碑文そのものなのだ。その序は伝記ふうで、本文は銘辞ふう、これが碑文のスタイルである。また碑の文は叙事を主とし、以後しだいに議論をまじえるようになったが、これはよくない。したがって、ここでは大家たちの文を採取して、以下の三種にわけてならべることにした。まず叙事を主体とするものを正体とし、つぎに議論を主体とするものを変体とする。くわえて、叙事でありながら議論をまじえるものは、「変体にして其の正を失わず」とする。また、物に託して寓意した文は、「別体」としてならべた。

以上、じゅうぶんでないかもしれぬが、文をまなぶ者は、これらの説明から碑文の概要を推察できるだろう。なお、墓碑はまたべつの種類とすべきなので、ここにはおさめていない。

この一則だけからも、『文体明弁』におけるジャンルへの研究水準が、かなりたかいことがわかろう。この書では、まず「碑」の来源を考察する。碑とは、古代ではほんらい宮廟のまえにあって、日の影の長短をしらべたり、犠牲用の家畜をつなげたりするために設置された器物であった。あとになって、器物のうえに字句をきざむのを真似て、功績を称賛した字句を碑の表面にきざむようになり、かくして「碑文」が発生してきた。後漢以後になって、碑をたてる場所やきざんだ文の内容の違いなどによって、各種の碑文が発生してきた——という。つづいて、碑文の形式についても、説明をほどこす。碑文には正と変の両様があり、通常は叙事体だが、議論をしたり、あるいは一部に議論をまじえたりすれば、「変体」に属する。ほかの事物にかこつけて、それとなくべつの意味をほのめかした碑文も少数あるが、これは例外であり、「別体」とすべきだろう。墓碑のばあいは、性質や形式がまったくことなるので、これはべつの種類に属させたほうがよい——と。このように徐師曾は、ジャンルが発展してきた経緯や様式や特徴を、詳細かつ明確に論述しているのである。

ジャンルの分類においては、この書はジャンルの博捜ぶりや解説ぶりの点で、なかなか充実している。詩歌で例をしめせば、つぎのように分類している。古歌謡辞、四言古詩、楚辞、賦、楽府、五言古詩、七言古詩、雑言古詩、近体歌行、近体律詩、排律詩、絶句詩、六言詩、和韻詩、聯句詩、集句詩、雑句詩、雑言詩、雑体詩、雑韻詩、雑数詩、雑名詩、離合詩、詼諧詩、詩余など。これらは、わが国の詩歌の種類を、ほとんど網羅している。

そのうえ、ごくめずらしいジャンル、たとえば貼子詞、楽語、右語、道場疏、青詞なども、収録するのをわすれない。こうしたジャンルには、従来のジャンル論の書物は、ほとんど注意をはらってきていなかった。いっぽう、ありふれたジャンルに対しても、徐師曾は細緻な分析をほどこしている。たとえば賦に対しては、その形式的特徴によりつつ、古賦、俳賦、文賦、律賦の四類にわけている。これを要するに『文体明弁』は、明以前のジャンル論を集大成した書物だといってよかろう。

六朝から明代にかけては、文学の発展やジャンルのたえまなき変化、そしてあいつぐ新ジャンルの誕生などに応じて、ジャンルを論じた書物は、もっぱら各ジャンルを網羅することに力をそそいできた。そのため、収録するジャンルの数は、ますます増加してきた。それらの書物は、ジャンル資料を提供するという点では、おおきな貢献をしてきているものの、『文選』からはじまった「分類が煩雑である」という欠点を、そのままひきずっていたのである。そうした状況は、『四庫全書総目提要』が『文体明弁』を批評したことば、「ゴタゴタと錯綜していて、あらゆるジャンルをとりこんでいる。いわゆる〈もつれた糸をほぐそうとして、よけいもつれてしまった〉というべきか」がよくものがたっている。このため清代のころから、ジャンル論者たちのあいだでは、ジャンルの統合問題のほうへ注目があつまるようになった。
　彼らのかんがえた通常の方法は、まずジャンルをおおきな門にわけ、その後で、さらに門をちいさな類に細分して、ジャンル列挙の煩瑣さをさけることであった。いわば「網の大綱をもちあげれば、網の目はひらく」(要点をおさえれば、細部はおのずから解決される)の効果をねらったわけだ。たとえば清の康熙年間、儲欣が編纂した『唐宋十大家類選』は、文章を六門三十類にわけている。その分けかたは、つぎのとおりである。

奏疏第一　書、疏、劄子、状、表、四六表
論著第二　原、論、議、弁、解、説、題、策
書状第三　啓、状、書
序記第四　序、引、記
伝誌第五　伝、碑、誌、銘、墓表
詞章第六　箴、銘、哀詞、祭文、賦

ただし、儲欣『類選』の採録範囲は、唐宋十家の文だけであり、先秦両漢の文や駢文、詩詞などはふくまれておらず、この書じたいは、とうぜん簡約すぎる弊がある。しかし、門に大別し類に細分する諸欣のやりかたは、ひとつの進歩であるのはたしかであり、のちの選集編纂にヒントをあたえた。たとえば李兆洛の『駢体文鈔』は、まずジャンルをおおきく、廟堂の製・奏進の篇、指事述意の作、縁情託興の作――の三門に大別し、その三門のしたに各種のジャンルを属させた。曾国藩の『経史百家雑鈔』も、まず著述、

告語、記載の三門に大別し、そのしたに各種のジャンルを属させている。章大炎の『文学総略』も、まずいくつかの門に大別し、それから各種のジャンルを属させている。これらはすべて大綱で細目をくって、分類が煩瑣になるのをふせごうと意図しているのだ。

清代桐城派の古文家、姚鼐が編纂した『古文辞類纂』七十五巻は、戦国から清代にかけての古文や辞賦を収録するが、それはジャンルによって十三類にわけている。冒頭に序目があって、そこで各ジャンルの特徴を論じているが、それは、つよい影響力をもったジャンル論の著作となった。この選集で大別した十三類は、以下のとおりである。

論弁類　序跋類　奏議類　書説類　贈序類
詔令類　伝状類　碑誌類　雑記類　箴銘類
頌賛類　辞賦類　哀祭類

『古文辞類纂』には、以下のような特徴がある。

第一に、文学史上に伝来してきた主要なジャンルを、ごく簡略に整理している。たとえば『類纂』とさきにあげた儲欣『唐宋十大家類選』とをくらべれば、『類纂』は原、論、議、弁、解、説などを「論弁」類に一括し、また書、疏、劄子、状、表などを「奏議」類にまとめている。これは、『類纂』がジャンルの性質に着目して、ジャンルを大別していることをしめしている。

第二に、『類纂』はジャンルをただ類にわけるだけで、おおきな門をたてていないが、しかし、そのジャンルの区分と排列のしかたは、事実上、おおきな門にわけ、そのしたに各ジャンルを属させるという、前人たちの精神をきちんとふまえている。たとえば、おおきな門にわける方式を創始した真徳秀『文章正宗』と、この『類纂』とを比較してみれば、『類纂』の「論弁」と「序跋」の二類は、『正宗』の「議論」門に相当するし、また「奏議」「書説」「贈序」「詔令」の各類は、『正宗』の「辞命」門に相当する。また「伝状」「碑誌」「雑記」の各類は、『正宗』の「叙事」門に相当し、また「箴銘」「頌賛」「辞賦」「哀祭」の各類は、『正宗』の「詩賦」門に相当している。

第三に、『類纂』は作品の帰属問題においても、ずいぶん合理的なやりかたをとっている。たとえば『類纂』は、儲欣『唐宋十大家類選』におけるジャンル帰属の欠点を、しばしば是正している。『類選』では題のジャンルを「論著」門に属させていたが、『類纂』では「序跋」類に移動しているし、『類選』では哀詞のジャンルを「詞章」門に属させていたが、『類纂』では「哀祭」類に移動している。このほか、唐宋以後の時代には「贈序」という文がかかれ、通常は「序跋」の仲間とみなされていた。ところが姚鼐『古文辞類纂』は、この「贈序」は名称こそ「序」であるものの、その性質からみると通常の書序ではないとかんがえ、べつに「贈序」類をたてたのである。これは、『類纂』が作品の性質からジャンルを弁別したもので、あたらしい見識を有していたことをしめしていよう。

また『類纂』はジャンルの源流を論じるさいでも、源流とその変遷に対して、簡潔で明確な解説をほどこしている。例をしめそう。

○奏議類は、唐虞三代（堯舜の世と夏殷周）の聖賢たちが、その主君に陳弁したことばであり、『尚書』のなかにおさめられている。周がおとろえ、列国の臣下たちが国のために献策した奏議の文は、忠義をつくし文辞もすぐれる。いずれも『尚書』の謨や誥に模したもので、文をまなぶ者はこれを読誦してきた。……漢以来、表、奏、疏、議、上書、封事などの異名があったが、実質上はおなじものである。ただ対策の文だけは、臣下が主君に奏上した文だが、そのスタイルはすこしことなる。

○碑誌類は、『詩経』にもとづき、功績をほめあげ徳行を称賛するものである。だが、じっさいの用途としては、金石にきざまれた。周のときは石鼓に文字がきざまれ、秦では、始皇が各地を巡行した場所で、石に字をきざんだ。漢の人びとが碑文をつくるや、序文をくわえるようになった。そうした序のスタイルは、秦の琅邪の刻石にもうみえている。明の茅順甫（坤）は、韓文公（愈）の碑序が、『史記』の書きかたとちがっているといって批判したが、これはただしくない。金石の文は、史家のかく文とはちがってきて、とうぜんなのだ。韓文公が文をつづるさい、司馬遷そっくりにかいたって、どうしてうまいといって称賛されることがあろうか。

誌は、「識」（識別する）の意である。むかし石を墓上にたてたり、墓中にうめたりしたが、古人はこれを「［墓］誌」と称した。この墓誌に銘辞を付するのは、それによって誰の墓かを識別しようとしたからだ。だが、後人が銘辞をよんでも、詳細がわからないかもしれぬと心配して、銘辞のまえに、さらに序文を付した。世間では石を墓上にたてて、［墓］碑といったり、［墓］表といったり、また墓中にうめたのを、［墓］誌と称したりする。碑の文章を［墓］誌と［墓］銘に二分したり、前半の序文だけを［墓］誌と称したりするのは、ともにただしいやりかたではないが、どうやら欧陽脩あたりから、このことがわからなくなっていたようだ。

右によって、『古文辞類纂』における歴代ジャンルの再整理や再分類は、編者の姚鼐がジャンルの源流や変遷、さらにその特徴や性質などをふかく考察したうえで、構築しなおしたものであることがわかろう。彼は、「論弁」類は「古代の諸子百家の文に由来する」とかんがえ、「辞賦」の文学的特徴は「ことばをならべるが、内容は事実ではない」と指摘しているが、こうした見かたは、従前のジャンル分析にくらべると、なかなか見識のあるものである。

以上のべてきたように、中国旧時のジャンル分類とジャンル論は、文学批評理論の一分野としても、たいへんながい歴史を有している。魏晋から清代にいたるまで、おおくの理論家や学者たちが熱心に検討、研究をおこなってきて、おおきな成果をあげているのである。

だが一般的にいえば、彼らの研究には共通して、ある種の限界が露呈しているように見うけられる。たとえば、文学の範囲についていえば、彼らは先入観にとらわれて、いつも詩と文だけにとどまり、戯曲や小説、さらにその他の俗文学には、ほとんど論及してこなかった。また詩や文の編集や分類においても、ある種の学者たちは、駢文家や古文家などの立場にこだわりすぎた。そのため全体を満遍なくみわたすべき炯眼に、ややもすれば翳りが生じてきてしまったのである。そのほか、歴代のジャンル分類が煩瑣になりがちで、分類の細分化をさけようとせず、煩雑さを簡潔にまとめきれていない。(1)こうした事態は、旧時のジャンルの豊富さや、異名同実のおおさという現象と、関係があるのはいうまでもないが、しかし同時に、往時の研究者に、厳格な科学的帰納法が欠如していたこととも、ふかくかかわりあっているだろう。

作家にして学者でもあった現代の葉聖陶（葉紹鈞）先生は、かつて旧時のジャンル分類に論及したとき、つぎのようにいわれた。「現存最古の選集としては、蕭統の『文選』をあげるべきだろう。だが、この書のジャンル分類は混乱し、また煩雑すぎて、とても模範とはしがたい。近代のすぐれた選集としては、姚鼐の『古文辞類纂』があげられる。この書では、文学を十三類にわけているが、どうも姚鼐は、ときとばあいによって、作品の重要性にもとづいたり、作者と読者の関係（実用性）に依拠したり、さらには作品の形式を重視したりして、これらの十三類をたてたのではないかとうたがわれる。その分類基準の混乱ぶりたるや、『文選』と大差ないように感じられ、我われをあまり満足させない」（『作文論』）。

こうした事情からすると、こんにち我われがジャンルを研究するさいには、旧時のジャンル論の成果を継承し、参考にするいっぽうで、あらためてジャンルを再整理し、分類しなおす必要があるようだ。近時の黄侃先生は古代のジャンルに論及されたとき、つぎのようにいわれた。「ジャンルのおおくの名称を考察してみると、あまりにも気ままますぎる。むかしの呼称にならったものもあれば、その場その場で適当に名づけたものもあり、名称はむかしのままだが実質はかわっているものもあり、また名称はかわっても実質はかわっていないものもある、という具合である。ジャンルの根本の由来を究明し、ほんらいの性格をよくみきわめる必要があろう。そうすれば、作品のめだった箇所にもまどわされなくなり、煩瑣な分類を簡略なものにあらためることもできよう」（『文心雕龍札記』頌賛第九）。

これは、旧時のジャンル分類にむけてのことばである。わが国旧時の各種ジャンルに対して、その源流と変遷、形式の特徴、発展の原理などを研究しようとするさいには、おおくの資料を収集したうえで、さらなる科学的研究を推進していかねばならない。本書はそうした方面の水準からは、ほどとおい内容であり、現前の読者たちの要求に応じて、初歩的な考察をこころみたにすぎないのである。

注

（1）明の徐師曾『文体明弁』はジャンルを百二十七類にわけ、清の呉曾祺『涵芬楼古今文鈔』は二百十三類にわけ、清の張相『古今文綜』にいたっては、ジャンルを六部四百余類にわけた。煩瑣さもきわまれりというべきである。

第三章　賦のジャンル

名称と起源

賦は文学史上では、たいへんはやく発生したジャンルである。周末にはじまり、漢代になってとくに発展した。その後、歴代の作家たちによって創作されてゆくうちに、形式はつねに変化しつづけた。賦はわが国旧時の文学創作における重要ジャンルのひとつであり、「詩詞歌賦」と称されるように、創作の重要な一ページをしめてきたのである。

この賦のジャンル名と起源とに関しては、前人はおおく、漢代からつたわる「毛詩序」によって説明してきた。漢代、『詩経』を解釈した「毛詩序」には、つぎのような説がある。「詩には六義がある。第一は風、第二は賦、第三は比、第四は興、第五は雅、第六は頌である」。ここの「六義」の二番目に賦がでてくるので、後世の人びとは、賦の名称はこれに由来するとかんがえた。しかも、ただ名称だけでなく、賦の文学それじたいも、源流にさかのぼっていけば、『詩経』に起源をもつとかんがえた。たとえば、晋代の文芸批評家の摯虞は、「文章流別論」[1]でつぎのようにいう。

賦は鋪陳手法の名称であるが、また古詩の一流派でもある。古代の詩の作者たちは、感情が激しても、それを礼の範囲でおさめた。その感情の激発は文辞で表現すべきだし、礼のありかたは事物で明確にせねばならぬ。そこで賦が登場し、形象を仮構してことばをつくし、その志を鋪陳したのである。

ここにいう「古詩」とは、『詩経』を意味している。斉梁の劉勰においても、やはり賦の名称と起源については、『詩経』の「六義」にはじまるとかんがえている。彼は『文心雕龍』詮賦でつぎのようにいう。

詩に六義があり、その第二を賦という。賦は「鋪《し》く」の意である。文采を鋪きのべて、物をうつし志を描写するのである。

じっさいのところは、こうした見かたは、漢代以後の「経書の尊崇」という偏見にもとづくもので（『詩経』は儒家によって、経書のひとつとされた）、説得力にはとぼしい。歴史上からみると、賦、比、興などをもちいて詩を説明することは、漢代の人びとがはじめた解釈方法にすぎず、文学ジャンルの一種としての賦は、はやく戦国後期のころに、もう発生していた。

現在みられる資料によれば、もっともはやく賦スタイルの作品をかき、しかもそれを「賦」と名づけたのは、著名な学者であった荀況である。『漢書』芸文志の詩賦略によれば、荀況には十篇の賦作品があったようだが、いまはそのうちの五篇、つまり「礼」「知」「雲」「蚕」「鍼」の作が残存している。これらは『荀子』におさめられているが、そこでは「賦篇」と総称している。

賦を新興のジャンルとしてみたとき、その名称と形式とは、なにに由来しているのだろうか。先秦時代では、「賦」字と文学の関係には、両用の意味あいがあった。

ひとつは、「しく」（敷）や「ならべる」（鋪陳）などの意味である。『詩経』大雅・烝民に「明命を賦せ、しむ」とあり、毛伝は「賦は布くの意」とあり、また同書の小雅・小旻には「下土に敷く」とある。さらに、同書の周頌・賚に「敷きて時《こ》れ繹《たず》ぬ」とあり、『左伝』はこれを引用して「鋪きて時れ繹ぬ」（宣公十二年）とする。賦、敷、布、鋪、これらは音がちかく、意味も似かよっている。それゆえ、鄭玄が『周礼』大師の「六詩」に注したとき、『毛詩』の六義における賦について、「賦とは鋪くの意であり、現今の政治教化のよしあしを、じかに鋪陳する」と説明したのである。

　もうひとつは、口頭で朗誦する、の意味である。『国語』の「政治批判禁止令を召公がいさめる」話に、「だから天子は政治をおこなうや、公卿から列士にいたるまで、詩を献上させます。……また、瞍には賦させ、矇には誦させます」という一節がある（周語上）。ここにいう「賦」と「誦」とは、ともに声で節《ふし》をつけることを意味し、楽器を必要とせぬ口頭での諷誦である（こまかく区別すれば、この「賦」と「誦」とは、声調上の差異があるかもしれぬ）。これによって『漢書』芸文志では、「歌わないで誦する。これを賦という」といっているわけだ。ここでいう「歌わないで誦する」というのは、ただ朗誦するだけであり、古代の詩歌が音楽にのせてうたっていたのとはちがっている。

　我われが、賦篇と命名された荀況の現存作品から判断すると、それらはおもに鋪陳や誇張の手法をもちいて、五種の事物を叙している。また字句はおおむね整斉されていて、四言を多用している。もっとも荀況の賦は、問答を設定し、また韻文散文が交互にあらわれるなど、半詩半文の形態を有しており、あきらかに音楽をともなう詩とは違いがある。こうした点からすると、ジャンルの名称としての賦は、おおむね右の両用の意味をもっていたようだ。つまり賦は、表現手法のうえでは鋪陳して事物を描写するが、形式的には詩とことなって、歌唱文学には属さないのである。

荀況は文学史上、もっともはやく賦作品をつづった作家である。ただし、この賦というジャンルは、荀況が徒手空拳で創造したものでないことは、すぐ推測できよう。彼は、通俗文学の効能を重視し、かつ民間の文学様式を利用するのが得意な作家だった。文学史上では、彼は最初の賦家だっただけでなく、はじめて民間芸能の文辞をつづった人物でもあった。彼の『荀子』成相篇は、人びとから「後世の弾詞の祖」だと称賛されており（王先謙『荀子集解』にひく盧文弨の語）、その形式は民間の「気あいをいれる歌ごえ」（朱子『楚辞後語』）に源を有している。「賦篇」の源流も、似たようなものである可能性がたかい。

荀況の賦の強調すべき特徴は、先秦時代に流伝した「隠語」に似ていることである。いま荀況の賦から、「礼」と「鍼」の二賦をあげて例としよう。

「礼賦」

爰有大物。非糸非帛、文理成章。非日非月、為天下明。生者以寿、死者以葬。城郭以固、三軍以強。粋而王、駮而伯、無一焉而亡。臣愚不識、敢請之王。王曰、此夫文而不采者歟。簡然易知而致有理者歟。君子所敬而小人所不者歟。性不得則若禽獣、性得之則甚雅似者歟。匹夫隆之則為聖人。諸侯隆之則一四海者歟。致明而約、甚順而体。請帰之礼。

ここに偉大なものがある。生糸でもなく絹糸でもないが、その肌理はあやをなしている。日でもなく月でもないが、天下の明るさの根源である。生者はこれによって長寿をたもち、死者はこれによってほうむられる。城郭はこれによって堅固になり、軍隊もこれによって精強になる。これに徹すれば王にもなれ、ややまじる程度でも覇者になり、皆無だと滅亡してしまう。私は愚昧で、これがなんだかわかりませんので、しいて王さまにおたずねするしだいです。

王はいった。これはあやをなしながら、彩りはないものだろう。おおまかでわかりやすく、いたって筋目のとおったものだろう。君子は尊敬するが、小人は尊敬しないものだろう。手にいれねば、本性が禽獣にひとしくなり、手にいれれば、本性が典雅になるだろう。匹夫でもこれを尊重すれば聖人になれようし、諸侯がこれを尊重すれば、天下を統一できるだろう。いたって明確で簡約、たいへん自然で体得しやすい。これは「礼」だということになろうか。

「箴賦」

有物于此。生于山阜、処于室堂。無知無巧、善治衣裳。不盗不窃、穿窬而行。日夜合離、以成文章。以能合従、又善連衡。下覆百姓、上飾帝王。功業甚博、不見賢良。時用則存、不用則亡。臣愚不識、敢請之王。王曰、此夫始生鉅、其成功小者耶。長其尾而鋭其剽者耶。頭銛達而尾趙繚者耶。一往一来、結尾以為事。無羽無翼、反覆甚極。尾生而事起、尾邅而事已。簪以為父、管以為母。既以縫表、又以連裏。夫是之謂箴理。

ここにある物がある。山の生まれだが、家にすみついている。知恵なく技巧もないが、衣裳をつくるのがうまい。盗みやコソ泥をするわけではないが、穴をあけてはくぐりぬけてゆく。日夜バラバラのものをくっつけ、きれいなあやをつくりなす。タテをあわせたり、ヨコにくっつけたりもうまい。下は民衆をおおい、上は帝王もかざりたてる。その功績は甚大だが、その賢良ぶりはめだたない。使用されたときは存在をしめすが、使用されねば目にみえない。私は愚昧で、これがなんだかわかりませんので、しいて王さまにおたずねするしだいです。

王はいった。これは〔鉄塊だった〕当初は巨大だが、役だつときはちいさいものだろう。尾（糸）の部分はながくひき、先はするどいものだろう。頭はするどく、尾はまつわりつくものだろう。いったりきたりして、尾をむすんで仕事をする。羽もなく翼もないが、その反復ぶりはきわめてはやい。尾が生じて仕事がはじまり、尾がめぐって仕事はおわる。錐を父とし、針箱を母とする。表をぬいおわれば、裏をくっつける。これを針のすじという。

荀況の賦の基本的な特徴は、以下のような点である。その字句は整斉されて韻をふみ、半詩半文の性格をおびている。表現手法のうえでは、「じかにいわず本意をかくし、婉曲技法や比喩でもってとおまわしに暗示する」、つまり種々の巧妙な比喩を採用して、直接的な説明に代置するのである。

「隠語」は、もともとは民間の俗っぽいジャンルであった。『周易』の爻辞のなかには、民間の俗語をたくさん保存しているが、そこには、「じかにいわず本意をかくし、婉曲技法や比喩でもってとおまわしに暗示する」隠語がすくなからずふくまれている。たとえば『易経』帰妹・上六には、「女は筐《かたみ》を承《ささ》ぐるに、実《み》无《な》し。士は羊を刲《さ》くに、血无《な》し」（娘が手箱をもっているが中身はなく、男が羊をきりさくが、血はでてこない、の意）とあるが、この語句は、ほんらい「羊毛をかりとる」の意味である。『易経』明夷・上六には「不明にして晦《くら》し。初めは天に登り、後には地に入る」（〔徳が〕不明でくらい。はじめ天にのぼるが、のちには地におちていく、の意）とあるが、この語句は、ほんらい太陽の動きを形容したことばなのだ。

また『詩経』小雅・苕之華には、「牂羊《そうよう》は墳首なり、三星は罶《りゅう》に在り」（母羊は頭だけがおおきく、三星の光はワナのうえに映じている、の意）とある。その毛伝には「〈牂羊は墳首なり〉とは、ながくとどまれない、の意味である。〈三星は罶に在り〉とは、こんな道理はない、の意味である」という。母羊はほんらい頭がちいさく、腹がおおきい。だが、『詩経』では「牂羊は墳首なり」といっている。これはつまり、「こんなことはありえない」の意をふくんでいるのだ。また三星が空にあって、その光が水上にふりそそぎ、罶（魚とりの道具）のなかで映じている。罶はちいさいので、星光はあっというまにとおりすぎてしまう。だから「三星は罶に在り」の句は、「ながくとどまれない」の意を暗示するわけだ。

これらによって「隠語」は、春秋よりまえの時代に下層社会で流行していたが、やがて春秋戦国の世に宮廷のなかにはいってき、当時の策士や説客または俳優たちの、気がきいたお笑いや立て板に水の弁舌となっていった——とかんがえてよい。『国語』晋語五に「秦からの客が朝廷で〈廋語〉をもちだしたが、大夫たちはだれも応じられなかった」とある。ここの「廋語」とは、隠語のことである。『史記』滑稽列伝には、斉の威王も隠語をこのんだので、淳于髡は王に隠語をもちいて説いた、という記事がみえる。

こうした気風は、楚でもさかんであった。『左伝』宣公十二年の条には、楚の大夫が「空井戸にたとえ、もやしと称する」隠語をかたったという記事がある。『史記』楚世家にも、つぎのような例がみえる。

荘王は、即位して三年たっても、なんの命令もださず、日夜、音楽を奏して、「わしを諫止などすれば、きっと死刑にし、容赦はせぬぞ」と触れをだしていた。伍挙が宮中へはいって、いさめた。「隠語をもうしあげたく存じます。鳥が丘のうえにおり、三年間とびもせず、なきもしません。これはなんの鳥だとおもわれますか」。荘王はいった。「三年とばなければ、いったんとびたつと、天にまでのぼろうぞ。三年なかなければ、いったんなきだせば、ひとをおどかすだろうぞ。伍挙よ、でていってよいぞ。わしは〔おまえのいいたいことは〕よくわかったぞ」。

これは、隠語を利用して君主をいさめたものだ。『漢書』芸文志の詩賦略には、「隠書十八篇」(2)を著録しており、戦国のときには、すでに「隠体」の創作に注目した文人がいたことをしめしている。荀況はおそらく、この隠語をかたるさいの一問一答の構成や、隠語の言語特徴、さらにはその巧妙な描写技法にもとづき、かつそれを改造しながら、彼の「賦篇」を創造していったのだろう。

荀況は一代の大学者である。それゆえ、社会で流行した俗っぽいジャンル、つまり「隠体」を改造し、それを賦に変化させていったが、その過程において、彼はまた自覚的に『詩経』を研究していった。この方面の成果は、言語形式にあらわれており、荀況は『詩経』の句法を吸収して、四言韻文を「賦篇」の主体としている。またべつの方面では、「詩は志をいう」の伝統を継承し、「賦篇」で物に託して自己の思いをつづっている。たとえば、さきにひいた「箴賦」のばあいでは、その趣旨は、君主たるものは賢臣志士を粗末にしてはならぬ、と訓戒することにあったろう。後漢の班固が「大学者だった荀況は……賦をつくって諷諫した。それは、惻隠の情を有し、〔諷諫する〕古詩の趣意を有している」(『漢書』芸文志・詩賦略序」)というのは、まさにこの点をさしている。

とうぜん「賦と名づけられた最初の作品」(『文心雕龍』詮賦)である以上、荀況の賦作品は、芸術的にはまだ成熟していない。それは後代の賦ジャンルの一般的特徴を具備してはいるものの、やはり依然として濃厚な「隠語」の雰囲気をとどめており、文采もあまり華麗ではない。のちの漢代の賦とは、まだかなりの距離がある。ところが戦国のおわりごろ、そうした荀況のあとをついで、賦文学をより発達させ、漢賦の先導役をはたした人物があらわれた。それが楚のひと宋玉であった。

宋玉は『楚辞』の作家であり、また賦家でもある。『漢書』芸文志の詩賦略には「宋玉の賦は十六篇ある」と記されているが、この十六篇という数字は、辞と賦とをともにふくんでいる。いま我われがみえる宋玉の名を冠した賦作品は、ぜんぶで十篇ある。そのうち、「風賦」「高唐賦」「神女賦」「登徒子好色賦」の四篇が『文選』に採録され、また『古文苑』には、「笛賦」「大言賦」「小言賦」「諷賦」「釣賦」「舞賦」の六篇がとられている。このほか『文選』には、彼の「対楚王問」も採録されているが、実際上はこれも賦だとかんがえてよい。しかしながら、これらの作品に関しては、じゅうらい偽作の疑いがかかってきた。真作だと判断されるのが、『文選』所収の五篇である。この五篇を荀況の五篇とくらべてみると、手法、形式、言語などの方面で、おおきな変化や進歩がある。いま有名な「風賦」を例にあげてみよう。

楚の襄王が蘭台の離宮にあそんだとき、宋玉と景差とがおそばに侍していた。風がさっとふいてきたので、王はえりをひらき、風にあたっていった。「ああ、気もちがいい。この風は、寡人と庶民とが共有しているものだろうな」。宋玉はこたえた。「これは大王さまだけの風でございます。庶民がどうして共有できましょう」。王はいった。「風というものは、天地の気であり、あまねくふいてきて、貴賤上下のへだてないものじゃ。いま、おまえは寡人だけの風というが、どうしてそんなことがあろうか」。

宋玉はこたえていった。「私は師から〈枳句《しこう》は巣をもたらし、空穴は風をもたらす〉とおききしていますが、環境の相違が、こうした違いをうんでいるのです。すると、風もばあいも、環境によってちがってきます」。王はいった。「では、いったい風はどこからおこるのか」。

宋玉はこたえた。「そもそも風は地から発生し、あおい蘋《かたばびも》の末からおこります。谷にながれ、山の穴からさかんにふきでます。やがて大山のほとりにそって、松柏のしたでまいあがり、ぴゅうぴゅう、はたはたと、はげしくあがり、火のごとくいかります。ごろごろと雷のごとくひびき、不意に向きをかえ、ぶつかりあいます。石をうごかし、木にあたり、林や草をなびかせます。さて、風がよわくなりはじめますと、四方にちりぢりとなり、穴につきいり、門をうごかし、あざやかに、また離ればなれにうつろいます。

その清涼なるおおしき風は、ひらりと上下して、高城にかけあがり、宮殿のおくにはいりこみます。そして花や葉にふれて、桂や山椒のあいだをさまよい、またほとばしる水のうえをふき、芙蓉の華をゆりうごかします。蕙草《かおりぐさ》をふき、秦草《においぐさ》や杜衡《かんあおい》にちかづき、こぶしの花をはらい、柳の芽をおおいます。穴をめぐって丘につきあたり、かすかな香がたちこめます。それから庭のなかをさまよい、北のほう玉堂にかけあがります。薄絹のカーテンをふきよせ、おくの部屋にまでとどきます。かくて大王の風となれるのです。

その風がふきよせるときは、ひとはさわやかさに感じ、またすずしくて息をするのも気もちよくなります。爽快なので二日酔いをさまし、耳や目をさわやかにし、身体をやわらげ、ひとをやすらかにします。こうした風が、いわゆる大王のおおしき風なのでございます」。

王はいった。「なるほど、うまいことをいうな。それでは、庶民の風についても、きかせてもらおうか」。

宋玉はこたえた。「いったい庶民の風は、貧民の陋巷からふきおこり、ほこりや塵をたて、さかんにひろがって、穴につきいり門にはいりこみ、砂ぼこりをまきあげ、灰をふきあげます。きたないものをまきあげ、くさったものにふきつけ、ななめにふきよせて、こわれた甕でつくった窓にはいり、そして陋屋にふきこみます。

その風がふきよせると、ひとは思いみだれてふさぎこみ、温かさもなくなり、湿気がおこります。心はみじめな気分になり、病になって熱をだします。唇にふきつければ、口にひびが生じ、目にはいれば、瞳がただれます。中風のときのように口がふるえ、半死半生のありさまです。これが、いわゆる庶民のめめしき風でございます」。

この賦は君臣の問答形式をとり、また風を比喩につかっている。そして「大王のおおしき風」や「庶民のめめしき風」の表現によって、貴族たち統治階級の「貴賤上下のへだてないものじゃ」などという欺瞞さを諷刺し、貴族たちのぜいたくな生活ぶりと、貧窮にあえぐ庶民たちの苦しみとをあばきたてている。全体の構想からいえば、この作品はまだ荀況の賦の延長上にあり、「隠語」の性質から完全には脱却しきれていない。ただし、一篇の構成からいえば、賦の規模をおおきく拡張したものといえよう。

とりわけ「高唐賦」と「神女賦」の二篇は、『楚辞』ふうの句形をたくさん導入しており、ことばづかいも華麗で、文采もゆたかである。たとえば「高唐賦」をあげてみよう。

昔者楚襄王与宋玉遊于雲夢之台、望高唐之観。其上独有雲気、崒兮直上、忽兮改容、須臾之間、変化無窮。王問玉曰、「此何気也」。玉対曰、「所謂朝雲者也」。王曰、「何謂朝雲」。玉曰、「昔者先王嘗遊高唐、怠而昼寝。夢見一婦人。曰、〈妾巫山之女也、為高唐之客。聞君遊高唐、願薦枕席〉。王因幸之。去而辞曰、〈妾在巫山之陽、高丘之阻、旦為朝雲、暮為行雨、朝朝暮暮、陽台之下〉。旦朝視之、如言。故為立廟、号曰朝雲」。

王曰、「朝雲始出、状若何也」。玉対曰、「其始出也、曃兮若松榯。其少進也、晰兮若姣姫。揚袂障日、而望所思。忽兮改容、偈兮若駕駟馬、建羽旗。湫兮如風、凄兮如雨、風止雨霽、雲無処所」。王曰、「寡人方今可以遊乎」。玉曰、「可」。王曰、「其何如矣」。玉曰、「高矣湿矣、臨望遠矣。広矣普矣、万物祖矣。上属于天、下見于淵、珍怪奇偉、不可称論」。

王曰、「試為寡人賦之」。玉曰、「唯唯。惟高唐之大体兮、殊無物類之可儀比、巫山赫其無疇兮、道互折而曾累、登巉巌而下望兮、臨大阺之畜水。遇天雨之新霽兮、観百谷之倶集。濞洶洶其無声兮、潰淡淡而并入、滂洋洋而四施兮、蓊湛湛而弗止。長風至而波起兮、若麗山之孤畝。勢薄岸而相撃兮、隘交引而卻会。崒中怒而特高兮、若浮海而望碣石。礫磥磥而相摩兮、巆震天之磕磕。……

繊条悲鳴、声似竽籟。清濁相和、五変四会。感心動耳、迴腸傷気。孤子寡婦、寒心酸鼻。長吏廃官、賢士失志。愁思无已、嘆息垂泪。登高遠望、使人心瘁。……」。

むかし、楚の襄王が、宋玉と雲夢の台にあそび、そこから高唐をながめてみた。すると、高唐のうえだけに雲気があり、まっすぐ上昇するかとおもえば、すぐに形をかえ、短時間のうちに、限りない変化をしめした。王が宋玉に「これはなんの気か」とたずねると、宋玉はこたえた。「これが、いわゆる朝雲というものです」。王が「朝雲とはなにか」とたずねると、玉はいった。「むかし、先王が高唐にあそばされたとき、お疲れになって昼寝されましたが、その夢に一神女があらわれて、〈私は巫山の娘で、ここ高唐に客となっております。王さまが高唐におあそびと耳にしまして、枕席をちかづけさせていただきたいとおもいまして〉といいました。王はそこで彼女を寵愛なされました。その神女はたちさるとき、つぎのようにいいました。〈私は巫山の南、高丘のけわしいところにおり、朝は雲となり、暮れには雨となって、朝な夕な陽台のしたにおりますので、明朝にご覧ください〉。明朝、たしかにいったとおりでしたので、王は神女のために廟をたて、朝雲と名づけられました」。

するとと王は、「朝雲の出はじめは、どのようか」とたずねた。玉はこたえていった。「その出はじめは、すくすくと松がのびるようです。しばらくすると、あかるんでき、美人がたもとをあげて日をさえぎり、恋人をのぞんでいるかのようです。しかし、急に形をかえると、四頭立ての馬車が旗をたてて疾駆するがごときになります。また風のようにつめたく、雨のようにさむざむとしてきます。でも、風がやみ雨があがると、雲は跡形もありません」。王が「わしは、いますぐ高唐へいけるか」とたずねると、玉は「いけます」とこたえた。王が「そこは、どんなところか」とたずねると、玉は「そこはたかく、はっきりしたところで、とおくまでよく展望がききます。ひろくひろがり、万物の祖なるところです。うえは天につらなり、下はふかい淵までみえ、そこの珍奇な品物は、とてものべつくせません」という。

するとと王は「ためしに、わしのために賦してみよ」と命じたので、玉は「承知いたしました」という。「そもそも高唐のさまは、比類すべきものがありません。巫山が屹立し、路はつづら折りにつづきます。けわしい巖をのぼって下をみると、丘陵の坂にたくわえられた水がみえます。雨あがりともなると、百谷の流水がながれこんでゆくのがみえます。どどっとながれこみますが音はきこえず、ゆったりと流入してゆきます。とうとうと四方にそそぎ、深みをつくってとどまることがありません。つよい風がふいてくると波がおこり、山の上に丘がひとりくっついているかのようです。水勢は岸ちかくになってはげしくなり、両岸のせばまったところでは岸にうちかえされ、またあつまってたかだかともりあがり、海にうかんで碣石山をながめているようです。巨流のなかで、小石はよりあつまってすれあい、その声は天をふるわせてひびきます。……

ほそい枝が風にふかれてかなしげな声をあげ、あたかも竽籟の音のようです。清濁の音が調和して、さまざまな響きに変化します。その響きをきく者は、心うごき耳も感動し、腸がねじれ心もかなしくなります。孤児や寡婦は寒心にたえず、役人も仕事が手につかず、賢士も志をうしないます。悲しみはやむことなく、嘆息しては涙をおとし、たかいところにのぼって遠望すれば、心はつかれはててしまうのです」。

この作品は、句形からいえば四言を採用しているが、同時に五言、六言、七言、そして八言もつかい、また『楚辞』の句形も多用している。表現手法からいえば、荀況の賦は「じかにいわず本意をかくし、婉曲技法や比喩でもってとおまわしに暗示する」手法を主とした、巧妙な描写を中心にしていたが、宋玉はこれをいっそう発展させて、誇張しつつ描写をつらねて、じっさいの様相を正面からうつしだしている。

構成の面では、問答部分と賦本文とをきちんとわけている。そのうえで、問答部分にまえがきの役目をあたえて、賦の本文をひきだすようにし、同時に序言の役わりももたせて、賦をつくることになったいわれを説明するのだ。こうした特徴は、後代の漢賦の形式や創作のために、基礎をつくったものといえ、その成果と影響とは、荀況の賦をはるかに凌駕していよう。清代の評論家、程廷祚は「離騒論」のなかで、つぎのようにのべている。

あるひとがたずねた。「離騒」は屈原の作だが、では賦は誰がはじめたか。私はこたえていった。宋玉がはじめた。荀況の「礼賦」「知賦」の二篇は、もっぱら隠語のスタイルをもちいており、賦と称するが、世の君子たちはこれを賦とはみとめていない。宋玉はすばらしい才能によって、屈原ののちに屹立し、その雄弁をふるった。そして『詩経』の雅や頌と拮抗し、その領土をかすめとり、かくして詞人の賦が発生してきたのである。

……宋玉の「高唐賦」「神女賦」「風賦」などの作をよむと、造化の精神をきわめ、万物の変相をつくしたというべきであり、文辞の美麗にして奥ぶかく、はかりしれないさまは、さしずめ賦家の聖というべきであろうか。後人の立場から宋玉の賦をみてみると、あたかも、夔《き》が六律をすてては、五音をただすことができず、また公輸がコンパスや定規をすてては、円や四角をかくことができないのと、おなじことだといえよう。かくして文学の士たちは風になびくように、この宋玉の作風を真似していったのである。

ここでの評論は、荀況の賦創始の功績をひくく見つもりすぎているが、それでもここでのべられた説明は、賦文学のじっさいの発展状況にほぼ符合している。宋玉は賦文学の真の創始者であり、基礎がためをした人物だといってよかろう。

荀況の賦が賦文学の源をおこし、宋玉の賦がひきついで波がしらをあげるまで、そのあいだは、わずか数十年ほどにすぎない（荀況は屈原と、ほぼ同時代のひとである）。それなのに宋玉の賦は、形式や言語や風格などの面で、なぜ荀況の賦からこんなにも飛躍できたのだろうか。それは、屈原がはじめた新興の詩体、『楚辞』の性格とふかい関わりがあろう。屈原の詩歌とくに「離騒」は、雄大な構成や華麗な文采を有し、さらには問答をまじえ、比喩をつかい、同類のものを列挙したりするなど、賦の文学のために豊富な養分を提供した。彼の「招魂」も、鋪陳描写に長じた傑作である。

宋玉はほんらい楚のひとで、屈原の弟子だといわれる。また出色の『楚辞』作家でもあり、屈原の詩歌芸術のすぐれた後継者である。このことによって、宋玉が賦を創作するさい、意識するにせよしないにせよ、どうしても『楚辞』の芸術的特徴を発揮し、また『楚辞』からおおくの養分を吸収することになった。そうした『楚辞』からの影響は、ただ『楚辞』の句形を利用したとか、神話の題材を採用したとか、一篇の規模を拡大したなどの点だけにあらわれているのではない。もっと重要なことは、宋玉が、もともと質朴だった賦に、『楚辞』の華麗奇艶な文采を移植し、賦文学を俗っぽいスタイルから脱皮させて、文人の手になる雅正なスタイルに変容せしめた、ということにあるであろう。宋玉は、『楚辞』作家としての才腕をふるって賦作品をつくったが、これは彼が、屈原を代表とする南方楚国の詩歌芸術から、賦文学の創作世界をきりひらいていった、ということでもある。これがいわゆる「形式を『楚辞』から開拓した」（『文心雕龍』詮賦）ということだろう。

宋玉とともに賦をつくった景差と唐勒も、楚の作家であった。司馬遷が「屈原亡きあと、楚に宋玉、景差、唐勒などがあらわれて、ともに辞をこのみ、その賦作品で称賛された」（『史記』屈原列伝）といっているが、これによって、賦文学の創作が、戦国末の楚において、すでにはじまっていたことがわかろう。まさに劉勰が「賦の源流をしらべてみると、楚にはじまって漢に盛行している」（『文心雕龍』詮賦）というごとく、楚の国は賦文学の発祥地なのである。

荀況と宋玉がはじめた賦文学は、漢代では文人がひとしくこのむ文学ジャンルにかわった。漢の文人たちは、過去における文学創作の経験を参考にしつつ、賦の文学を成熟し発達した段階、つまり「漢賦」の段階にまでたかめていったのである。

この漢賦芸術にもっとも影響をあたえたのは、『楚辞』である。漢の人びとは「辞」と「賦」とを併称し、両者を区別しない。『漢書』芸文志は、屈原とそれ以外の『楚辞』作家の詩歌とを、すべて賦のなかに属させてしまった。こうしたやりかたは、もちろん適切ではない。辞は辞であり、賦は賦であって、両者はことなるジャンルなのだ。ただし、こうした分類法から、漢代の人びとが屈原作品を賦の理想だとかんがえていたことがわかる。漢賦は『楚辞』から、おもに形式の方面で影響をうけている。漢賦の普遍的な特徴、たとえば形式の雄大さ、辞藻の華麗さなどには、『楚辞』からの烙印が明瞭におされているのだ。

『詩経』も、漢賦へかなり影響をあたえている。漢代の散体の賦中にみえる韻をふんだ箇所では、四言の句形を多用しているが、これはまさに『詩経』の格調なのだ。ほんらい『詩経』をまなび、四言で賦をつづったのは、戦国の荀況が最初だったが、漢賦中の四言はこれをうけつぎ、さらに発展させていった。漢賦は、『詩経』雅・頌の典雅にして重厚な四言の風格を吸収し、四字句を事物鋪陳のための重要な手段にしたのである。

先秦の散文も、漢賦に対して無視できぬ影響をあたえている。清代の章学誠は『校讎通義』漢志詩賦で、つぎのようにいう。

古代の賦家たちは『詩経』『楚辞』にもとづき、また戦国の諸子百家たちの影響もうけている。対話を仮設するのは、『荘子』『列子』中の寓言のなごりだろうし、声をはりあげるような弁論ぶりは、蘇秦や張儀など縦横家のスタイルであろう。ユーモアや隠語をならべるのは、『韓非子』儲説の影響だろうし、さまざまな話柄を収集するのは、『呂氏春秋』の類聚のやりかたにかなっている。

漢代の散体の大賦は問答を仮設して、そのなかで闊達に形勢を描写し、声をはりあげて議論をつくし、またユーモラスな笑話をつらね、多様な話柄をつめこんでいる。こうした漢賦の手法は、先秦散文とくに『戦国策』のなかに記録される、謀臣や策士たちの弁論や口上を想起させるものである。

『戦国策』はおもに、縦横家の弁論を記録した書である。当時活躍した縦横家たちは、ほんらい諸侯のあいだを往来した政治家兼説客たちであり、その本領は、天下の形勢をのべ、利害を誇大して説き、鬼面ひとをおどす話やうまい話でもって、君主をその気にさせることにあった。『戦国策』中のある種の篇や段落は、賦にひじょうに接近している。たとえば、『戦国策』楚策の「荘辛が楚襄王に説く」一節などは、清代の学者、姚鼐が『古文辞類纂』を編纂したとき、「辞賦類」のなかに編入してしまったほどだ（巻六三）。だから、章炳麟が漢賦に言及したとき、「縦横家たちの弁論は、もともと賦に類した箇所がある。天下が統一されるや、こうした縦横家は役たたずになってしまい、そこで辞賦家へと変身していったのだ」とのべている（『章太炎の白話文』にみえる）。こうした見かたは、ほぼじっさいの状況に符合している。

漢初から武帝の時代にかけては、地方に〔諸侯の〕郡〔皇族の〕国を併存させる制度をとったので、縦横家ふうの弁論は依然として盛行していた。淮南の策士や梁園の賓客などの活動や弁論のしかた、あるいは彼らの提出した奏議のたぐいに、縦横家ふうの色彩がのこっているのは、その証拠だといってよい。しかも彼らは、賈誼や枚乗や司馬相如などがその例だが、しばしば賦の作者でもあった。こうした点からすれば、賦と縦横家との関連をみいだすことは、けっしてむつかしくはないだろう。

これを要するに、漢賦は、荀況の賦、なかでも宋玉の賦の基礎のうえにたって、ひろく『楚辞』や『詩経』、さらに先秦散文の文体的特徴や創作方法を吸収し総合して、発展してきた新ジャンルなのである。

分類と形式的特徴・変遷

賦をはじめて分類したのは、班固の『漢書』芸文志である。その詩賦略のなかで、班固は百六人の詩賦家と千三百十八篇の作品とをあげている。そのうち、詩歌専門の二十八人とその三百十四篇の作品をのぞくと、賦家は七十八人で、つごう千四篇の作品があったことになる。そこでは賦をまた、つぎのような四種類にわけている。

一、屈原から王褒まで、二十賦家の三百六十一篇

二、陸賈から朱宇まで、二十一賦家の二百七十四篇

三、孫卿（荀況）から路恭まで、二十五賦家の百三十六篇

四、客主賦から隠書まで、十二賦家の二百三十三篇

この分類では、屈原たちの『楚辞』作品も賦ジャンルとしている。こうした見かたは、漢代の人びとの考えを代表するものであり、また後世、屈原の作品を「屈賦」とよび、『楚辞』作品を「騒賦」と称する呼びかたの源流ともなるものである。

つぎに、班固は賦の作家と作品とを、右のような四種に大別しているが、その区別の基準はどこにあったのだろうか。これについては説明がなく、また班固が著録した賦家の作品は、十のうちの八九がすでに逸しているので、たしかなことはわからない。清代の章学誠は、かつてこの問題を研究し、つぎのように推測した。「前の三種の賦は、戦国の諸子百家がそれぞれ自分たちの派をたてたのとおなじことだろう。当時は賦を一種にまとめられなかったのだ」。また、つぎのようにもいう。「これら三種の賦は、作者ごとに篇数をあげており、これは後世の別集のやりかたである。また第四の雑賦は、作者名をださず、同種の賦作品ごとに篇数をしめしているが、これは後世の選集のやりかたであろう」（『校讎通義』漢志詩賦）。章学誠がいわんとするのは、班固の分類は、おもに賦の流派によって弁別したものであり、第四種は賦の選集の性質をおびている、ということだろう。この章学誠の意見は、とうぜん推測にすぎない。だが、我わ

れは班固の著録のしかたから、すくなくとも、当時において賦家が輩出して賦がさかんにつくられ、それぞれに特徴を有していた、という状況を推測することは可能だろう。

『昭明文選』は、現存するわが国最古の文学選集である。『文選』の主編者、蕭統は賦を収録作品中の最初におき、またさらに細分して、京都、郊祀、耕籍、畋猟、紀行、遊覧、宮殿、江海、物色、鳥獣、志、哀傷、論文、音楽、情などの十五種としている。これによって、蕭統が内容や題材を賦弁別の基準としていることが、すぐ理解できよう。また、この『文選』によって、両漢から六朝にいたる主要な賦家や作品が、いかなるものであったかがしられるし、この時期の賦の題材がかなり多様化していたこともわかろう。

後世、賦はいろんな時期に創作され、その形式にも変化がおこりつづけた。明代の徐師曾は『文体明弁』のなかで、賦を古賦、俳賦、文賦、律賦の四種にわけている。この分類は、だいたいにおいて、賦の各時期における形式上の変遷や特徴をよく反映しており、後人にうけいれられている。そこで、我われはこの四分類にしたがって、賦の変遷を概観してゆくことにしよう。

古　賦

古賦とは、おもに両漢にかかれた辞賦をさす。この古賦は、発生した時期がはやかったから「古」と称するのだが、同時に、対偶や声律を重視した後世の俳賦や律賦に対するものとしても、かく称する。それゆえ、両漢の賦に模した後世の作品や、対偶・声律を重視しない賦も、すべて古体の賦と称するのである。

漢代は、賦がもっとも発達した時代であった。五言詩がまだ正式に文壇に登場していなかった後漢以前においては、賦は文人の文学創作のほとんど唯一の形式であった。前漢における賦の活発な創作状況については、さきの『漢書』芸文志の著録によって、はっきりしることができる。さらに、范曄『後漢書』文苑伝の記載によれば、なんらかの著述をおこなった後漢の文人で、辞賦作品をかかなかった者は、ほとんどいないといってもよいほどである。

両漢で辞賦が盛行したのは、当時の［地方に］封建された統治階級の人びとが、賦の創作を奨励し、提唱したことと、密接な関係がある。漢初、秦末の動乱のあとをうけ、統一された空前の大帝国がうまれた。当時の社会や経済には、かなりの回復と発展とがみられた。そうした基礎のうえにたって、封建貴族らの統治階級は、都邑を建設し、庭園をきづき、宮殿をたて、狩猟をおこない、酒をのみ、歌舞をたのしむなど、ぜいたくで享楽的な生活を追求したのだった。同時に、彼らは「鴻業をよりうつくしく潤色した」り（班固「両都賦序」の語）、太平の世らしさを粉飾しようとしたりして、おおくの御用文人を自分のまわりにあつめた。そして、彼らに自己の功績を称賛する辞賦をつくらせて、精神的な満足感をも、手にいれようとしたのである。

ことのはじめは、各地の諸侯王、たとえば呉王濞、梁の孝王劉武、淮南王劉安たちが文学の士を招聘したことにあり、当代一流の賦家、たとえば鄒陽や厳忌や枚乗、司馬相如たちが、その諸侯王のもとにはせ参じたのである。くわえて、都にいた武帝や宣帝らも文学をこのみ、辞賦を重視したので、おおくの文士たちは賦をつくったり献上したりして、官位をえていった。こうした状況において、文学の侍従たちもとうぜん賦をつくろうと、「朝夕に思いをこらし、日に月にと賦を献上した」（班固「両都賦序」の語）のだった。かくして「諸生は利を競い、作者は鼎沸する」（蔡邕「上封事陳政要七事」の語）という状況になったのである。

漢代の辞賦が描写したのは、おもに帝王や貴族たちの生活ぶりであり、また反映しているのは、彼らの嗜好である。そのことは、つぎのような記述をみれば、よくわかる。

武帝は二十九歳になって、はじめて皇子をえて、群臣はおおよろこびした。それで枚皋と東方朔は、「皇太子うまれる賦」と「皇子をたてる禖祝」とをつくった。詔をうけてつくられたこの二篇は、先例にしたがったものではないが、それは皇子の誕生をとくにおもんじたからであった。当初、衛皇后が策立されたとき、枚皋は賦を奏上して、終わりをつつしむよう諷諭の意をこめた。枚皋は賦の創作では、東方朔よりもうまかったのである。

枚皋は天子にしたがって、甘泉や雍や河東にいたった。主上はさらに東方を巡狩し、泰山を封じ、黄河の決壊口の宣房をふさぎ、三輔の離宮や離館を遊覧し、また山沢にのぞんで、弋猟、弓射、馭狗馬、蹴鞠、刻鏤をたのしんだりした。そうしたさい、主上はなにか感ずるところがあると、すぐ枚皋に命じて「それに関した」賦をつくらせたのだった（『漢書』枚皋伝）。

もっとも、こうした状況は、一面的なものにすぎない。賦の作者にいわせれば、彼らが賦をつくるさいには、心のなかに「意は諷諭を存す」という意図があったはずであった。かくして彼らの賦作においては、つぎのような手法、つまり、封建貴族の趣味を満足させるために、また自分の才能や学識を誇示するためにも、あらんかぎりの辞藻をつみかさね、また誇張した煩雑なまでの描写をおこなう。だが一篇の最後には、勧戒の意図をさりげなく暗示する——という手法がうまれたのである。

こうした叙法が、漢賦の基本特徴を形成することになった。前漢の賦家、揚雄は賦を論じて、つぎのようにいう。

私がおもうに、賦は主上を諷諫しようとするもので、かならず類を推して列挙し、華麗な表現をきわめ、おおきくひろく、誰もかなわぬほどの装飾をきそう。そのあとで、話題を諷諫の正道にもどすのだが、しかしその華麗な辞句を目にしてしまった者は、もうすでに正常心をうしなっている。かつて武帝は神仙をこのんだ。そこで司馬相如が「大人賦」をたてまつって、神仙好みを諷諫しようとしたが、武帝は賦をよむや、かえって「神仙へのあこがれを刺激されて」飄々と雲をしのいで世俗の外へあそびたいとねがったのだった。こうしたことからすれば、賦は「諷諫するどころか」勧奨するいっぽうであることが明白である（『漢書』揚雄伝）。

この揚雄の発言こそは、漢代辞賦の特徴をよく喝破したものだろう。つまり表現手法においては、賦は一物一事に対して、筆墨をおしまず、字句をつみあげ、類似したものを列挙し、くわしく説明してゆく——揚雄はこうした一連の行為を、「諷諫するためだ」といいつくろっている。しかし事実上は、賦は貴族生活の誇張的描写であり、辞藻の堆積であり、またことばの遊戯にすぎなかったのである。

それゆえ、清代の袁枚は『随園詩話』において、両漢の古賦を故事や古語をあつめた類書になぞらえて、つぎのようにのべた。「むかしは類書もなく、地方志もなく、また字書もなかった。だから、三都賦や両京賦では、樹木を描写しては何種もの木を列挙し、鳥類を描写しては幾種もの鳥をえがいているが、そのさいは、賦家はおおくの書物を収集し、ひろく各地の風土を調査してから、賦をつづっていったのだ。かくして、その描写がすぐれておれば、当時の人びとを感動させたし、また洛陽の紙価をたかめる作品ともなれば、家ごとに一本をそなえ、類書や地方志としてよまれたのである」。とうぜんながら、この袁枚の言いかたは極端すぎる。両漢の賦は、たとえ規模壮大で辞藻をつみあげた大賦であっても、やはり文学作品に属するのであり、ただ辞藻を堆積した欠点が露呈しやすい、というにすぎないのだ。

前漢の賦の代表的な作家と作品としては、枚乗の「七発」、司馬相如の「子虚賦」「上林賦」、揚雄の「甘泉賦」「羽猟賦」、班固の「両都賦」などがあげられよう。また後漢には、張衡の「西京賦」「東京賦」などがある。

古体賦こと漢賦は、形式上から三種にわけられよう。第一に散体の大賦、第二に騒体の賦、そして第三に小賦――以上の三種である。

漢代に盛行した賦作品は、問答を仮設し、韻をふんだりふまなかったりするが、散体の傾向がつよい。だから、それらを散体賦と称する。たとえば司馬相如の「子虚賦」「上林賦」、揚雄の「長楊賦」、班固の「両都賦」、張衡の「両京賦」などがそれである。この散体賦はいっぱんに篇幅がながくて、規模がおおきい。それゆえ、散体大賦や漢大賦などとも称されるのである。

典型的な漢代の大賦では、主人と客とが対話する方式をもちいて、一篇を構成することがおおい。賦本文のまえには序言がおかれて、創作にいたった理由や趣旨を説明している。班固の「両都賦序」がそれである。賦本文は首・中・尾の三部分にわけられる。「首」では、ふつう人物のかんたんな対話をとおして、賦中の人物が問答をするにいたった理由を紹介している。たとえば枚乗「七発」の冒頭は、つぎのとおりである。

楚の太子が病気にかかった。呉の客人が太子のもとをおとずれ、「太子さまにおかれましては、ご不例のよしとおききしましたが、すこしはよくなられましたか」とたずねた。太子が「私はつかれています。お見舞いに感謝します」とこたえるや、客はその太子のことばをとらえていった。……

また、班固「両都賦」中の一篇、「西都賦」の冒頭はつぎのとおりである。

西都長安からの客人が、東都洛陽の主人にたずねた。「おききしますに、漢の高祖は都をつくるにあたって、この洛陽の地にしようとされましたが、そこに暫時とどまっただけで、おちつきはしませんでした。そして西にうつって、わが長安に都をさだめられたそうです。あなたはその理由をきいたことがありますか。また、都造りのようすを、ご覧になったことがありますか」。

主人はこたえた。「まだです。どうか客人におかれては、懐旧のつもる思いをうちあけ、古旧をしたう心をひらいて、いにしえの皇帝の道と長安のこととを、私にお教えいただけませんか」。客人は「かしこまりました」とこたえた。

ここでいう「首」は、導入の役わりをはたすものである。

賦の中間部分「中」が一篇の主要部分であって、通例は賦中に仮設された主客の長広舌で構成されている。こうした長広舌は、ひとりの人物がいっきにふるうことがおおい。たとえば「子虚賦」の中間部分では、子虚が烏有先生や亡是公にむかって、楚王の狩猟地たる雲夢のすばらしさを大仰に言あげするが、これは換言すれば、子虚による一大独白なのである。いくつかの作品では、主客の個々の長広舌がひとつのまとまりをもち、その両者をあわせて一篇の賦をなすばあいもある。たとえば班固「両都賦」は、「そうした主客の長広舌による」「西都賦」と「東都賦」とで構成されている。また少数ながら、問答方式を採用した賦もある。たとえば枚乗「七発」では、呉客がひとつの事物について賦すると、太子がまたひとつ質問する。こうした一問一答がつづいてゆき、やがて七つの事物を賦してゆくわけだ。

大賦の終結部「尾」も、きまった型がある。主客が問答する形式の賦においては、かならず一方が他方に降参しておわりとなる。たとえば、揚雄「長楊賦」の終結部は、つぎのとおりである。

主人の発言がおわらないうちに、墨客は座ぶとんからおりた。そして再拝稽首していった。「すばらしい。まことに私ごとき小人のおよぶところではございません。今日は貴殿が私の蒙をひらいてくださり、おかげで豁然と了解できました」。

ある賦では、最後に詩をつけくわえている。たとえば班固「東都賦」は、つぎのとおりである。

主人の発言がおわらないうちに、西都の客は恐縮して色をうしなった。そして後しざりして階段をおり、へなへなと気おちして、両手を奉じて退出しようとした。すると主人がいった。「席におつきなさい。いまあなたに五篇の詩をささげましょう」と。……その詩はつぎのようなものである。……

このほか、主客問答の方式をとらない賦も、いくつかある。はじめに、作者によってかんたんな小序がかかれ、賦をつくる理由が説明される。そして終結部では、しばしば『楚辞』の「乱にいう」や「辞にいう」などの言いかたが採用されている。王延寿「魯霊光殿賦」や揚雄「甘泉賦」などがそうである。

漢代大賦における韻文と散文の使いわけについては、問答体の賦では、ふつう「首」と「尾」で散文をつかい、あいだの「中」では韻文をもちいる。非問答体の賦では、「首」（序文を「首」の部分とする）は散文をもちい、中間部分と終結部とは韻文をもちいる。韻文は四言と六言を主とし、三言、五言、七言、さらにもっとながい句をまじえる。また『楚辞』の「兮」字をつかった句も、よく使用するし、一篇の節目の場所では、散文ふうの接続詞を多用する。たとえば「于是乎」「若夫」「況乎」「豈必」などである。これらも、漢賦の韻文が、詩歌の韻文と同一視されぬ重要な特徴なのだ。

文采の華麗さ、辞藻のゆたかさ、これらは漢代大賦の顕著な言語的特徴である。晋の葛洪も、「『毛詩』の詩は華麗な文采の辞であるが、上林賦、羽猟賦、二京賦……などの、あの広大さや豊かさにはおよばない」（『抱朴子』鈞世）といっている。たとえば、班固「西都賦」で長安を描写した一節などは、ひじょうに華麗な文である。

是故 ┌横被六合、┌周以龍興、……其陽則崇山隠天、幽林穹谷。┌陸海珍蔵、
　　 └三成帝畿。└秦以虎視。　　　　　　　　　　　　　　　└藍田美玉。
┌商洛縁其隈、┌源泉灌注、┌竹林果園、郊野之富、号為近蜀。……
└鄠杜浜其足。└陂池交属。└芳草甘木。
下有 ┌鄭白之沃、提封五万、疆埸綺分。┌溝塍刻鏤、┌決渠降雨、┌五穀垂穎、
　　 └衣食之源。　　　　　　　　　　└原湿龍鱗。└荷插成雲。└桑麻鋪棻。

こうして、長安の徳は天地四方にゆきわたり、三度も都となった。周はこの地から龍のように精強

となり、秦はこの地から虎視眈々と天下をねらった。……

その南方には高山が天をおおうようにそびえ、奥ぶかい林とふかい谷とがある。陸海の産物にめぐまれ、藍田の美玉もゆたかである。商県と洛県とは山やまの隈の部分にそってひろがり、鄠県と杜陽県とはそのふもとにひろがっている。川流はこの地にそそぎこんで、堤がつらなっている。竹林と果樹園があり、かぐわしい草々やうまい実をつけた木々がならんでいる。郊野の富たるや、あの蜀の地に匹敵するといわれるほどだ。……

平地には、鄭国渠や白渠によって灌漑された沃土がつづき、長安の衣食の源となっている。これらの土地はほぼ五万頃もあって、その境界はあやおりのような筋目でわかたれている。溝や畔はきちんときざまれ、原や沢は龍の鱗のようにならんでいる。溝をきりひらけば水が雨のようにそそがれ、鋤をもった農民が雲のようにあつまる。かくて五穀は穂をたらし、桑や麻は成長してゆく。

[右のような] 誇張した表現やいやます華麗さが、漢代大賦の創作における基本的な特徴である。これらの特徴は、さらに三つにわけられる。

第一は、事物の描写において、あらゆる方面からその形相をえがきつくすことである。たとえば司馬相如「子虚賦」で、楚国の雲夢の沢を描写した部分はつぎのようである。

其山則盤紆岪鬱……其土則丹青赭堊……其石則赤玉玫瑰……其東則有蕙圃……其南則有平原広沢……

其高燥則生葴菥苞荔……其埤湿則生蔵莨蒹葭……其西則有湧泉清池……其北則有陰林……其上則有鵷鶵孔鸞……其下則有白虎玄豹……。

その山たるやうねうねとし、またふかぶかとしている。……その地たるや丹青があり、また赭堊がある。……その石たるや赤玉があり、また玫瑰がある。……その東方たるや蕙圃がある。……その南方たるや平原があり、また広沢がある。……そのたかく乾燥した地帯には葴があり菥があり、また苞があり茘がある。……その湿地には蔵莨があり蒹葭がある。……その西方には湧泉があり清池がある。……その北方には北林がある。……その上には鵷鶵がまい孔鸞がとぶ。……その下には白虎がむれなし玄豹がたむろする。……

賦する対象を上下左右から、東西南北から、あらゆる角度から詳細に表現している。こうした手法こそ、司馬相如のいう「一は経に一は緯に、一は宮に一は商に」（『西京雑記』中で、司馬相如が友人の盛覧の質問にこたえた発言の一節）というやりかたであろう。

第二は、大々的な誇張や類比列挙によって、対象の事物を鋪陳してゆくことである。こうした例は、漢賦では枚挙に暇がない。劉勰は『文心雕龍』夸飾篇において、これをつぎのようにまとめている。

「司馬相如「上林賦」では、大仰に誇張して」上林苑の離宮では、「流星と曲虹が軒先にとびこんでくる」とつづるし、狩猟の盛大さたるや、「飛廉や焦明などの奇鳥がいちどに手にいれられる」と記述するありさまである。揚雄「甘泉賦」になると、さらに誇張の影響をうけ、珍奇なものをかたれば、実在しない玉樹をひっぱりだしてくるし、「すごくたかい」というのに、「「たかすぎて」鬼神も途中で墜落してしまう」とつづってしまうしまつ。「東都賦」におけるひらめや「西京賦」における海神、……山海の気の形容、宮殿の構造の叙述……これらはみな、誇張によって形容し、装飾的表現によって成功した事例なのだ。

司馬相如のいう「賦家の心は宇宙をつつみこみ、ひとや事物のすべてに目をくばる」（同右）という賦の特質は、こうした想像や誇張や類比列挙を駆使した表現にこそ、あらわれているといってよかろう。

第三は、排比や対偶の技巧を多用して、大仰で華麗な文辞をくみたてることである。そうして一層また一層とつみかさねて、怒濤がおしよせるような壮大な描写をおこない、また勇壮にして充実した気勢をつくりだしている。たとえば、司馬相如「上林賦」の一節をみてみよう。

撞千石之鍾、建翠華之旗、奏陶唐氏之舞、千人唱、山陵為之震動、
立万石之虡。樹霊鼉之鼓。聴葛天氏之歌。万人和、川谷為之蕩波。

千石の鍾をつき、万石の鐘撞き台をたてる。翡翠の旗をたて、霊鼉の鼓をたてる。堯帝の咸池の舞を奏し、葛天氏の歌をきく。千人が合唱するや、万人がこれに唱和し、ために山陵は震動し、川谷は波だったのだった。

こうした表現は、たしかに読者の心をゆさぶる芸術的迫力を有している。建安時代に「賦頌の祖にして、作者の師なり」と称された曹植も、この「上林賦」の表現に感嘆して、「葛天氏の音楽は、千人が合唱し、万人がこれに唱和した。これをきいた者は、［葛天氏の音楽のあまりのすばらしさに］舜の韶楽や禹の夏楽でさえ馬鹿にするようになった」といったという（『文心雕龍』事類にひく「報孔璋書」）。

漢代大賦は、題材においては、宮殿、遊猟、山川、京城のような、広大な事物を描写することを任務としていたが、主題の方面では、漢帝国の声威をかがやかせ、最高統治者たる天子の功績をたたえることが

中心となっていた。いわゆる「国土を区分し里数をはかったりするが、そのさいは雄大さが強調されるべきだ」（『文心雕龍』詮賦）というわけである。そして、篇末ちかくではしばしば、君主は精励してよく国をおさめねばならぬ、とさりげなく諷諫しようとした。こうした特徴は、古人によって「［淫靡な］曲がおわってから、ただしき音楽を奏する」（『漢書』司馬相如伝賛）ものだ、と称されたのだった。

　漢賦で散体の賦よりさきに発生したのは、騒体の賦である。ここでいう騒体賦とは、形式のうえで極力『楚辞』を模倣し、さらに「賦」という名称を冠した作品のことである。たとえば賈誼「弔屈原賦」、司馬相如「長門賦」、班彪「北征賦」などである。もっとも、純粋に『楚辞』を模擬した騒体の詩、たとえば揚雄の「畔牢愁」、劉向の「九歎」、王逸の「九懐」などは、ここでいう騒体賦にはふくまれない。

　騒体の賦や散体賦以外にも、漢代にはまだおおくの比較的小型の賦がある。人びとは千言にもとどかんとする大賦と比較して、それらを慣例的に小賦と称している。小賦はふつう、大賦のような問答形式や、韻文と散文が同居するような構造はとらず、一篇を押韻した行文でとおしている。その韻文の句形としては、単一の四言形式をもちいている。たとえば羊勝の「屏風賦」がそれである。

　屏風輡匝、蔽我君王。┬重葩累繡、┬飾以文錦、画以古烈、顒顒昂昂。藩后宜之、寿考無疆。
　　　　　　　　　　└沓壁連璋。└映以流黄。

　屏風は幾重にもかさなって、わが君主をおおいまもる。花や刺繡の模様をかさね、璧や璋の宝玉をつらねている。あや錦でかざられ、黄絹で光輝をはなつ。すぐれた古人の肖像をえがき、いかにも気だかい品格をたもつ。わが君主はこうした屏風にふさわしく、その寿命は無限であろう。

いっぽう、ある小賦は四言を主とするが、三言、六言、七言も併用している。鄒陽の「几賦」、枚乗の「柳賦」などである。また四言形式に『楚辞』の句形をくわえて、一篇を構成した小賦もある。張衡の「帰田賦」がそれである。

小賦は、内容からみると二つにわけられる。一物を詠じた作を詠物小賦と称する。たとえば「屏風賦」がそれである。また心情や志をのべたものを、抒情小賦と称する。「帰田賦」がそれである。詠物小賦は前漢に発生し、抒情小賦は後漢にうまれた。後漢の抒情小賦は大賦に比較すれば、よりたかい芸術性をそなえ、また生命力にもとんだ清新なスタイルである。

右の散体賦と騒体賦と小賦の三つが、漢賦の全体を構成している。ただし散体賦こと大賦こそが漢賦の中心であり、騒体賦と小賦とは、漢賦ではいわば付属的存在にすぎない。賦ジャンルの発展からみれば、騒体賦は漢大賦の前駆形式であり、抒情小賦は漢大賦の変化したものといえよう。

俳賦

俳賦は駢賦ともいい、古賦の基礎のうえに発展し変化してきた、あたらしい賦である。こうした賦は魏晋以後に開始され、南北朝の時期に盛行した。俳は俳偶、駢は駢拇の意で、ともに「対にならんだ字句」の意味である。俳賦の主要な特徴は、字句ではととのった対偶を追求し、音調では軽重の協調を目ざすといってよい。こうした特徴は、この時期の文学にひろく流行した駢儷重視の気風と、きりはなしてはかんがえられない。孫梅は『四六叢話』で賦の変遷に論及するや、つぎのようにかたる。

左思や陸機以後になると、しだいに文辞が洗練されてき、斉梁以後になると、ますます字句をみがきあげるようになった。かくして古賦は一変して、騈賦になってしまった。江淹や鮑照は前門で虎のようにあゆんで、金玉のような作品をつくり、徐陵や庾信は後門で鴻のようにかけあがって、あでやかな彩りをそえたのだった。しかしそれは、古音のゆったりした響きではなかったし、また律賦の華麗さにもおよばぬものであった。

ここでは、賦が古賦から騈賦に変化していった過程を説明しており、また騈賦の主要な特徴についても概述している。

賦で対句をつかうのは、古賦でもあったことだ。たとえば班固「両都賦」に

┌周以龍興　周は以て龍のごとく興り
└秦以虎視　秦は以て虎のごとく視る

とあり、また張衡「東京賦」に

┌声与風翔　声は風とともに翔《かけ》り
└沢従雲游　沢は雲に従いて游《ゆ》く

とあるように。ただこれらは、対句になったのは偶然にすぎない。

魏晋以後になると、しだいに賦中で対句を多用するようになってきた。魏晋の賦中の一端をとりあげてみれば、対句利用の漸増とその変遷の跡に、はっきり気づくことだろう。たとえば、曹植の「洛神賦」をとりあげてみよう。

其形也　其の形たるや

翩若驚鴻　翩たるは驚鴻の若く
婉若遊龍　婉たるは遊龍の若し

栄曜秋菊　栄は秋菊よりも曜《かがや》き
華茂春松　華は春松よりも茂る

髣彿兮若軽雲之蔽月　髣彿なるは軽雲の月を蔽うが若く
飄颻兮若流風之迴雪　飄颻なるは流風の雪を迴《めぐら》すが若し

遠而望之　皎若太陽升朝霞　遠くより之を望めば、皎たるは太陽の朝霞より升るが若く
迫而察之　灼若芙蕖出淥波　迫りて之を察せば、灼たるは芙蕖の淥波《りよくは》より出づるが若し

襛纖得衷　襛纖は衷を得て
脩短合度　脩短は度に合《かな》う

肩若削成　肩は削り成すが若く
腰如約素　腰は素を約《つか》ねたるが如し

……

于是　是に于いて

屏翳収風　屏翳は風を収め
川后静波　川后は波を静む

┌馮夷鳴鼓　馮夷は鼓を鳴らし
└女媧清歌　女媧は清らかに歌う

……　……

于是　是に于いて

┌越北沚　北沚《し》を越え
└過南岡　南岡を過ぎ

┌紆素領　素領を紆《めぐ》らし
└迴清陽　清陽を迴らす

つづいて、左思の「三都賦」をとりあげてみよう。

┌水陸所湊　兼六合而交会焉　水陸の湊《あつ》まる所、六合を兼ねて交会し
└豊蔚所盛　茂八区而菴藹焉　豊蔚の盛んなる所、八区に茂んにして菴藹たり

また、つぎのような対句もある。

┌翫其磧礫　而不窺玉淵者　未知驪龍之所蟠也　其の磧礫《せきれき》を翫《もてあそ》んで、玉淵を窺わざる者は、未だ驪《り》龍《りょう》の蟠《わだかま》る所を知らざるなり
└習其敝邑　而不覩上邦者　未知英雄之所躔也　其の敝邑に習いて、上邦を覩《み》ざる者は、未だ英雄の躔《めぐ》る所を知らざるなり

また、つぎのような対句もある。

剣閣雖嶚　憑之者蹶　非所以深根固蔕也
洞庭雖濬　負之者北　非所以愛人治国也

剣閣は嶚《たか》しと雖も、之に憑る者は蹶《つまず》き、根を深くし蔕《ほぞ》を固くする所以に非ず
洞庭は濬《ふか》しと雖も、之に負《たの》む者は北《ほろ》び、人を愛し国を治むる所以に非ず

また、つぎのような対句もある。

翼翼京室　眈眈帝宇　巣焚原燎　変為煨燼　故荊棘旅庭也
殷殷寰内　縄縄八区　鋒鏑縦横　化為戦場　故麋鹿寓城也

翼翼たる京室、眈眈たる帝宇、巣のごとく焚《や》き原のごとく燎《や》き、変じて煨燼《わいじん》と為る、故に荊棘は庭に旅《つら》ぬ
殷殷たる寰内、縄縄たる八区、鋒鏑は縦横とし、化して戦場と為る、故に麋鹿《びろく》は城に寓《やど》る

また、つぎのような対句もある。

南瞻淇澳　則緑竹純茂　　南のかた淇澳を瞻《み》れば、則ち緑竹は純《もっぱ》ら茂り
北臨漳滏　則冬夏異沼　　北のかた漳滏に臨めば、則ち冬夏は沼を異にす

つづいて、晋の陸機「文賦」をとりあげてみよう。

遵四時以歎逝　　四時に遵いて以て逝くを歎き
瞻万物而思紛　　万物を瞻《み》て而して思いは紛たり

悲落葉于勁秋　　落葉を勁秋に悲しみ
喜柔条于芳春　　柔条を芳春に喜ぶ

心懔懔以懐霜　心は懔懔として以て霜を懐き
志眇眇而臨雲　志は眇眇として而して雲に臨む

また、つぎのような対句もある。

浮天淵以安流　天淵に浮かんで以て安らかに流れ
濯下泉而潜浸　下泉に濯《あら》いて而して潜み浸る

また、つぎのような対句もある。

沈辞怫悦、若遊魚銜鈎、而出重淵之深　沈辞は怫悦《ふつえつ》として、遊魚の鈎《はり》を銜《ふく》んで、重淵の深きを出づるが若く
浮藻連翩、若翰鳥纓繳、而墜層雲之峻　浮藻は連翩として、翰鳥の繳に纓《かか》りて、層雲の峻《たか》きより墜《お》つるが若し

収百世之闕文　百世の闕文を収め
採千載之遺韻　千載の遺韻を採る

謝朝華于已披　朝華を已に披《ひら》けるに謝し
啓夕秀于未振　夕秀を未だ振わざるに啓《ひら》く

観古今于須臾　古今を須臾に観て
撫四海于一瞬　四海を一瞬に撫す

右にあげたのは魏晋の例である。これらの例によって、整錬された句形や対偶を追求する気風が、すで

に発生していることがうかがえよう。単対や長隔句対が賦中におおくみえていて、もはやめずらしくなくなっている。

南北朝の時期になると、整斉された対偶や華麗な辞藻など、新穎の技巧でいろどられた俳賦が、賦創作の通常のスタイルとなった。鮑照の「蕪城賦」、江淹の「恨賦」「別賦」、沈約の「麗人賦」、謝荘の「月賦」、庾信の「哀江南賦」「春賦」「燈賦」「対燭賦」などは、当時において名篇だと称賛されたが、これらのうち一篇として俳賦でないものはない。沈約の賦においては、対偶中で平仄などの音律にこだわっているし、また庾信の賦、たとえば「小園賦」においては、巧麗な四六対が採用されるにいたっており(3)、俳賦と古賦との違いは歴然としている。

このほか、この時期の賦は篇幅の面でも短小になっており、古賦のような大長篇はめずらしい。そのうえ、この期の小型の賦は抒情的な要素も有し、いっそう詩歌に接近してきている。元代の祝尭は、古賦から俳賦にいたる変化について、『古賦弁体』でつぎのように記述し、また論評している。

　過去の詩人をよく観察してみると、往時のことを詩にうたうのは、往時にふかい想いをもっていたからであり、現在のことを詩にするのは、現在にふかい感慨を有していたからである。ある事がらを詩にうたうのは、その事がらにふかく感じることがあったからであり、ある事物を詩にするのは、その事物になにかを託そうとしたからである。作者の思いが託されていれば、我われはその詩をよめばよむほど、作者の想いをふかくしることができ、いよいよすばらしく感じるだろう。それは、彼らが詩のなかに、自分の想いを率直にもりこんでいるからだ。

後代の「賦をつくる」文人たるや、陳腐な部分をけずりとって、一篇とて新奇でない箇所がないようにと、汲々としている。また奇抜な表現をくふうして、一字とて巧妙でない箇所がないようにと、汲々としている。また黄とくれば白を対置して、一聯とて対応しない箇所がないようにと、汲々としている。また平仄や声病に留意して、一韻とて諧和しない箇所がないようにと、汲々としている。彼らが文をつくるや、やりつくしたとおもっても、さらになにかつけくわえようとし、美麗をきわめていても、さらに文飾しようとする。ところが自分の想いを叙するということにおいては、彼らはまったく関心の外においているのだ。……

私がおもうに、文辞じたいをみれば、前漢の賦は『楚辞』や「離騒」にまさっているし、また後漢の賦は前漢の賦にまさっている。このように、三国六朝の賦にいたるまで、後一代は前一代にまさっている。だが、賦の文辞が巧妙になればなるほど、作者の想いはうすく、味わいもとぼしくなってくる。味わいがとぼしくなれば、賦のスタイルもよわよわしくなってくる。

建安七子のなかでは、ひとり王粲の賦だけが古風さを有している。晋の陸機「文賦」などになると、対偶がおおくなるし、さらに潘岳ともなれば、首尾すべてが対偶だらけだ。さらに沈約らが出現すると、四声八病の説が流行して、俳賦は律賦にかわってしまった。徐陵と庾信がでてくると、隔句対をつかって駢四儷六のスタイルとなって、故事をあつめ対偶をならべれば、それだけで物しりだとおもいこんでしまった。かくして文辞は洗練されても、想いのほうはとぼしくなり、賦は内容形式ともダメになってしまった。これが、六朝の賦が古賦に似ても似つかぬものになってしまった原因なのである。

　だが、そうしたなかにあって、潘岳「秋興賦」や鮑照「舞鶴賦」などは、文辞こそ後代の賦におよばぬものの、作者の想いという点においては、古詩の延長上にあるものといってよい。こうした作品をよむと、私は、人間の想いというものは、古今かわりがなく、古代の詩や賦の正道もほろびさっておらぬことに、あらためて感慨をおぼえるのである。

　祝堯はここで詩と賦とを比較して、賦はしばしば思想や感情が欠乏しており、古詩のような情緒がない、と指摘している。この指摘は、一般的にいえば肯綮にあたっていよう。このほか、彼はまた古賦と俳賦とを比較して、俳賦は「文辞は洗練されても、想いのほうはとぼしく」なっており、その意味で古賦におとっている、とかんがえている。賦の発展変化は、前漢から後漢へいたり、また三国六朝へいたるが、後一代は前一代におよばなくなるということは、つまり退化しているということだ。祝堯の見かたによれば、古賦はなお「君主を諷諭する」（班固「両都賦序」の語）古詩の義を有しているが、俳賦になると「内容形式ともダメになってしまっ」て、完全にその価値をなくしてしまった、ということになる。

　我われは、こうした見かたは、すべてあたっているとはいえないようにおもう。賦はたしかに形式主義の欠点をもちやすいし、また古賦は詞藻をつみかさね、俳賦はきらびやかな技巧を追求している。だが、後漢のはじめごろから、濁世をそしりおのが想いを叙した作品も出現しており、魏晋やそれ以後になると、賦はいっそう抒情性をつよめて、言語技巧においても新機軸や進歩がみられるようになった。それゆえ文学の角度からみると、後一代は前一代におよばないという結論をだすことはできない。三国六朝時代の賦作品は、その味わいにしろ芸術的技巧にしろ、「君主を諷諭する」と自認する古賦よりも、もっとたかい文学的価値を有しているのだ。このことは、まちがいなく事実なのである。

いま庾信「燈賦」を例にあげよう。

九龍将暝、三爵行栖。
瓊鉤半上、若木全低。
窗蔵明于粉壁、柳助暗于蘭閨。
翡翠珠被、流蘇羽帳。
舒屈膝之屏風、掩芙蓉之行障。
巻衣秦后之床、送枕荊台之上。
乃有
百枝同樹、四照連盤。
香添燃蜜、気雑焼蘭。
燼長宵久、光青夜寒。
秀華掩映、蚖膏照灼。
動鱗甲于鯨魚、焰光芒于鳴鶴。
蛾飄則砕花乱下、風起則流星細落。
況復
上蘭深夜、中山醑清。
楚妃留客、韓娥合声。
低歌著節、遊弦絶鳴。
輝輝朱燼、焰焰紅栄。
乍九光而連彩、或双花而並明。
寄言蘇季子、応知余照情。

〔西北の遠地にすむ〕九龍が眼をとじて空もくらくなり、〔太陽のなかにすむ〕三雀もねぐらにかえるころ。月は半分ほどのぼり、日はすっかりくれた。窓には白壁をてらす月光がさしこめ、柳樹の影で閨房もくらくなった。翡翠をぬいこんだかけ布団、五色のかざりのついた帳を用意し、また伸縮自在の屏風をひろげ、芙蓉でかざりをつけた衝立をとじる。秦の宮廷のベッドに衣服をしまいこみ、楚王が神女とちぎった台に枕をはこぶ。

さてこの部屋には、百枝のごとき燈火があり、また四辺をてらす連盤がある。蜜蠟は芳香をただよわし、蘭香が空気にまじりあう。余燼がくすぶり夜もふけてき、燈火はあおくなり肌ざむくなってきた。燈火はチラチラし、蛇油はあざやかにもえたつ。鯨魚灯の鱗甲のような光がゆらゆらゆれ、鳴鶴灯の光芒はさっともえあがる。蛾がちかづくと火花がとびかい、風がふきよせると流星のようにおちていく。

さらに、いまは漢の上蘭観の夜ふけのように、中山の美酒がならんでいる。楚妃は客人をとどめ、韓娥も声をあわせてうたっているかのようだ。低音の歌ごえは拍子がよくとれており、「遊絃」の曲は妙音をかなでている。あかあかともえる余燼、もえたつあかい火花、九光燈がふいにかがやきだすと、双花燈もまたあかるくなった。あの蘇代にこの燈火のことをつたえたら、余光を他人にわかちあたえる思いやりを、わきまえているにちがいない。

この賦は、六朝に発生した典型的な小型の俳賦である。題材の面からみると、「燈火という」日常生活の品をえがき、また閨房の女性の怨みの情を表現しており、これらは両漢大賦が帝王の生活や都城、大庭園などをえがいたのとは、まったくちがっている。一篇の構成においても、序文や乱辞や主客問答の形式などにはこだわっていない。もっとも目だった特徴は、句形の整錬と対偶である。この詠物抒情の小賦は、冒頭の二句以外はすべて対句であるが、二句ごとにきちんと一聯を構成しており、たいへん整然としている。また賦中の二箇所で、接続用の「乃有」「況復」をつかうほかは、すべてととのった四字句と六字句である。賦全体は鋪陳の描写法を採用しているが、そのことばづかいは、新奇なくふうにとみ、かつ味わいぶかく、当時の詩のスタイルに接近している。こうした特徴は、漢代大賦とはまったくことなったものである。

律賦

律賦は、唐宋の科挙が賦を課したのに応じて発生してきたもので、対偶を重視し音韻に制限をくわえた、あたらしい賦のスタイルである。それは六朝俳賦に変化をくわえたものだ。六朝の俳賦は、もともと対偶の整斉を重視していたが、沈約らによる四声八病説が出現してからは、対偶の整斉以外に、音韻上の諧和も重視するようになった。かくして六朝俳賦は、すっかり両漢魏晋の古賦とかけはなれてしまった。清の李調元『賦話』では、つぎのようにいう。

鮑照や江淹において、賦の変化はすでにきざしていた。永明（四八三〜四九三）や天監（五〇二〜五一九）のさい、呉均や沈約らは賦の音調を諧和させ、対偶も精密にしたが、しかしかえって古賦の趣からはとおざかってしまった。庾信はその風気を推進して、隋唐の先蹤をきりひらいた。古賦が変じて律賦となったのは、庾信がその先駆けをなしたのである。

また、つぎのようにもいう。

古賦が変じて律賦になったのは、呉均や沈約らにきざしていたが、庾信はそれをいっそうおしすすめて長篇の賦をつくり、ますます巧麗さをくわえていった。彼の「三月三日華林園馬射賦」や「小園賦」

などは、律賦の出発点となったのである。

この李調元『賦話』以前では、明の徐師曾も『文体明弁』のなかで、つぎのように指摘していた。

三国両晋そして六朝では、賦は変化して俳賦になった。唐人はさらにこれを律賦にかえた。……律賦になって賦は堕落していくのだが、それは沈約の「四声八病」への拘泥からはじまり、徐陵と庾信の隔句対多用の悪習をへて、隋唐宋における「押韻の制約をうけた律賦によって、士にとりたてる」制度へとつきすすんでいった。それらは、ただ音律の諧和や対偶の精密さだけを重視したもので、作品における感情や文辞などは、まったくかえりみられなくなったのである。

徐師曾らは、律賦は俳賦に由来するとかんがえているが、そのことじたいは問題ない。ただ律賦は直接的には、隋唐の科挙制度がうみだした産物なのである。律賦の一連の形式的特徴は、その他のジャンルのばあいとはちがって、作家の創作実践のなかから、自然に形成されてきたものではなく、当時の統治階級がさだめた科挙制度の必要から、強引に規定されたものにすぎないのだ。

科挙の試験に賦を課すのは、隋の文帝のときにはじまった。唐初はこれを襲用し、唐初の王勃の別集のなかには、もう押韻の制約をうけた律賦作品が存在している（彼の「寒梧棲鳳賦」は〈孤清夜月〉を韻にしている）。中唐になると、押韻の制約をうけた律賦作品が、大量にわきでてきた。著名な詩人である王起や白居易らも、当時の律賦の名家なのである。宋代でも、科挙で賦を課して士にとりたてたので、とうぜん律賦を勉強する文人はすくなくなかった。元代になると、科挙の試験に古賦を課するようになったので、律賦をつくる風潮は下火になった。

形式上からみれば、律賦は対偶を重視する点をのぞけば、押韻に制約があることが特徴である。その目的は、押韻にいろんな制限をくわえることによって、試験官の答案採点をやりやすくすること、これにつきよう。この律賦の押韻制限は、はじめはゆるかったが、しだいにきびしくなっていった。宋代の洪邁『容斎随筆』に「唐では律賦を課して士にとりたてた。そのさい、押韻する韻の多寡や平仄のならべかたなどは、もともと規定がなかった」という。彼は三韻、四韻、五韻、六韻、七韻など種々の状況を列挙したうえで、「太和（八二七〜八三五）以後になって、八韻を常態とするようになった」としている。

〔韻字の〕平仄の方面では、洪邁はまた五平三仄、六平二仄、三平五仄などの状況を列挙し、後唐の荘宗のときになって、四平四仄を標準とするようさだめた、とかんがえた。実際上は、後代になると律賦は韻の数や平仄を問題にしただけでなく、次韻も問題にし（指定した韻によって、順序どおりに押韻する）、さらには五声（上平・下平・上声・去声・入声）の順序まで問題にして、制限はますますおおくなってきた。律賦は、通常では一篇の字数も限定しており、四百字をこえることはほとんどない。

これを要するに、唐宋の数百年間においては、科挙に賦を課したり課さなかったりしたので、律賦に要求した条件も、いつもおなじだったわけではなかった。だがけっきょくは、律賦は士人が名誉や利禄をもとめる手段として、流行したものなのである。内容においても、〔他の試験問題とはちがって〕経義を解釈するのではなく、封建統治者の功績をうたいあげるだけのものであった。そのうえ、各様の格式を重視し、また種々の枷でしめあげたので、価値や意義のある作品は、ほとんどあらわれなかったのである。

律賦は現存するものはすくないが、唐代の王起「五色露賦」の例をあげて、その一斑をしめしてみよう

（「率○土●康△楽▲之□応■」を韻とする）。

露表嘉瑞、発五色以斯呈、輝光駭目、知泛灔之惟新、
国昭元吉○。掩百祥而非匹○。変化殊姿、覚凄清之有失○。

若非
沢無不被、則何以感之于寥天、爾其寂歴地表、
化無不率○。栄之于聖日○。希微天宇●。

無声而零、始暖空而雑糅、沾于衣也、皆成黼黻之衣、
有色斯睹●。俄泫草而周普●。潤于土焉、更謂苴茅之土●。

且其
白能受彩、青映苔而転麗、既炫燿于衆彩、
朱則孔陽△。玄点漆而有光△。終錯雑于中黄△。

儻在琉璃、味無忝于甘醴、何滑兮之膏潤、
如浮葭莩、色詎変于凝霜△。有渙乎之文章△。

固可以
扶寿而愈疾、徒観夫泥泥未晞、珠彩点綴、
俗泰而時康△。瀼瀼既落▲。日華照灼▲。

無煩勒畢之求、散東陵之上、乍混其瓜、其凝厭浥、
方成曼倩之楽▲。洒西山之中、更迷其薬▲。其布葳蕤□。

鶴将警而未測、何紺霧而喩矣、則知墜露成文、実我後之冥感、
蝉欲飲而猶疑□。何卿雲而比之□。休祥有証■。掩前王之嘉応■。

王起は唐の貞元十四年の進士である。その「五色露賦」は当時、科挙の試験に課された題であり、指定された韻は「率土康楽之応」であった。この賦はすべてで二九四字あり、指定された韻字をそれぞれ賦中にはめこんでおり、そのうえきめられた順にもしたがって押韻している。その内容は、虚構の瑞祥にかこつけて、太平の世だと粉飾し、封建統治者の功績をうたいあげたものである。指定された格式のなかで、課された条件にあうように努力しているが、けっきょくは文字の遊びにすぎなく、文学史上ではなんの価値もない。

文賦

文賦は、唐宋の古文復興運動の影響をうけて発生した。その主要な特徴は、俳賦や律賦における対偶や押韻の制限を廃して、古文に接近させていることであり、つまり散体化の方向を目ざしているのである。唐宋時代の有名な文賦作者のおおくは、欧陽脩や蘇軾など当時の古文家たちであった。

文賦は通常は対句を排斥しない。たとえば、欧陽脩の「秋声賦」に

初淅瀝以蕭颯　　初め淅瀝《せきれき》として以て蕭颯たり
忽奔騰而砰湃　　忽として奔騰して砰湃《ほうはい》たり

草払之而色変　　草は之に払われて色変じ
木遭之而葉脱　　木は之に遭いて葉脱す

などの対句があり、また蘇軾の前後「赤壁賦」に

縦一葦之所如　一葦の如く所に縦《まか》せ
凌万頃之茫然　万頃の茫然たるを凌《しの》ぐ

耳得之而為声　耳は之を得て声を為し
目遇之而成色　目は之に遇いて色を成す（以上「前赤壁賦」）

山高月小　山は高く月は小に
水落石出　水は落ち石は出づ（後赤壁賦）

のような対句があるように。だが、これらの対句は文をつづっているうちに、偶然できたものにすぎず、俳賦のように音声や辞藻の華麗さを追求したものではない。

文賦は押韻でも、比較的自由である。句形は四言と六言を主とするが、大量の長句も使用するし、接続詞のほか、之、也、乎、哉、邪、矣、焉などの虚字も使用する。一篇の構成や句法では、当時の古文の章法や気勢をまなんでいる。両漢の辞賦にくらべると、文賦は鋪陳するという特徴こそ有するものの、僻字をつかったり辞藻を堆積したりする漢賦の欠点は、よく克服しているといってよい。とりわけ内容において、主君の功績を称賛すべしとか、「諷諭を宗とすべし」とかいうような、漢賦ふうの考えかたからは、まったく自由になっている。

ただ、この文賦に通底する欠点としては、しばしば理屈にながれやすいことであろう。明の徐師曾も、つぎのようにいっている。「文賦は理屈をおもんじるが、文辞の美しさではおとっている。だから、文賦の文を朗読しても、〔古代の〕歌を詠じたときの妙なる響きは感じられないし、また美麗な文だともいえない」（『文体明弁』序説）。だがこの意見は、すべてあたっているわけではない。たとえば宋代の蘇軾「赤壁賦」は、文賦中の名篇である。この作品は議論や理屈をまじえるが、しかしその叙事や写景ぶりは、たいへんいきいきとしていて、その筆づかいも清新にして流暢である。くわえて詩味もゆたかで、古文ふうの気勢が一篇をつらぬいている。いま、蘇軾の「前赤壁賦」を例にあげてみよう。

壬戌之秋、七月既望、蘇子与客泛舟、遊于赤壁之下。清風徐来、水波不興。挙酒属客、誦明月之詩、歌窈窕之章。少焉、月出于東山之上、徘徊于斗牛之間。白露横江、水光接天。縦一葦之所如、凌万頃之茫然。浩浩乎如馮虚御風、而不知其所止。飄飄乎如遺世独立、羽化而登仙。

于是飲酒楽甚、扣舷而歌之。歌曰、「桂棹兮蘭槳、撃空明兮溯流光。渺渺兮予懐、望美人兮天一方」。客有吹洞簫者、依歌而和之。其声鳴鳴然、如怨如慕、如泣如訴、余音嫋嫋、不絶如縷。舞幽壑之潜蛟、泣孤舟之嫠婦。蘇子愀然、正襟危坐而問客曰、「何為其然也」。

客曰、「〈月明星稀、烏鵲南飛〉、此非曹孟徳之詩乎。西望夏口、東望武昌。山川相繆、郁郁蒼蒼。此非孟徳之困于周郎者乎。方其破荊州、下江陵、順流而東也、舳艫千里、旌旗蔽空、釃酒臨江、横槊賦詩。固一世之雄也、而今安在哉。況吾与子漁樵于江渚之上、侶魚蝦而友麋鹿、駕一葉之扁舟、挙匏樽以相属。寄蜉蝣与天地、渺滄海之一粟。哀吾生之須臾、羨長江之無窮。挟飛仙以遨遊、抱明月而長終。知不可乎驟得、托遺響于悲風」。

蘇子曰、「客亦知夫水与月乎。逝者如斯、而未嘗往也。盈虚者如彼、而卒莫消長也。蓋将自其変者而観之、則天地曾不能以一瞬。自其不変者而観之、則物与我皆無尽也。而又何羨乎。且夫天地之間、物各有主。苟非吾之所有、雖一毫而莫取。惟江上之清風、与山間之明月、耳得之而為声、目遇之而成色。取之無禁、用之不竭。是造物者之無尽蔵也、而吾与子之所共適」。

客喜而笑、洗盞更酌、肴核既尽、杯盤狼藉。相与枕藉乎舟中、不知東方之既白。

壬戌（元豊五年）の秋、七月十六日の夜、私は客人たちと赤壁の岸下で舟遊びをした。清風はしずかにふき、水波もおこらない。酒をくんでは客にすすめ、『詩経』の明月の詩をくちずさみ、また窈窕の章をうたった。しばらくするや、月が東山のうえにさしかかり、南斗と牽牛とのあいだを徘徊するのであった。白露は長江のうえにひろがり、月光にかがやく水面は天に接している。小舟のゆくにまかせ、茫々たる川面の果てをゆく。虚空にのり風にのって、そのとどまるところをしらぬ。飄飄として俗世をわすれ、羽化して登仙するかのごとくであった。

そこで、酒をのんでたのしみ、舷をたたいて歌をうたった。「桂のかい、蘭のかじ、これらで水面をうち、月光のもとへさかのぼろう。思いをとおくにはせ、天のかなたに理想のひとをさがそう」。客人のなかに洞簫をふく者がおり、私の歌ごえに和してふいた。その響きはよくとおり、うらむがごとく、あこがれるがごとく、なくがごとく、うったえるがごときであり、ふきおわっても余韻嫋嫋として、糸のきれざるがごとくであった。それは谷底にひそむ蛟《みずち》も舞わせ、孤舟にのる寡婦もなかせるほどだ。私はものがなしくなって、襟をただして正座し、客人にたずねた。「貴殿の笛の音は、どうしてそんなにものがなしいのですか」。

客人はいった。「〈月があかるくなれば星の光はまれとなり、烏鵲は南へとんでゆく〉。これは、あの曹操がつくった詩ではありませんか。西のかた夏口をながめ、東のかた武昌をのぞめば、山川がつづき、うっそうとしているこの地は、曹操が周瑜にくるしめられた場所ではありませんか。曹操が荊州をやぶり、江陵よりくだり、流れにしたがって東進するや、舟が千里もつづき、軍旗は空をおおいました。彼は酒をくんで長江にのぞみ、矛を横たえて詩を賦したといわれています。曹操は一世の英雄でしたが、いまはどこにいるのでしょう。いわんや、我われのごとき江辺で魚や木をとり、魚やエビの仲間であり、鹿を友とする者においては、この世はなんとはかないことでしょう。葉のような舟にのり、酒をすすめあっていますが、あたかも天地に浮遊するカゲロウ、大海にただよう粟のような存在にすぎません。自己の命のはかなさをかなしみ、長江の無窮なるをうらやむばかりです。空とぶ仙人とともにあそび、明月とともに長生をたもちたいのですが、それはとてもかないません。そこで、我がせつなき想いを［笛の音に託して］悲風にのせたしだいです」。

私はいった。「貴殿もこの水と月とをご存じですか。ゆく水はこのようにながれさりますが、それでもつきることはありません。月はあのように満ち欠けしますが、その本体には変わりはありません。おもうに、変化する立場からみれば、天地とて一瞬たりとも変化しないことはなく、不変の立場からみれば、どんなものも無尽蔵なのです。どうして長江の無窮なるをうらやむ必要がありましょう。そのうえ、天地の間には、どんなものにも持ちぬしがおり、自分の所有物でなければ、ひとつとて手にとることができません。ただ江上の清風、山あいの明月、これらは耳にすれば妙なる響きとなり、目にうつればきれいな色あいとなりますが、これらは誰もたのしむなといわず、めでるなともいいません。これこそ造物主のつきることなき庫《くら》であり、また我われの賞すべきものです」。

客はこれをきいてよろこび、またわらった。そして杯をあらってまた酒をそそいだ。やがて肴はつき、杯盤狼藉たるありさまとなった。かくして二人して舟中でねむりにつき、東方がしらみはじめたのも気づかないのだった。

この文賦の一篇たる「前赤壁賦」をみると、蘇軾が採用しているのは、主客問答方式だということがわかる。句形は散句を主としているが、整頓された四字句や六字句も混用しており、駢賦からの影響もみてとれよう。その押韻方式は自由であり、一句ごとに押韻したり、隔句に押韻したり、ときには三句目、四句目で押韻したりしている。押韻する箇所も句末の字とはかぎらず、もし句末が虚字だったら、しばしば虚字の直前の字で韻をふんでいる。一篇中に多少の対句ももちいるが、これは修辞の必要からつかったものにすぎず、俳賦のような乱用ぎみの使いかたではない。そのため、わざとらしい彫琢の痕跡もない。

賦が発展して清代になると、当時の八股文の影響をうけるようになった。そのため、八股文の股対の法や格式が賦のなかに流入してきて、内容から形式にいたるまで、科挙用の八股文とおなじようになってしまった。かくして賦は、完全に末路にはいりこんでしまい、とるにたらぬ文になってしまったのである。

以上を要するに、賦はかなり特殊なジャンルである。その発展や変遷の過程にあって、しばしば同時代の詩歌や文章の影響をうけてきた。ときには文章の要素がつよくて、詩歌の要素がすくなく、またときにはその逆になったりした。賦は、ずっと半詩半文の性質を保持しつづけて、わが国旧時の文学における、独自のジャンルとなったのであった。

注

（1） 摯虞の「文章流別論」はすでに佚している。『芸文類聚』巻五十六や『太平御覧』巻五百八十七に、その佚文がみえる。

（2） 劉向『別録』にいう。「『隠書』とは、あることばについて疑問におもい、相手にたずねる。返答する側は熟慮すれば、その意に気づかないことはない」（『漢書』顔師古注引）。『漢書』芸文志にのせる「隠書十八篇」は、もうすでに逸書となっているが、その書の性格はこれで推定できよう。

（3） 四六対とは、四四および六六の単対、または上四下六の隔句対のことである。これらは六朝後期の駢文が有する主要な句形であり、また対偶の方式でもある。

第四章　論説のジャンル

論説文は説理の文であり、旧時の散文（無韻の文）における重要ジャンルである。古人は内容や用途、書きかたの違いによって、これを何種類かにわけた。論、史論、設論、議、弁、説、解、駁、考、原、評などである。これらの総合的な名称として、『文心雕龍』は「論説」という篇をたてて、このジャンルの全貌を概観したが、姚鼐『古文辞類纂』では「論弁」と改称した。

この論説文の性質や創作要領について、もっともはやく解説をほどこした人物は劉勰である。彼は『文心雕龍』論説篇のなかで、「論なる者は、群言を弥綸《びりん》して、一理を研精する者なり」とのべている。論説文はいろんな言論や意見を総括して、唯一の道理を精確にきわめてゆく、という意味である。また、論説文の形式と創作要領に論及するや、劉勰はつぎのようにいう。

夫《か》の論の体たるを原《たず》ぬるに、然否を弁正する所以なり。有数を窮め、無形を追う。堅きを鑽《き》りて通ずるを求め、深きを鉤して極を取る。乃ち百慮の筌蹄《せんてい》にして、万事の権衡なり。

この論説のジャンルは、事物の是非を弁別する文である。客観的な事物や現象をふかく観察することによって、現象の背後にかくれた道理を追究してゆく。論の創作に必要なものは、苦心して筋をとおし、事物の深層にわけいって、その本質をきわめようとする精神である。こうしたやりかたによって、事物の是非や得失を判断できるようになるのだ――という意味である。劉勰のこうした解説は、論説文の本質をついたものといえよう。

わが国の旧時、論説文の源流はひじょうにふるい。春秋戦国の先秦諸子の散文は、事実上は論説文にほかならない。つまりわが国の論説文は、最初期の諸子百家たちの講義録から、徐々に育成され、発展してきたのである。

まず、『論語』は何篇かにわけられるが、その各篇は内容的に関連のない片々たる語録の集積にすぎず、まとまった文章作品を構成していない。『墨子』中の「十論」は、墨子の講義を記録したものだが、各論ごとにきまったテーマがあって、論説文の体裁をあらましそなえている。『孟子』の書は、基本的に語録のスタイルをとるが、一書中、ひとつの中心テーマをもった段落、たとえば有名な「魚は私の好物だ」の章（告子上）などは、すでに論説文の雛型をそなえている。また『荘子』『荀子』『韓非子』などの著作は、おおくの篇が論説文の形式でかかれているが、さらにある篇などは直接に「論」と名づけられている。『荘子』の斉物論や『荀子』天論などが、そうした例である。

前人は論説文をいくつかの種類にわけた。たとえば劉勰は、「論」を四種（政治論、経学論、歴史論、文学論）に区別し、八つの名称（議、説、伝、注、賛、評、叙、引）にわけた。『文選』では「論」を設論、史論、論の三種にわけ、徐師曾『文体明弁』では、理論、政論、経論、史論、文論、諷論、寓論、設論の八種に分類している。

今日の我われからみると、「論」の内容に応じて分類したならば、じっさいは政治論文、歴史論文、学術論文の三種にほかならない。だが、旧時における論説文の区分は、しばしば標題や創作の立場によってジャンルをわけた。そのため後代では、「論」を論説文中の一種とみなし、それ以外に説、解、弁、原、議、釈などと分類したのである。呉訥『文章弁体』や徐師曾『文体明弁』などは、そうした分類法を採用している。こうした区分は、旧時における論説文の多様性をよく反映しているが、またその個々の特徴を弁別するにも都合がよい。

さて、論と説は性質が似ているが、多少ちがっているところもある。それゆえ旧時は、この両者をべつのジャンルだとみなしていた。

論は事物の道理を論断するものであり、政治や歴史、学問などの内容をふくむが、説のほうは、これとはことなっている。劉勰の説に関する解釈は、「説は悦なり。兌《だ》を口舌と為す。故に言は悦懌《えつえき》に咨《し》す」というものであり、また「凡そ説の枢要は、必ず時をして利あらしめ義をして貞ならしめ、進んでは務を成すに契《かな》う有り、退いては身を栄《あら》わすに阻む無からしむ。敵を譎《あざむ》くに非ざるよりは、則ち惟れ忠と信とのみ。肝胆を披《ひら》いて以て主に献じ、文献を飛ばして以て辞を済す。此れ説の本なり」ともいう。この二節の大意は、説とは「悦」に通じ、つまり口舌でもって他人を説得し、心底から賛成し服従させるものである。説の基本的な要領としては、時勢にかなない道理ただしきことだ。積極的にいえば、功業を完成にみちびくものだし、消極的にいえば、栄達の邪魔にならないようにする。敵をあざむくためでないかぎりは、かならず忠誠と信実をつらぬかねばならぬ。赤心からでたことばを主上に献上し、同時に鋭敏な思慮をめぐらしてことばの魅力をつよめ、説得力をたかめねばならない。これが説の本質的特徴である――という意味である。

劉勰はここでは説のジャンルを、あきらかに、戦国の策士たちが謀略を献じた、いわゆる「遊説のことば」だとみなしている。もっとはやく、晋の陸機も「文賦」のなかで、どうようの見かたをしていた。彼は「論は精微にして朗暢なり……説は煒曄《いよう》にして譎誑《けっきょう》す」といい、李善は「説は感動を以て先と為す。故に煒曄にして譎誑するなり」と注する。つまり、説は他人を説得したり感銘をあたえたりするものなので、辞采をこらさねばならず、かざりたて誇張してこそ成功するのだ――という意味である。以上が、はやい時期における「説」の解釈である。

わが国の論説文は先秦諸子に源を発するが、この諸子百家の散文中に論があり、またこの説もふくまれている。たとえば『孟子』のなかには、政治や学問を論じた一節があるが、また諸侯に遊説したさいの、絢爛にして耳目をそばだたせるような文辞もなかなかおおい。とりわけ、戦国策士たちの応対ぶりを記録した『国語』や『戦国策』においては、彼らが遊説したさいの弁舌は、とくに主要な位置をしめている。

だが、秦漢以後になると、この種の文辞は、おおむね跡をたってしまった。漢以後において、「何々の説」と題された文や論著では、ふつうには、その作品がなにかを説明したものであることをしめしたり、事物の道理をのべたりしているという意味しかもたない。だから呉訥『文章弁体』では、「説とは、解釈する、述べる、の意である。ものごとの道理を解釈して、自己の考えによって説明するものである」といっている。こうした解釈は、秦漢以後の「何々の説」と題されたほとんどの文にふさわしい。そうすると、現在ふうにいえば、古文における「論」とは理論的文章を意味し、「説」とは説明的文章をさすということになろう。論は論理性を重視し、説は説明や解説のほうを重視するわけだ。とうぜん両者は性質が似かよっており、ばあいによっては、はっきり区別できないこともありうる。

現存の文献からみれば、漢初の賈誼「過秦論」が、単独の論作品としては最古のものだろう。ここでいう「過秦」とは、「秦王朝の失敗」の意をあらわす。この論は、秦王朝が興亡した過程や、その原因を具体的に分析することによって、秦があっというまに滅亡した原因を論じたものだ。つまり秦は、武力で天下を征服したあとも、そのまま武力で天下をおさめつづけたので、けっきょく一朝にして敗亡せざるをえなかった、という内容である。この論の中心思想は、賈誼じしんのことばによれば、「古代の聖王は、情勢の変化や存亡の機微をよく観察した。かくして、民草をおさめる方法として、その生活を安定させることに尽力したのだ」ということであった。この「過秦論」は、国家興亡の理を究明することによって、のちの世の人びとをいましめ、また後代の統治者の参考に供しようとしているのである。

賈誼「過秦論」は、上中下の三篇にわけられる(『史記』秦始皇本紀所収。『文選』に採録されているのは、そのうちの中篇である)。中篇では、秦が天下をとった経緯と滅亡した主要な原因を、総合的に論じている。まず秦が隆盛にいたった経緯から論じるが、隆盛の原因を歴史的にたどりながらつづってゆく。開始部分は、つぎのとおりである。

秦の孝公は殽山や函谷関の要害に依拠して、雍州の地を支配し、君臣一体となって堅守し、周王室をねらっていた。天下を席巻し、あらゆる領土をつつみこみ、やがては四海を手にいれ、さらに僻遠の地までも併呑しようとする野心をいだいていた。このとき秦では、商君が孝公を補佐しており、国内では制度をさだめ、農耕や機織りを奨励し、武器を調達し、また国外では連衡して諸侯をたたかわせた。かくして秦人は手をくださずして、西河の外の地を占領したのである。

賈誼は、秦が国力をつよめたのは、孝公の時代（前三六一～前三三八）の時代にまでさかのぼる、とかんがえている。孝公は天下統一の志をもち、そのとき内には商鞅の変法を採用し、外では連衡の策をもちいた。これによって、黄河以西の広大な領土を獲得して、秦の隆盛の基礎をつくったのである。

つづいて、孝公の死後のことを叙してゆく。秦の恵文王、武王、昭襄王らは孝公のはじめた事業をうけつぎ、伝統的な国策にしたがいつつ、「南は漢中の地を略取し、西は巴蜀の地を征服し、東は肥沃な土地を割譲させ、また要害の郡を手にいれ」、かくして秦の領土を拡大し、国力を強化した。さらにおおくの戦争をへて、「強国は服従したいとねがい、弱国は入朝したい」とおもわせ、強秦がほかの六国をほろぼして、天下を統一する基礎をきづきあげたのである。こうした隆盛の歴史をえがくや、その行文は大仰な誇張表現の限りをつくす。叙述は一層また一層と進展し、文の気勢はいよいよたかまってゆく。そして、秦の始皇が天下に雄飛しようという部分で、この論は頂点に達するのだ。

始皇帝の代となるや、父祖六代がたくわえた国力を駆使した。ながいむちをふるって天下を制御し、東周と西周をのみこんで諸侯をほろぼした。帝位について天地四方を制圧し、むちを手にして天下をたたきのめし、威は四海にふるった。南では百越の地をとり、桂林、象郡の二郡とした。百越の君主は頭をたれ首になわをかけて降伏し、命を秦の官吏にゆだねた。さらに始皇帝は蒙括将軍に命じて、北方に長城をきづいて、国境をまもらせ、匈奴を七百余里まで退却させた。そのため、胡人は南下して馬を放牧しようとせず、兵士も弓をひいて亡国の恨みをはらそうとしなかった。

ところが、文がここにいたるや、賈誼の筆鋒は一転する。そして、傲慢にして専制的な始皇帝が、自己の権力にのぼせあがって、おおくの暴政をおこなってゆくさまを叙してゆく。「そこで、始皇帝は先王の道をすてて、百家の書物をやきすて、民衆を愚昧にしようとした。また名城をとりこわし、すぐれた人物をころし、天下の武器を回収して都の咸陽にあつめた。そして矛先や矢尻をとかして、十二の銅像を鋳造し、これによって民衆の力をよわめたのである」。始皇帝はこれによって、わがことなれりとおもいこみ、「漢中の防御は城壁千里におよび、子々孫々まで帝王として、永遠につづくだろうとおもった」。だが、あにはからん、始皇が死ぬや、すぐに起義の勢力が草莽のなかから決起し、「木をきって武器とし、竹ざおをかかげて旗とするや、天下の人びとは雲集して呼応し、食糧を背おって影のごとくつきしたがった。山東の豪傑たちもこれを機に蜂起し、秦の王室をほろぼしてしまった」。

「過秦論」は、こうした歴史の流れをドラマチックに描写したあと、終結部にいたって、ようやく中心テーマをうちだしてくる。「一介の人夫が乱をおこすや、秦の天子の廟は破壊され、秦の子嬰も項羽にころされて天下の笑い者となったが、これはどうしてだろうか。それは仁義による政治をほどこさなかったためであり、また勢いが攻守ところをかえてしまったからである」。作者の賈誼によれば、秦が六国をほろぼしたとき、まさに攻勢にあったので、武力にたよっても成功することができた。ところが、天下を手にいれたあとは、形勢がちがってきたのだ。だが秦は、仁義や教化のほうに政治の舵をきるべきことに気づかず、そのまま武力にたよって統治を維持しようとした。その結果、あっというまに亡国の運命におちいってしまったのだ。

賈誼は、こうした中心テーマを強調せんがため、一篇中で秦の興亡の過程を、とくに誇張してえがく。秦の隆盛ぶりを叙するや、「むちを手にして天下をたたきのめし、威は四海にふるっ」て、その鋭鋒はあたるべからざる勢いだったとのべる。ところが、つづいて秦の滅亡をえがくや、ただ、秦の二世皇帝になるや、風や雲が急変するようによわまり、挽回不可能となった、と叙するだけである。このように叙してゆけば、教訓をひきだすための、都合のよい下地となってくるからだ。そしてそのあとに、中心テーマをうちだしてきて、画龍点睛の妙を生じさせているのである。

魯迅はこの「過秦論」の文を称揚して、「後世の人びとに裨益をあたえ、その恵みはとおくまでおよんで」おり、「前漢の名文である」(『漢文学史綱要』)といっている。「過秦論」が道理を説くときは、史実を援用して論拠とし、一層また一層と叙述をすすめてゆき、たいへんつよい説得力をもっている。その行文は波瀾や起伏にとみ、筆のはこびは力づよい。滔々とかたって、勢いはとどむべくもなく、論理もゆきづまることがない。この「過秦論」の文は、漢初の政治論文の風格を代表するものである。

漢初のころは、まだ先秦とちかい時代なので、当時の政治論文の作者たちは、先秦の諸子や策士たちの影響をうけていた。それゆえ道理を説き政治を論じるときでも、いつも無意識的に先秦策士たちの弁舌ぶりに似かよってきている。まさに劉勰が「政治的意見をのべた論は、議や説と軌を一にしている」(論説篇）というとおりである。こうした特徴こそ、後世の「論」の文とことなるところなのだ。

このほか、漢の武帝のころの東方朔が、「非有先生論」という論をかいている。この論の内容は、愚鈍な天子の朝廷では、諫諍の臣はものがいいにくい、ということである。その中心テーマは、君主たる者は虚心に諫臣の諫めをききいれて、積極的に政治を刷新すべきであり、そうしてこそ国も隆盛となり災禍からまぬがれることができる、ということで、その性質からいえば、まさに「治乱の道、存亡の端」をかたった政治論文だといえよう。

だが、作者がこの文でとった手法は、問答を仮設する形式であった。まず、非有先生が呉の国に仕官した、という設定をする。ところがこの先生、「黙然として言うなきこと三年なり」であった。呉王はふしぎにおもって、どうしてなにもいってくれないのかと先生にたずねる。これによって、非有先生の「諫諍の臣はものがいいにくい」という議論をひきだすのである。一篇中で、しばしば「談ずるは何ぞ容易ならんや」の語をつかって、作者東方朔のふかい心中の想いを表現し、たんに道理を説くだけでなく、抒情的な色彩もおびさせている。創作方法からみれば、この論は最盛期にむかいつつあった漢賦からの影響がいちじるしい。そのうえ、この作品は「論」と題されているが、じっさいは賈誼「過秦論」とどうよう、「説」の色彩がつよい文章なのである。

後漢以後、論の風格に変化が生じはじめた。「論」と銘うった作品はいずれも、ひとつの論点を中心にして、周到な推理や論証をおこなうようになったのだ。そのため、識見の精深さや論理の厳密さを重視するようになった。それらは、議論の展開では多様な変化にとんでいるものの、［かつての戦国諸子ふうの］

遊説や勧説ふうの味わいは、しだいにとぼしくなっていったのである。

やがて唐宋の古文家ともなると、論と説とは、彼らの心中できちんと区別されるようになった。まず、唐代の柳宗元に「封建論」があり、また宋代の蘇軾に「留侯論」があるが、この二篇とも「論」ジャンルの名篇である。蘇軾は歴史上の人物を論じることに仮託しつつ、社会での政治のありかたや、身の処しかたに関する意見をのべている。彼の「留侯論」は、漢代の張良が橋上にいた老人のために、履《くつ》をはかせてやったという故事に対して、議論を展開したものである。旧時のほとんどの人びとは、この橋上にいた老人は神人で、張良は彼に履をはかせてやったので、そのお礼に「天書」をもらった。これにより張良は能力をたかめ、漢の高祖を補佐して天下をとることができた、とかんがえている。

ところが蘇軾は、これに自分なりの見かたを提出するのだ。彼はつぎのようにかんがえる。すなわち、橋のうえにいた老人は、べつに不可思議な人物ではなく、暴秦の統治下にいきていた、ひとりの識見にとんだ隠者である。彼が張良をためし、そして教えをさずけたのは、彼が大事にのぞんで辛抱できるようになることを、期待したからであった。これはまた、劉邦が張良からまなんだ有用な教えでもあったのだ、と。この「留侯論」の主旨は、「辛抱できるかできないか」をのべることにある。これこそが大事業を成功にみちびくカギであるからだ。この作品は「留侯論」と題されているが、純粋の史論というよりも、むしろ政治家が涵養しておくべき修養について叙した文だというべきだろう。

この「留侯論」の行文たるや、気勢横溢し、筆力は紙背に徹している。ひとたび論じはじめるや、ことばは空たかくまいあがり、人の耳目をふるいおこす。

むかしの豪傑の士と称された人物は、かならず常人にすぎた節操を有していた。ひとの感情には、どうしてもがまんできぬというときがある。匹夫が恥辱をうけると、抜刀してたちあがり、身を挺してたたかうが、これは勇気とはいえない。天下の大勇の持ちぬしたる者は、いきなり他人がたちむかってもおどろかないし、理由もなく手をだしてもおこらない。これは、そのひとの度量がおおきく、その志も高邁であるからだ。

こう叙しておいてから、蘇軾は張良のことにふれる。「そもそも張良は、橋上の老人から書物をさずけられたというが、その話はひじょうに奇妙である」。こうした転折のことばをつかって前人の議論に駁し、ついで自分の意見をのべて、広大な議論の天地をきりひらいてゆく。これにつづく部分には、叙事があり、また議論が展開される。歴史的論拠が引用され、また作者の推論が叙せられるが、それらはすべて「忍」(辛抱する)の一字にぴたりとよりそって展開されるのだ。しかもその行文たるや、気勢縦横にして、ことばづかいはするどく、また抑揚の変化にはリズムがある。

劉勰は『文心雕龍』論説篇において、論ジャンルの創作要領をつぎのように総括している。「其の議は円通を貴び、辞は枝砕を忌む」、「是を以て論は薪《たきぎ》を析《わ》るが如く、能く理を破るを貴ぶ」。論の文をつづるさい、もっとも重要なのは、道理をつらぬくこと、そして文辞は簡要なる表現をめざし、煩瑣にわたることを厳にいましめねばならぬ。そして薪をわるように、木目にそって斧をおろしていったならば、理屈のとおった明快な文となって、一語でもって論破できよう——という意味である。

だが、こうした意見は、わが国旧時の理論的文章にとってはあたりまえのことにすぎない。わが国旧時の理論的文章は、この種の透徹した論理や簡潔な表現を重視することにくわえ、気勢の横溢や情理の兼備なども重視してきた。こうした特質は、旧時の理論的文章が道理を説いた内容でありながら、同時に文学的な価値も有してきた原因でもあったのである。

いっぽう、唐宋以後に「説」と題されてつづられた作品は、性質上は理論的な文章であるが、やはり説明や解説のほうに重点がおかれている。たとえば韓愈の有名な「師説」は、師のありがたさや、ひとが師についてまなぶことの必要性や重要性を、くわしく説明した文である。冒頭でつぎのようにいう。

むかしの学問をこころざしたひとは、かならず師についていた。師とは道理をつたえ、技術をおしえ、迷いを解決してくれる者である。ひとはうまれながらにして、ものをしっているわけではないし、迷いを感じない者がどこにいよう。迷いを感じたとき、師につかなければ、その迷いはいつまでもとけないだろう。

下文では、さらにつづけて「真理の存在するところが、師の存在するところなのだ」や、「聖人には、特定の師というものはない」などの道理について、説明をくわえている。末尾の部分で、この文をつづった動機について、韓愈はつぎのようにいう。彼の弟子の李蟠が「時流にこだわらなかった」、つまり、師についてまなぼうとせぬ当時の風潮をはねのけて、韓愈に教えをこうてきた。韓愈は、李蟠のこうした態度に感心し、そこでこの「師説」をかきあたえ、その励ましとした——と。これによって、この文は、韓愈が当時のあしき学問の風潮に思いをいたし、弟子をさとすためにつくったものであることがわかる。

一般的にいえば、「説」と題した文は、雑文や雑感の性質をおびることがおおい。一時の感慨を叙したり、ちょっとした知見をつづったりし、標題はおおきなものでもちいさなものでもよく、またその行文も自由である。たとえば、韓愈にはこのほか、「雑説」四篇という説があるが、これらも一組の雑文だといってよい。その第四の「馬説」は、千里の馬を譬えとしながら、ひとから知遇をうけることの難しさを説明したものである。

世に伯楽がいてこそ、［一日に］千里をはしる名馬がみいだされるのだ。千里の名馬はいつもいるのだが、伯楽はいつもいるとはかぎらぬ。だから名馬がいても、下僕たちの手で侮辱され、飼いばおけのあいだで頭をならべて死んでしまい、千里の名馬だと称賛されることもない。千里をはしる名馬は、一食に一石の穀物をくいつくす。馬を飼う者は、その馬が千里の能力をもつがゆえに、かく大食するをしらぬ。その馬は、千里の能力があっても、食糧がたらねば力もだせず、かくしてすぐれた才も発揮できない。そのうえ、なみの馬とおなじようにしようとしても、それもできない。

そんなことでは、千里の名馬をみつけだせるはずがない。名馬を鞭うつにもただしい方法をもちいず、飼育するにも才能を発揮させてやれず、いないていても気もちをさとってやれない。ただ鞭を手にして、「天下に名馬はおらぬ」というだけ。ああ、ほんとうに名馬がいないのか、それともほんとうに名馬をしらないのか。

この小品は、冒頭ですぐに一篇の趣旨を提示している。馬を譬えにして、人材をみぬく人物がいてこそ、すぐれた人材が発掘される。だが、すぐれた人材はいつもいるのだが、人材をみぬく人物はいつもいるとはかぎらない、と。ひきつづいて下文で、ひとつまたひとつと説明をくわえてゆくが、同時に全篇中に嘆息するような語気が充満し、悲憤慷慨の情緒をいやましている。

宋の蘇軾「日喩説」は、韓愈「雑説」のあとをついでかかれた、「説」ジャンルの有名な小品である。その文末でいうところによれば、この文は、科挙受験者だった呉彦律という人物に、作者がかきあたえたものだという。蘇軾は、文中で「うまれつき目のみえぬ者は、お日さまもしらない」という話と、北方人は水泳がにがてだという話柄とを比喩にもちいて、学問をする者は、事実について観察し体得し、そして実践すべきであり、そうでなければ、あてずっぽうになったり、実際からかけはなれたりしやすい、と説明している。これもまた、当時のあしき学風に触発されてかかれた、雑感ふうの作品である。

柳宗元の有名な「捕蛇者説」は、当時の政治のありかたに義憤を発してかかれた作品である。この作品は、蛇とり男の悲惨な運命に託しながら、苛政が民衆にいかに残酷で、ひどいものであるかを説明したものだ。一篇のほとんどをつかって、蛇とり男とその先祖や家族たちの悲惨な境遇を叙し、最後でこの文の主題を提示している。

私は彼の言葉をきいて、いよいよ気の毒におもった。孔子は「苛政は虎よりもひどい」といったが、私はこのことばを疑問におもってきた。だが、いま蔣さんの話によって、孔子のことばを信じるようになった。ああ、重税の毒が蛇の毒よりもひどいとは、いったい誰がしっていよう。だからこの説をかいて、民衆の生活ぶりを観察する役人に、気づいてもらうことを期待するのである。

この文が「捕蛇者伝」や「捕蛇者論」とよばれず、「捕蛇者説」と題されているのは、この作品が、矛盾を提起しつつ道理を説明しているからであり、またその叙しかたに、感慨を叙するような傾向があるからだろう。また、この文をつづるさい、柳宗元は特定の人物（蛇とり男）のために、事がらを叙して伝記にしたてようとしていないし、さらに「論のように」議論や推理もいっさいおこなわず、ひたすら事実に触発されて、政治上の問題を提起し、説明しているにすぎないからでもあろう。

このほか、宋代の周敦頤「愛蓮説」は、百字あまりの小品にすぎぬが、わが国の文章史上において、ずっと人口に膾炙してきた名篇である。この作品は、蓮の花にかりつつ、潔癖な人格への称賛の情をつづっている。その文はつぎのとおり。

水陸にさく草木の花で、愛すべきものはたいへんおおい。晋の陶淵明は菊を愛し、唐以後の世人は牡丹をたいへんこのんだ。だが、私は蓮がすきだ。蓮は泥からはえてきても、泥になずまない。清波にあらわれても、なまめかしくならない。茎のなかは穴がとおって外はまっすぐ、蔓《つる》もなく枝もない。とおくまでよくかおり、いよいよ清高である。たかくすっきりとたち、とおくからながめるのがよく、ちかづいていじるのはよくない。こうしたところが、私はすきなのだ。

私がおもうに、菊は花の隠者であり、牡丹は花の金もちであり、蓮は花の君子であろうか。ああ、菊を愛するひとの名は、陶淵明のあとほとんどきかず、蓮を愛するひととて、私とならぶような愛好者は、いったい誰がいようか。牡丹を愛するものがおおいのは、とうぜんのことではあるけれども。

この小文は、精錬された筆致や洗練された文辞によって、菊と牡丹と蓮の特性を説明し、また比較している。そして蓮を内外から描写しながら、孤高をたもち、けがれをしらぬ高潔な人格を、ふかい寓意をこめて賛美するのだ。一篇の最後において、反語や慨嘆の語気をつかいながら、世俗への憤懣の情をもらしている。この小品は、ことばづかいが優美で情趣もゆたか、くわえて文学的境地も清新であり、独特の風格をそなえた芸術的小品だといってよかろう。

「説」と題された有名な作品としては、このほか柳宗元「羆説」と明代の何景明「説琴」がある。前者は、笛吹きの技能で野獣をおびきよせた狩人が、真の狩猟技術をもっていなかったので、けっきょく野獣にころされてしまったという話である。これによって、うすっぺらい技能で世人をあざむく人物は、けっきょくはあわれな末路をたどるのだ、と説明しているわけだ。また後者は、琴を譬えにしながら、すぐれた人材をうまくつかうことの重要さを説明している。

こうした例から、我われは「説」について、つぎのようなことがわかろう。すなわち、旧時に「説」と題された雑感ふう小品は、具体的な事物の説明に仮託したり、物語を比喩としたりしながら、ある種の道理をのべたり、また自分の思いをのべたりする。それによって、説理や抒情の効果をいきいきとたかめるのである。

このほか、古人はしばしば、読書のさいの気づきや生活上の体験などを、一篇の小文につづったが、それも説とよんだ。一般的にいえば、そうした小文は、内容的に考証や解説、あるいは一説として記録しておき、なにかの参考に供するという性格をおびているので、こう称するわけだ。例をあげると、宋の陳亮に「西銘説」があり、陸九淵に「易説」「学説」「論語説」（『論語』全体を解説したものではなく、ただ里仁篇の「苟しくも仁に志せば、悪無し」の一節をとりあげたものである）があり、また明の陳確（陳乾初）に「古農説」「不信医説」という説の作品がある。これらはいっぱんに短篇で、自由につづられており、また内容的には、おおむね生活上の雑感や読書の随筆、あるいは備忘録などに属している。

以上にみてきたような特徴から判断すると、説のジャンルは論と比較すると、内容や叙しかた、風格などの点において、融通性があって多様な性格をもっていたことがわかろう。それゆえ後世においては、論説文中の「説」ジャンルに対しては、「雑説」という言いかたもされたのである。

第五章　書簡のジャンル

旧時では、臣下が皇帝にむかって意見を奏上するための公用文と、親戚や友人のあいだで交換する私的な書簡文とを、ともに「書」とよんだ。このため、「書」と題された旧時の文書は、事実上は二種の文章をふくむことになった。この両者を区別するために、通常は前者のほうを「上書」や「奏書」などとよんで、公用文の「奏疏」（「奏議」ともいう）類に属させ、後者のほうはただ「書」、あるいは「書牘」「書札」「書簡」などとよんで、実用文のなかの「書牘」類に属させた。

明の呉訥は『文章弁体』のなかで、「むかし、臣僚の上奏文や友人間の往復書簡は、みな〈書〉と称していた。近時では、臣僚たちの上奏文は〈表奏〉と名づけ、ただ友人間の往復書簡だけを〈書〉と称している」といっている。この「書」とは、旧時の書簡文の総称で、また「簡」「箋」「札」「牘」ともいうが、これらの名称は使用する材料（竹簡や木板のうえにかくなど）に由来している。また「尺牘」「尺素」「尺翰」などとも称するが、これは字をつづる木簡や絹帛が、ほぼ一尺の長さであったからだ。「函」ともいうが、これは、旧時に書簡文を伝送するさいに使用した文箱からの命名である。

この書簡は、常用される実用文であり、はやい時期からわが国旧時の文章の、重要ジャンルとなっていた。歴代の作家や文人たちは、みなこの書簡文の創作を重視してきた。劉勰『文心雕龍』には書記篇があり、そこで書簡文の源流や創作要領、条件などについて、系統的な解説をおこなっている。このことは、劉勰当時ではもう書簡文を重要な文学ジャンルだと、みなすようになっていたことをしめすものだろう。

　書簡文の目だつ特徴は、たかい実用性と内容の幅ひろさである。書簡は個人相互間における交際の道具であり、実用的価値がきわめてたかい。またその内容も、ほとんど限定がない。軍国の重要案件、学術的議論、人物批評、自薦他薦、つらい境遇の訴え、さらには日常での思いなど、なんでも書簡文のなかにもりこめる。書簡文の内容は、社会生活や個人生活のあらゆる方面を、すべてつつみこむことができるのだ。

　それゆえ、書簡文がもりこめられる内容は、全ジャンル中もっとも広範で多種多様だといってよい。創作方法においても、ひじょうに柔軟性にとんでいる。叙事もできるし、説理も可能だし、思いのたけをうちあけることもオーケーである。ながいのもよし、みじかいのもよし、まったく作者のおもうままである。『文心雕龍』書記篇では、つぎのようにいう。「詳《つまび》らかに書の体を総《す》ぶるに、本より言を尽くすに在り。言いて以て鬱陶を散じ、風采を託す。故に宜しく条暢にして以て気に任《まか》せ、優柔して以て懐《おもい》を懌《よろこ》ばすべし。文明らかにして従容なれば、亦た心声の献酬ならん」。書簡文の基本は「言を尽くす」ことにある。自分のいいたいことを存分にはきだす。つまりことばをもちいて、内心の鬱屈をつづり、自分の風格や文采を明示するのだ。すると、書簡文をつづる条件としては、自分の性格をわかりやすく表現し、おちついて情感や心情を叙してゆくこと、これ以外にはありえないことになろう。要するに、相手がたに自分の「心からの声」を、はっきりと、おちついて、伝達したり応答したりすることだ――という意味である。劉勰はこの書記篇で、書簡の性質や創作要領を明瞭に解説してくれている。

書簡文を一般の文学と比較すると、いくつかことなる点がある。まず個人的または私的な色彩をつよくもっていることだ。一般的にいえば、ただあいさつをかわすだけの書簡はべつとして、通常の書簡文は、かならずなんらかの目的があり、なんらかの必要があってつづられる。また考えかたや気もちの面で、相手と交流しあい、その賛意や共鳴をえたいとおもっているのがふつうだ。まさに、こうした書簡文の性質によって、我われはそこから日々の生活のようすや、率直な考えかた、気もちなどをみいだすことができるのである。

魯迅は文人の尺牘に論及したとき、書簡文の内容の真実性に対しては、「そのまま信用せず」個々によく分析する必要があるとみなしていた。だが、それでもやはり、書簡体の作品は一般の作品にくらべると、「真実にちかい。それゆえ作家の日記や尺牘からは、しばしばほかの作品よりも、ずっと明晰な意見をみいだすことができる。つまり書簡文は、作者じしんによる簡潔な注釈でもあるのだ」と評している（『且介亭雑文二集』孔另境編「当代文人尺牘鈔」序）。書簡文が「作者じしんによる簡潔な注釈」になりうるというのは、ほかの作品と比較すると、書簡文は作者の真の性格を直接に披瀝することができ、それゆえ読者のほうも、作者の状況やこまやかな心情までよくしることができる、ということだろう。だからこそ、旧時の書簡文は、別人が撰写した碑伝のたぐいにくらべると、作者の生涯や考えかたをしる史料的価値という点で、よりすぐれた価値を有してくるし、また一読するや、なまなましい印象をうけるわけだ。

このほか、一般の文学との相違点として、書簡文がことばをつくして相手に思いをつたえられることはもちろんだが、それ以外に、相手の違いに応じて、適切な叙述方法をくふうできることがあげられよう。

つまり書簡文では、そのことばづかいや格式において、相手の上下や尊卑、親疎などの各様の関係をきちんと区別している。こうした配慮は、身分の別がきびしかった旧時の社会では、厳格でなければならなかったからである。これを要するに、書簡をだす相手しだいで、書簡文の書きかたや語気、形式がきまってくるわけだ。これも書簡体の作品の、ひとつの特徴だといえよう。

書簡文は、社会における個人間の交流手段になりうるが、そうした役わりは、かなりはやい時期からはじまった。それでも歴史的にみれば、書簡文もその他のジャンルとどうように、時代ごとの特徴を有している。それは書簡文にもまた、それなりの発展や変化のプロセスがあったということなのだ。

現存の歴史資料からみると、わが国の先秦時代には、もう何篇かの書簡文が存在していた。清の姚鼐はわが国の書簡文の源流について、『尚書』中の君奭にまでさかのぼって、「書説のジャンルでは、むかし周公が召公につげた君奭という篇がある」といっている。だが『尚書』中の君奭は、周公が召公に訓戒したことばを、史官が記録したものであって、これは書簡文とはいいにくい。それゆえ、わが国最古の書簡文は、春秋の時期に発生したとすべきだろう。『左伝』には鄭子家「与趙宣子書」（文公十七年）、巫臣「遺子反書」（成公七年）、子産「与范宣子書」（襄公二十四年）などが記録されており、これらがわが国に保存された最古の書簡文だろう。

だが、これらの書簡文の内容やつづった目的からみると、後代にいうふつうの書簡文とは、おおきな違いがあるようだ。情報伝達という立場からみると、これらには書簡らしきところもあるが、しかし内容や役わりの面からいえば、事実上は外交交渉での応対のことばを書面化したものであり、当時の列国間で往復された国書に相当しよう。それゆえ劉勰は書簡の発生を論じたとき、「三代では政は暇ありて、文翰は頗る疏なり。春秋では聘すること繁ければ、書介弥《いよ》いよ盛んなり」といっている。春秋以前では、政治は単純であったので、とりたてて書簡文も発生しなかった。ところが春秋になると、列国間で紛争がおこり、たがいに往来したり聘問したりする機会もおおくなった。そこで使者によって情報をつたえあう書簡文も、いっきにおおくなった——という意味である。姚鼐も「春秋のとき列国の士大夫たちは、たがいに顔をあわせてかたりあったり、書簡をかいて交換しあったりしたが、この両者はけっきょくおなじ意義を有していた」といっている。これを要するに、わが国のこの時期の書簡文は、列国士大夫間の通問や交渉などで多用され、じっさいは公用文の性質を有していたのである。

こうした状況は、戦国時代になってもあまり変化がなかった。戦国の有名な書簡文、楽毅「報燕恵王書」、荀卿「与春申君書」、李斯「諫逐客書」などは、実際上は奏書の性質をもっている。これらの書簡文は、臣下が王国や侯国の主君にむけてつづったものであって、天子にむけた書簡ではないという違いがあるにすぎない。

だが、こまかく分析してみれば、戦国期に出現した書簡は、春秋時代の列国間における純粋の国書ふう書簡とは、やや性格的にことなったところがある。彼らが書簡中で叙する内容は、たしかに政治に関するものではあるものの、多少とも個人的な色彩をもっているのだ。そこでは私的な意見をのべたり、自分の運命をうったえたりしており、後世でいう通常の書簡文に一歩ちかづいているのである。

わが国の書簡文が、公用文の性質から完全に脱して、個人どうしが考えや気もちを交流させたり、たがいに交際しあったりする道具となったのは、漢代からはじまるだろう。有名な司馬遷「報任安書」や楊惲「報孫会宗書」、馬援「誡兄子厳敦書」などが、そうした方面の代表作としてあげられる。

「報任安書」は武帝の太始四年に、司馬遷が友人だった任安（字は少卿）にむけてつづった、篇幅のながい書簡文である。この書簡で司馬遷がのべる主内容は、李陵の禍におちいった経過と、宮刑後の屈辱や憤懣の情、そして発奮著書の理想などである。これは書簡体の形式を利用して、自己の不運な災禍を叙し、また濁世をそしり邪悪をにくんだ名文である。一篇にわたって悲痛の情を翰墨にのせており、自分の種々の不遇や内心の苦しみを率直に吐露している。遠慮というものがほとんどない——これも書簡文の特徴であり、また長所だといえよう。

「報孫会宗書」の作者の楊惲は、司馬遷の外孫であり、宣帝のとき平通侯に封ぜられた。のち、近臣の太僕であった戴長楽が上書して、楊惲の発言はいつも不敬にわたっているとうったえたことにより、官を免ぜられて庶人におとされた。楊惲は心中不平たらたらで、家において賓客とまじわり、かってきままに音楽を奏したのだった。彼の友人、孫会宗は書簡をおくって、もっと謹慎するよう忠告し、大臣たる者は免職されたあとは、ひたすら恐縮しつつ、閉門蟄居して反省すべきであって、「金もうけをしたり、賓客と交際したり、名声をもとめたりすべきではない」とのべた。楊惲はこれに納得せず、返信をつづって自分の態度を弁明したのである。そのなかで、彼が官をうばわれたあと、自宅で閑居しながら音楽を奏したことをつづった一節などは、世俗や法の網を軽蔑し、慷慨しやすくかってきまま、そしてこわいものしらずだった彼の性格を、いきいきと表現している。

そもそも人情としてやめられぬものは、聖人も禁じません。ですから、主君や父親はこのうえなく尊貴で、またしたしい存在ではありますが、彼らの葬儀がおわって時がすぎれば、喪もおわるのです。私が罪人とされてから三年になります。いまでは農家としての仕事にはげみ、四季のおりおりや夏祭り、冬祭りには、羊を煮たり小羊を包み焼きしたりしますし、また酒をのんでたのしみます。私の本籍は秦ですから、秦声でうたいますし、妻は趙の女ですから、琴がうまくひけます。召使で歌のうまい者も数人おります。酒をのんで耳があつくなると、天をあおいで缶をうち、歌声をあげます。その詩は「かの南山で狩猟はできるが、あれはてて田にはできぬ。一頃ほども豆をうえたが、おちて茎だけになった。人生はしっかりたのしもう。富貴などいつなれるものやら」というものです。こうした日には、微風が襟にふきよせて気もちがいいものです。私は袖をふるってあげさげし、脚ぶみして舞をまいます。まことに際限もなくあそびまわり、それがわるいこととともおもいませんでした。

私にはさいわい余財があって、やすく購入し、たかくうって、十分の一の利益をえました。これは商人のすることで、はずべきことですが、自分でやりました。下流の人間となり、またたくさんの非難にさらされ、さむくもないのにふるえております。私の知己でさえ、その非難に同調しています。どうして称賛されたりするはずがありましょう。

楊惲は孫会宗への返信という場をかりて、自己の腹中にみなぎる憂いと憤懣とをうったえている。書簡の内容は、家庭内でのたのしい生活のようにみえる。だが実際のところは、罪人とされた満腔の無念の情を詳細にのべており、同時に、権勢や世俗にたちむかおうとする彼の性格を、よく表現している。歴代の論者たちは、この書簡文には外祖父だった、司馬遷の「報任安書」の遺風があるとかんがえてきたのである。

後漢の馬援「誡兄子厳敦書」は、彼のふたりの甥にかきあたえた家書（家族への手紙）である。このなかで彼は、自分の生活経験にふれながら、言行をつつしみ、他人の失敗を軽蔑してはならぬなどと、諄諄と甥をさとしている。書簡のなかで、実在の人物をあげて例とし、また俗語やことわざをもちいて道理を説明するなど、その書きかたは具体的でしたしみやすく、また懇切なことばとふかいおもいやりとをもっている。まったく家書の模範だといってよかろう。

以上の例から、漢代の書簡文はもうあきらかに、公用文と一線を画していることがわかろう。このころの書簡文は、個人的にやりとりする独立した文学ジャンルになっていて、作者の個人的な生活や性格をよく表現でき、また社会的な意義も有するようになっていたのである。漢代のこうした書簡文は、後代の書簡文が発展してゆく基礎をさだめたのだった。

わが国の書簡文発展史において、魏晋南北朝の時期は重要な位置をしめている。とりわけ、当時の記録や現存する資料からみると、この時期の書簡文の量はあきらかにふえており、おおくの作家たちの文集のなかには、かならず書簡体の作品がふくまれている。当時、この書簡文の名手として、名をはせた文人や学者も何人かいるほどだ。『文心雕龍』書記篇では、当時の状況をつぎのように形容している。

魏の阮瑀の書簡文は、軽快な行文を称せられた。孔融が書簡をつづるや、ほんの断片でもかならずかきうつされた。応璩は文学をこのみ、書簡に関心をもっていた（『全三国文』には、応璩の書簡三十余篇を採録している）。彼らは、ともに阮瑀につぐ名手である。嵇康の「与山巨源絶交書」は、精神は高尚で文辞は卓越している。趙至の離別を叙した「与嵆茂先書」は、若者のはげしい感情があふれている。禰衡が黄祖のために代筆した書簡は、相手陳遵が口述した書簡は、百篇とも内容がことなっている。彼らもまた書簡文の異才だろう。の親疎にたくみに応じている。

だが、この時期に書簡体の文で名声をかちえた文人は、とうていここにあげた人びとだけにとどまらない。建安七子にふくまれる陳琳や、さらに曹丕、曹植なども、みな当時の書簡文の名手であった。こうした風潮は、東晋や南北朝におよんでも、やむことはなかったのである。

魏晋南北朝の書簡文は、ふたつの方面で長足の進歩をとげている。ひとつは、書簡文の内容をおおきく拡大させたことだ。当時出現した書簡文には、政治を論じたものがあり、学問を論じたものがあり、交誼を叙したものがあり、風流をのべたものがあり、旅行記をつづったものがあり、また質疑を応酬したものもあるというぐあいで、書簡文は広範な実用的ジャンルとなっている。

もうひとつは、書簡文の創作において、芸術的な色彩を極大なまでにつよめたことだ。そのため、書簡文の執筆は、考えをつたえあったり、情報を伝達しあったりするだけでなく、おのが文学的才腕をふるい、個性を発揮させることにつながり、受取人も一篇の美文（書簡文）として鑑賞するようになった。ここにおいて書簡文は、たんに社会に必要な実用的ジャンルというだけでなく、一種の文学作品となり、文壇においで独立した地位をもった文学様式になりえたのだ。これによって、当時の書簡文は、そのおおくが情文兼備し、味わいすぐれ、また文藻もゆたかな佳品となって、文学史上の名篇と称されるようになったのである。

まず魏晋の時代では、文風一般がまだ両漢の遺風をひきずっていたので、書簡文もまだかたい内容のものがおおかった。だが、この時期にはもう文藻を重視しており、政治や学問を論じるばあいでさえ、情趣の豊かさに気をくばるようになっていた。そのため、しばしば行間にふかい想念がたゆたい、よむ者を感動させたのである。たとえば孔融の「与曹操論盛孝章書」は、もともとは友人の盛孝章を曹操に推薦した書簡なのだが、そこにこめられた感情には、ひじょうに強烈なものがある。

歳月はとどまることなく、時節はながれるごとくすぎさります。五十という年齢があっというまにやってき、曹公はようやくこの歳にとどかれ、私はもう二歳もこえています。

さて、天下の知識人は、ほとんどが死去し、いまは会稽の盛孝章が現存するだけになりました。この人物はいま孫策に圧迫されており、その妻子はころされ、たったひとりとなって、危地でくるしんでおられます。もし心配事がひとの身体をそこなうとすれば、彼はもう長いきできないでしょう。……もし公が使者を派遣して、彼に書簡をおよせくだされば、この孝章は公におつかえでき、朋友の道をひろめることができるのです。

曹丕「与呉質書」と曹植「与楊徳祖書」の二篇は、ほんらい文学について論じた書簡であり、文学批評史で重要な位置をしめている。だがこの二篇は、またゆたかな感情にもあふれているのだ。たとえば「与呉質書」は、つぎのようである。

三月三日、丕がもうしあげます。歳月はすぎやすく、わかれてこのかた、もう四年になろうとしています。三年あわなければ、『詩経』東山の詩でもなげいているのに、我われの別離はこれもすぎているのです。この思慕の情に、どうしてたえられましょうか。書簡の往復だけでは、私の気もちははれません。

過年に悪疫が流行し、親戚や友人がおおくこれにかかり、徐幹・陳琳・応瑒・劉楨らが、いっきに死んでしまいました。この悲しみは、ことばではいいつくせません。むかしいっしょに行楽したときは、ゆけば馬車をならべ、とまれば隣りあわせにすわって、ちょっとのあいだも、わかれることはありませんでした。お酒がくみかわされ、音楽が奏されると、酔って耳まであつくなり、空をあおいで詩をつくったものです。こうしたときは、たのしいこともわすれるほど、夢中になりました。そのころ私は、みな百年の寿命をもっていて、ずっと長いきできるとおもっていましたが、なんぞはからん、数年のうちに友人たちがみな死んでしまうとは。いまはそれを口にするだけでも、かなしくなります。

さいきん当時の遺文をあつめて、一集に編纂しました。その姓名をみると、彼らはみな鬼籍のひとになっています。以前の行楽をおもいだしますと、まだありありと胸中や瞼にうかんできますが、しかし彼らはみな死にたえ、いまは土くれとなっているのです。もはや、いうべきことばもありません。

全篇にゆたかな抒情味がただよい、文学を論じた部分でさえ、ふかい想いをこめた筆づかいでつづられている。この書簡は、生活の息吹をつたえたり、真摯な友情を叙したりする抒情的散文と、まったくことなることがないであろう。

嵆康の「与山巨源絶交書」は、人口に膾炙した名文である。魏末、司馬氏が王朝簒奪の陰謀をこらしていたころ、嵇康はつとに名望を有していた。司馬昭は山濤を通して、仕官を餌として、嵇康をおのが配下におこうとたくらんだ。山濤が書簡をかいてその旨をつたえるや、嵇康はこの「絶交書」をつづり、喜怒の感情がこもった筆致で、「七つのたえられぬこと」「二つのできぬこと」の理由をあげて、司馬氏への出仕をこばんだのである。書簡のなかで彼は、司馬氏に扈従する山濤への侮蔑の情をはっきり表明し、また世俗的礼法への反抗心を大胆につづったのだった。劉勰はこの書簡文を「精神は高尚で文辞は卓越している」と称したが、この書簡文でもっとも特徴的なのは、作者の個性を詳細に表現したことだろう。そうした特徴によって、礼法にこだわらぬ奔放不羈な性格を、よく我われにつたえている。

晋代の愛国的な作家、劉琨の「答盧諶書」と陶淵明の「与子儼疏（書）」の二篇も、書簡文の名作である。前者は、国家が敗亡せんとする状況のもと、劉琨は国をうれい民をおもいやって、悲憤慷慨する愛国的心情をつづっている。後者のほうは、ふかい想いとしたしみやすい筆づかいでもって、自分の志向と子どもたちへの願いや希望を叙している。両人の考えかたや性格はことなり、書簡をだす相手もちがっているので、それぞれ独自の芸術的風格をかもしだしている。だが書簡文としてみたときは、両篇ともきちんとスタイルにかない、ひとを感動させる内容を有しているのである。

やがて六朝となり、駢文が興起するにともなって、辞藻を重視し雅致を追求した、純文学的性格をもった書簡小品が出現してきた。これらは文采上からいえば、称賛すべき箇所もないではない。だが、あまりにも修辞過剰になってしまったときは、「書疏尺牘は、千里のかなたのひとの面影をつたえる」性質が消滅してしまいやすい。それはとりもなおさず、よくいわれる「書簡はひとなり」の意義がなくなることであり、書簡文固有の親近感もうしなわれてしまいかねないのだ。

もっとも、この時期にもとうぜん、内容と修辞とがつりあった書簡文の名篇も、かかれてはいる。たとえば鮑照の「登大雷岸与妹書」は、作者が江州の赴任地におもむいたとき、その途上で妹の鮑令暉にかきつづった家書である。このなかで鮑照は、旅途の苦しさや旅愁をうったえているが、同時に途上でみた山川の風物やきれいな景色を、心をこめて描写して妹に報告している。そのため、この作は一篇の抒情的にして、また風景をうつした名篇となっているのだ。たとえば冒頭では、これまでの旅途の困難さや悲哀感が、つぎのようにつづられている。

私がさむい雨のなかを出発してから、まる一日あるけた日はすくなかった。そのうえ、秋の長雨によって一面水びたしとなり、谷川はあふれんばかりだ。ひろびろとした川をわたったりさかのぼったり、また険阻な路をめぐったりしてきた。山中の石をしきつめた小道のうえで食事し、水辺で蓮の葉をむすんで野宿したものだ。旅途にある私はまずしく、目的地はまだはるかとおい。今日の食事どきになって、ようやくのことで大雷に到着した。千里もの道のりをあるきとおし、出発してから十日をすぎてしまった。きびしい霜は骨の髄までつらぬき、悲風は肌をさすかのようだ。家族にわかれて旅人となった私は、このさきどうなることやら。

この書簡では、壮麗な山川にふれたときの、驚嘆し感動する心の動きを、つぎのようにつづっている。

西南のほうには盧山がみえるが、これがとくにひとをおどろかせるのだ。その山すそは長江を圧し、峰は天の河に接している。山頂にはいつも雲や霞がかかり、錦の模様をちりばめている。若木の花は夕暮れにかがやき、岩壁と沼沢には雲気がかよう。光と色彩とがちりばめられ、その赤さは夕空にも似ている。山の左右は青いもやにかこまれ、紫のかすみが表裏にまとわりつく。峰のうえでは金色の気がみち、中腹からしたはあおぐろい。この山はまことに神霊がすまうにふさわしく、湘と漢の両水をまもるのにふさわしい。

長江のたけりくるう波濤を叙した一段は、気勢にあふれている。「そこでは、さかまく波が天にとどき、たかい浪は日にそそぎこんでいる。百川をのんではき、万壑にふりそそぐ。うすけむりがこもり、大鍋のなかでわきたつよう。細草は茎が水没し、大波はしだいにひいてゆく。波がよせるや、いつもひとをおどろかし、そのはやいことは雷のようだ」。さらに、その怒濤にちかづいたときの心境や感慨を、つぎのようにつづっている。「空をあおいで大火の星をながめ、川をみおろして波の音にききいっていると、憂いにとらわれた旅人たる私は息がつまり、心もまたおののいてしまうのだ」。書簡文の最後では、妹にむけて、旅はつらいけれども、まもなく目的地につくはずだと報告し、身体をたいせつにして、私のことは心配するなといいきかせており、家族への書簡らしい親密な情緒をうしなっていない。

南朝梁代の丘遅「与陳伯之書」は、友人に対し故国へ再帰順するよう勧告した、政治色のこい書簡文である。陳伯之は斉末に江州刺史となり、のち梁に帰順した。ところが天監元年に梁にそむいて北方にはしり、北魏の平南将軍となった。天監四年、梁の臨川王蕭宏が大軍を擁して北征するや、陳伯之も手兵をひきいて臨川王の進軍をこばんだ。そこで臨川王は丘遅に命じて、ひそかに書簡文をつづらせて陳伯之におくり、投降を勧告したのである。

この書簡文はまず、陳伯之が「内には進退を自分でただしく判断できず、外には流言をうけいれてしまったことで、混乱し、みだりに行動して」、あやまった策をとったことをなじる。つづいて、梁朝は寛大であり、過去の悪事はとわぬことを説明する。こうして投降に際しての心配をとりのぞき、あわせて陳伯之の家族に対する梁の礼遇ぶりをのべて、彼を感激させるのである。最後に、両軍の兵力を比較しながら、北魏がたのむにたらず、陳伯之がきわめて危険な状況にいることを指摘する。そして、陳伯之はいま「魚がにえたぎる釜の中でおよぎ、燕がたかい陣幕の上に巣くっている」のとおなじ状態だといい、彼が時局をただしく認識して、はやく帰順するようにと希望する。そして以上のあとに、つぎのような一段がつづけられるのである。

暮春三月、江南では草がすっかり成長しています。そして、樹々にはとりどりの花がさき、黄鳥がみだれとんでいます。陳将軍は故国たる梁の旗鼓を目にするや、往日の日常を想起されることでしょう。そして、弓をとって城壁にのぼれば、かなしみいたまずにはおれないでしょう。むかし、魏に逃亡した廉頗将軍が趙将にもどりたいとおもい、魏の将軍だった呉起が西河をのぞんでなきましたが、こうした故国への思いは、人間の情であります。陳将軍だけ、どうしてこの情がないことがありましょうか。

丘遅は種々の道理をのべたあと、とくにこの美麗な江南の景色をえがいて、陳伯之の望郷の情をくすぐっている。「暮春三月」以下の四句では、江南の暮春のころのうるわしい景色をえがくが、その描写たるや、春爛漫のようすがたくみにえがかれ、生気横溢としてひとの心をうごかす。そのため、まれにみるほどの写景の名句になりえているのだ。

この丘遅の書簡文は理と情とともにすぐれ、よむ者を感動させてやまない。こののち、陳伯之は兵をひきいて、梁に再帰順した。このことは、情趣と文辞がともにすぐれ、説理も透徹したこの書簡文が、陳伯之への説得に一定の効果があったことをしめしていよう。

このほか、北朝の文人たちにも、有名な書簡文をつづった名家が何人かいる。たとえば北斉の祖鴻勲「与陽休之書」は、「さばけた心やひろい度量が感じられ、じつに率直な文だ」「両晋のころの風力が、ゆたかに存している」（許棟の評語）などと称された佳篇である。

賢弟の陽休之君へ。私はちかごろ、家が貧窮におちいり両親も年老いてきましたので、故郷にかえりました。本県の西境に雕山がありますが、そこは閑静で、水や岩は清麗です。たかい岩石が四方をかこみ、また数頃の良田があります。わが家では以前ここに別荘をつくりましたが、世の混乱にあってずっと荒廃しており、このたび造営しなおしました。ちかくの石で基礎をつくり、林の樹木を利用して家屋をたてました。蔦がはえて軒のしたで日光に映じ、泉の流れは階段のまわりをめぐります。月下の松と風になびく草とが、庭のふちできれいに調和し、日ざしのしたの花と雲下の実とは、沼にそって星々のようにしげります。軒下のもやは、山の雲気とともにゆきつもどりつし、園中の桃や李は、松や柏にまじってあおあおと繁茂しています。

ときどき裳をかかげて谷川をあるき、また杖にたよって峰にのぼります。気分が悠々としてひとりいるかのようであり、身体はかろやかで空にのぼってゆくかのようです。すると、うっとりした気分となり、自分が天地の間に存在することもわすれてしまいます。しばらくこうした時間をすごしてから、もとの住処へかえります。そしてたかい岩のうえにひとりですわり、琴を弾じながら清流にむかい、また山の隅で詩を吟じ、満月のしたで酒杯をあげます。風声をきいては興趣を感じ、鶴唳を耳にしてはさまざまな想いにひたり、また荘子の逍遙遊の世界に想いをはせ、尚子平の恬淡な境地をしたうのです。頭には笠をかぶり、身には蓑をつけて、外にでては農作物をうえ、家にかえっては両親の世話をします。馬車にのらずのんびりあるき、無事こそがよいのです。これこそがたのしい日々であり、どうして払子をふりまわして清談を気どったりする必要がありましょうか。

ところが、貴君は名声のくびきにつながれ、官僚の世界にはいってしまいました。かくして、貴君は宮殿のなかで佩玉をならし、朝廷のなかで袖をふりまわしています。秘閣にもれた簡牘をさがし、朝廷に未収の作品をもとめ、また古籍に精根をかたむけ、すぐれた文を精読しています。文をつづっては華麗さをもとめ、議論を発しては高雅さを期しています——これらはすべて称賛すべきものですが、私には無用のものです。

こころみに論じてみれば、崑崙山に蔵する玉は、光沢のよいものがさきにくだかれ、瑶山の桂樹は、香りよきものがさきに手折られるのです。ですから、洛陽では逢萌が冠を城門にかけてにげだし、南の楚では屈原が国をすてさりました。彼らは美衣美食をきらい、粗衣粗食をこのんだからでしょうか。いや、おそらく七尺の身体をながらえ、長寿をまっとうしたかったからでしょう。いま貴君は官位が栄達し、名声もなりひびいておりますが、象はその牙のためにころされ、油はその明るさのためにもやされるのです。老子の「谷神の話」をよんで、張良の自足する楽しみをこそ実践すべきでしょう。もし貴君が翻然とさとって清高さを目ざし、佩玉をすて簪纓をはずす（官を辞して隠遁する）つもりなら、私はこの山荘で貴君のために、準備をしてあげましょう。君の手をとって林へはいり、頭巾を垂枝にかけ、酒をさげて山にのぼり、山中に敷物をしいてあげましょう。そして素志をかたりあい、旧交をあたため、煉丹の法をきわめ、玄妙な『老子』の書を論じましょう。これこそが、最高のたのしみごとであり、どうして富貴などもとめる必要がありましょうか。

さようなら陽君。我われの道や志はちがってしまいました。二人の違いをかんがえると、あたかも天と地のようです。しかたありません。ことばではなかなか意がつくせません。

これは友人に対し、官をすてていっしょに隠遁しようと、よびかけた書簡文である。作者の祖鴻勲は、北斉のときに済北太守や司徒法曹参軍、廷尉正などの官を歴任した。だが乱世になったので、彼は自分から官をすてて、郷里へかえったのである。この「与陽休之書」は、このときにつづられている。

書簡文の前半では、田園にいこう楽しみやくつろいだ気分を、くわしくのべている。後半では、友人に対し、名利のくびきから脱して、官を辞して故山にかえり、世をさけて災禍からとおざかるようにとすめている。書簡では正面だって、社会や現実についてのべているわけではない。だが、官僚生活を苦難の道とする描写のうちから、当時の封建統治集団の内部で、いろんなきしみが生じ、暗黒状態を呈している情況がすかしみえている。

一篇の書簡文としては、この文は作者が自分の個性を託し、内心の思いを叙し、また志向をかたったものだといえよう。その叙しかたはひとを感動させ、また芸術性もひじょうにゆたかである。たとえばこの書簡では、隠逸生活を叙して一篇をはじめるが、まず自分がすまう地のすばらしい自然環境を強調し、風物の描写をとおして、あこがれをいだかせるような境地をえがきだす。ひきつづき作者は、そうしたなかでくらす無上の楽しみを、いきいきと描写してゆく。「ときどき裳をかかげて谷川をあるき、杖にたよって峰にのぼります」とか、「琴を弾じながら清流にむかい、また山の隅で詩を吟じ」などは、どの句もすばらしく、心あらわれぬことがないほどだ。

つづいて、祖鴻勲は「「ところが、貴君は名声の」の箇所で」筆鋒を一転させる。彼は、官僚生活にしばられ、心せわしく書類におわれる陽休之の生活ぶりに対し、反対意見を提出する。この段では、おおくの篇幅をつかって、陽休之が名利にこだわるようすを描写し、最後に「これらはすべて称賛すべきものですが、私には無用のものです」という冷淡なことばでむすぶ。これによって、下文で隠遁を勧告するための伏線としているのである。

最後の「「こころみに論じてみれば」の」段では、この書簡をつづった主旨がのべられている。その主旨とは、すみやかに官僚の道をすてて、とつぜんふりかかる禍害からとおざかるべきこと、そしていっしょに山林に隠遁し、恬淡にして自由な生活を享受しようと、友人の陽休之に勧奨すること――などである。ここでは理をもって説得し、情をもってゆりうごかしている。祖鴻勲は、官僚生活の険悪でおそるべきことと、山林にかえることの無上の興趣とを、詳細に、また対比しながらのべたててゆく。最後の部分では、思いにたえぬという切望するような語気で一篇をむすび、その余韻はきわまりない。

この書簡文の特徴は、景、情、理の三者が兼備しているということだ。作者は写景から筆をおこし、山林や泉石、よき時節やよき景色、さらには四季の風物を描写しているが、その目的は、閑雅な自足生活の興趣や、斬新な精神的境地をきちんと表現することにある。これによって書簡文に含蓄をもたせ、篇中で強調したい思想や感情のために、その基調をつくりだしている。そうしたあと、勢いに乗じて筆をすすめ、巧妙に話題を転換させつつ、隠遁生活をよびかける主題へとつなげてゆくのである。

このほか、この書簡文は駢体でつづられているが、奇抜な文飾をこらすことなく、典故をつみかさねる欠点もない。一篇をとおして文飾をほどこしながらも華麗すぎず、主題は明確で文辞は暢達である。対句はきちんとととのっているが、悠々とした印象をただよわせている。その意味で、駢体書簡中のまれなる佳篇といえよう。

六朝の時期には、右のほかにも、おおくの文人が駢体の書簡小品をつづっている。それらは、ことばは華美で、音調も諧和し、また対句はたくみで、用典も精確である。さらには書道的美しさも追求しており、あきらかに雅致そのものである。じっさい、彼らは書簡文をまったき文学作品だとみなしており、ついには人びとの鑑賞に供すべき芸術作品となったのだった。

我われが『六朝文絜』にとられた駢体の書簡小品、たとえば陶宏景「答謝中書書」や呉均「与宋元思書」「与顧章書」などをよんでみると、その清麗にして新鮮巧妙なスタイルからいえば、たしかに軽快でたのしい行文である。しかし、読者にあたえる総合的な印象としては、けっきょく苦心して自分用の文をつづった、というにすぎない。友人となにか連絡しあっているのでもなく、なにか思想的な交流をおこなっているわけでもなく、また、なんの親愛の情もこもっていないのだ。

もっとも極端な例は、何遜「為衡山侯与婦書」と庾信「為梁上黄侯世子与婦書」である。この二篇の書簡文は「化粧箱の傑作」（許槤の評）と称され、後人の評価はひじょうにたかい。しかし我われが子細にかんがえてみるとき、他人の「妻への書簡」を代作することなど、自己の作文能力をひけらかす以外に、なんの目的があったというのだろうか。

初唐の時期は、文風は六朝の余光をうけつぎ、書簡文にもそれほどの変化はなかった。ところが韓愈、柳宗元が古文運動を唱導して、駢体文から散体文に交代させ、載道の文学を提唱するにいたるや、文章に充実した内容を要求するようになった。また文章には実際的な社会的効用があるべきだと主張し、さらに「陳腐なことばは極力つかわない」（韓愈の「答李翊書」）ようもとめたのである。この古文運動は、実質上は復古の号令のもと、当時の文章スタイルや文風やことばづかいを、全面的に改革しようとする運動であった。それは各ジャンルの文章の発展を促進したので、文の一ジャンルたる書簡文も、新生面をきりひらき、ひろびろとした道へとみちびかれていった。彼らは書簡文のなかで、政治を論じたり、学問を論じたりし、あるいは詩文を批評したり、学業を伝授したり、また不遇をのべたり、親戚や友人に忠告したりした。彼らの書簡文の通例として、それらは心底からのうったえであり、またふかい内容があり、自己の心情を吐露したものであった。

宋代の古文家たちも、こうした伝統を継承したので、唐宋の二代には、政治や学術の面でたかい価値をもった書簡文や、したしみやすく読者を感動させるような書簡文が、たくさん出現したのだった。たとえば韓愈「答李翊書」、白居易「与元九書」、柳宗元「与友人論文書」「答韋中立論師道書」、曾鞏「寄欧陽舎人書」、蘇軾「答謝民師書」などは、いずれも師友のあいだで文学の諸問題を論じあった書簡文であり、文学批評史上からみても、きわめて貴重な文学論の資料となっている。またそれらの書簡文は、友人や後輩にむかって、作文のコツをかたったり、不遇さをのべたり、また経験をつたえようとして、執筆されたものなので、そこでの議論はつよい抒情性をおびており、文芸書簡と称することもできよう。

韓愈の「答李翊書」は、文章を論じた書簡であり、後輩の李翊の質問にこたえるためにつづられた。この書簡のなかで、韓愈は自分の創作体験に関連させながら、相手にむかって「気」と「言」の関係、つまり道徳的修養や文学的修養が、文学の創作といかに関係するかについてかたっている。「気がさかんだったら、ことばの長短や声の高低などは、すべてうまくゆく」、これはもとより、文芸理論上の問題にすぎぬ。だが韓愈は、書簡中で後学の者にむかって話をしているため、自分の創作上の苦楽や作文のコツと関連させつつ、なんの拘束もなく自由に自分の思いを叙することができたのだった。そのため、ひじょうに具体的でいきいきとしており、通常の文章論にくらべると、独特の長所と風格とを有している。

「与元九書」は、詩人の白居易が江州に左遷されたとき、親友の元稹にかきおくった長篇の書簡である。この書簡のなかで、詩人は自分の詩歌創作の主張を提起し、さらに創作経験についても総括している。同時に、自分が詩をまなんできた経緯についてものべており、詳細な見解を叙した詩論の傑作となっている。このほか、この三千四百余字におよぶ長篇書簡のなかで、白居易は無実の罪で左遷された不遇さについて叙し、かつて元稹と交際していたときのあつき友情を回顧する。そして、自分の性格や処世法の原則に言及し、さらには夜おそくまでねむれず、索漠たる気分につつまれた現在の感慨や寂寥感も、くわしくつづっている。そして、この長篇書簡の最後は、つぎのようにむすばれるのだ。

いまは、かりに各自で自分の詩文をとりまとめて、あらまし文集の形態をととのえましょう。そして我われの対面がかなった日に、その文集を提示してかねてからの［二人で共同して集をあむという］志をとげましょう。でも、お会いできるのは、いったいいつ、どこなのでしょうか。もし忽然と死去するようなことがあれば、どうすればよいのでしょうか。微之よ、微之よ、私の気もちを察してくだされ。

潯陽の十二月は、長江の風がさむざむとふきよせ、歳の暮れとてたのしいこともなく、夜のながきに不眠でくるしんでいます。筆をとり紙をひろげましたが、灯火の周辺はひっそりとしています。おもいつくまま手紙をつづりましたので、首尾も一貫しておりません。くだくだした内容だといって嫌気がさすかもしれませんが、一晩のムダ話とでもおかんがえいただければ幸甚です。微之よ、微之よ、私の気もちを察してくだされ。楽天再拝。

真摯な気もちや抒情的な筆づかい、これらが婉曲かつ複雑に転折し、作者のわびしき心情が読者の心をうつ。わが国旧時では、専門的な文章論の著作はおおくない。だが、詩人や作家たちの文学観や創作体験は、彼らが友人と切磋琢磨し、論争しあった書簡文のなかに散見している。これらの書簡文は当時の文芸思潮を、通常の詩話や文章論よりも、ずっと具体的かつ精彩にうつしだしている。なかでも生活上の不遇や感慨が、その創作活動といかにかかわりあっているのかを、精確に反映しているのである。

柳宗元は文学を論じた書簡のほか、二篇の有名な友人あて書簡文をのこしている。一篇は「賀進士王参元失火書」である。柳宗元の友人、王参元は富豪だったが、不幸なことに火災にあって、財産をすべてうしなってしまった。こうした状況においては、通例ならなぐさめのことばをつづって、同情の意をしめすはずだが、柳宗元は意表をついて、この祝賀する書簡をかきおくったのである。どうしてだろうか。その理由は、王参元が才能にすぐれるうえに、財産がおおかったからだ。つまり、これよりまえに王参元の才能を称賛し、［官途に］推挙しようとした人びとは、他人から「王参元からたくさんの賄賂をもらったのだろう」などといわれるのを心配して、かるがるしく口をひらくことができなかった。かくいう柳宗元じしんも、朝廷にいたとき、どうようの心配をして「ながいこと公正なる［人材推挙の］道にそむいて」きたものだった。だが、いま王参元は火事によって、一朝にしてすべての財産をなくしてしまった。おかげで、人びとは遠慮なく彼の有能ぶりを称賛できるようになったし、また王参元じしんも、自分の才能を発揮する機会がひらけてきた。だからこの書簡文で、柳宗元はつぎのようにいう。

貴君はよく古人の書をよみ、また文をつくり、文字学の方面にもくわしい。これほどの多才にめぐまれながら、それでも同僚からぬけだして貴顕の地位にのぼれなかったのは、おそらくはほかでもない、都のおおくの人びとが、貴君の家には莫大な財産があるといいふらしていたからだろう。そのため廉潔の名声を重視する士人たちは、みな世間の悪口をおそれて、貴君の多才ぶりを口にしなかったのだ。みな心中では俊才ぶりをみとめながら、口にするのをじっと我慢してきた。公正さは保証しがたく、世間からあらぬ嫌疑をこうむりやすかったからだ。もしひとたび貴君を称賛すれば、嘲笑する者どもは、「たくさんの賄賂をもらった［から彼をほめる］のだろう」とおもうだろう。私じしんについては、貞元十五年に貴君の文をみてから、貴君の才を認識すること六、七年になるが、やはり他人になにもかたったことがない。これはわが身かわいさのためであり、ながいこと公正なる［人材推挙の］道にそむいてきたわけで、貴君への友情にそむいたというだけではなかったのだ。……

ところがいま具合がいいことに、貴君は失火のために財産のすべてをうしなってしまった。これで、みながいだいていた心配の種もすっかり灰塵に帰し、家は黒こげ、垣は赤やけとなって、なにひとつのこっていないことを、世間にしめした。いっぽう、貴君の才能のほうは、かえって明白になり、いっさいのくもりもなく、真の実力があらわれてくることになった。これは祝融や回禄などの火の神が、貴君をお助けくださったようなものだ。とすれば、［貴君の］私や孟幾道との十年間ものつきあいは、この火災が一晩にして貴君に名誉をもたらせたことにも、およばなかったことになろう。

柳宗元は災害見舞い状の常套をやぶって、祝賀のことばで見舞いにかえている。これは奇文奇論というべきであり、鬼面ひとをおどすものだ。それでもその内容は、右のように情理をつくしたものなので、この書簡をうけとった王参元は、きっと心をなぐさめられたことだろう。

柳宗元の「答周君巣餌薬久寿書」は、作者の進歩的な思想や性格、さらにはその風格をよくつたえた書簡である。柳宗元は中唐の政治改革運動に参加したことが原因で、永州司馬に左遷されたが、それ以後、僻遠の地でずっと屈辱的な生活をおくったので、気分はおちこみ、身体も病気がちとなっていた。このとき、彼の友人がとくに書簡をよこし、彼にいっそのこと山水にひそむ隠者となって、丹薬を服して長寿を追及したらどうかと、すすめてくれたのである。

　だが、柳宗元は返書のなかで、友人の忠告をきっぱりと拒絶した。そして、自分は憂愁にとざされてはいるが、「これまで霊魂のことなど、かたったことがなかった」し、神仙やら丹薬やら、そんなものもいっさい信じない、とのべている。さらにつぎのように指摘した。自分の考えでは、もし誰かが、けんめいに努力することによって、天下の民衆に安定した生活をおくらせ、国家もよくおさまったなら、たとえ寿命がみじかくたって、その人は後人から尊敬されるだろうし、その精神も永遠につたえられることだろう。それに対し、国家の治乱に関心をもたず、民衆の苦しみを無視するような人びとは、「身体をたいせつにして」長寿をたもったとしても、夭折とまったくかわりがないだろう、と。そして最後に、柳宗元はかえって相手に、つぎのように忠告するのだ。「貴殿も往時の志をしっかりもちつづけ、より発展させてくださり、方士などにまどわされないようにしてください。うまく出世できなくても、民衆の苦しみをわすれなければ、聖人の道は安泰であり、かならずうまくゆきます」。柳宗元のこうした考えかたや理想、態度などは、当時では尊重されたとはいえないが、しかし、現在の我われにとっては、啓発や教訓になりうるだろう。

　宋代の著名な古文家、欧陽脩や曾鞏、三蘇（蘇洵・蘇軾・蘇轍）、王安石らにも、有名な書簡文が現存している。王安石の「答司馬諫議書」は、書簡体による有名な駁議の文である。書簡の題にいう「司馬諫議」とは、そのころ諫議大夫だった司馬光をさす。彼は王安石の変法への、反対派の首領のひとりであった。王安石が宋の神宗の煕寧二年（一〇六九）に変法を開始するや、司馬光はたてつづけに書簡をおくった。

彼は、新法には「官の職権をおかす」「面倒ごとをひきおこす」「利をあらそう」「忠告を無視する」など、おおくの弊害があると批判し、「天下の人びとの怨みや誹謗」をひきおこしかねないと信じたのだ。そこで彼は、変法はすぐに停止すべきだ、と要求した。ところが王安石は、この四つの非難に対し、ひとつひとつ理路整然と反論したのである。

私がおもいますに、天子さまから命をうけて、法令や制度をさだめ、これを朝廷で修正し、そして役人たちに「執行するよう」さげわたすことは、「官の職権をおかす」ことにはあたりません。先王以来のよき政治をおしすすめ、利をあげ弊をのぞくことは、「面倒ごとをひきおこす」ことにはあたりません。天下のために財政を管理することは、「利をあらそう」ことにはあたりません。あやまった説をただし、阿諛する連中を論難することは、「忠告を無視する」ことにはあたりません。また怨嗟の声がおおいことは、もとより覚悟のうえであります。

世の人びとがその日暮らしの生活になじんでしまってから、もうながくなります。士大夫のおおくは国事をうれえることなく、世俗に同調して大衆にこびることを、よしとしております。天子さまはこうした状態を変革しようとなされ、私も反対者の多寡を度外視して、力をつくして天子さまをおたすけし、これにたちむかっております。されば、おおくの者がさわぎださないはずがありましょうか。

とくに最後の部分では、筆鋒を一転させて、逆襲するかのようにいう。もし反対者たちが、私が「天子さまをおたすけしながら、じゅうぶんな成果をあげていない」といって責任を追及するのなら、「それなら、私は自分の罪をみとめます」。だが、もし旧規を墨守して変法を中止せよとおっしゃるのであれば、それは「私の了承できるものではありません」。

　この書簡のなかには、保守派にすこしも妥協せぬ闘争精神がみなぎっており、また王安石の政治改革者としての、かたい信念とゆるぎない態度とがよくあらわれている。

　明清の両代では、社交が活発だったので、書簡文はますます流行した。だが当時の統治階級は、全体主義的な政治をおしすすめ、きびしい法の網をしいたので、一般の文人たちは慎重に事を処さざるをえなかった。政治に口をだす者もほとんどなく、社会の現実から逃避しがちであった。そのため、彼らの文集に収録されたおおくの書簡文には、通常のあいさつふうのものがおおく、自由に政治的意見を開陳したり、現実社会に関与したりしたものはすくない。こうした状況にあって、明代の古文家、宗臣の「報劉一丈書」と明末の夏完淳の「獄中上母書」の二篇は、書簡中の名篇である。

　宗臣は明の後七子のひとりであり、著名な古文家でもあった。彼の生涯は厳嵩が朝政を壟断した暗黒時代にかさなっていたが、まっすぐな人となりで、権威におもねることがなかった。宗臣はこの「報劉一丈書」のなかで、権門になびき、利益をむさぼろうとする連中の醜態を、はげしい憤懣の情でもって暴露している。また当時は、権門や奸人が傲慢にふるまい、賄賂をむさぼり、さらにその手下どもが虎の威をかりて、金をまきあげたりしていた。彼はそうした悪質なふるまいに対して、するどい描写をおこなっており、著名な世俗諷刺の文だといえよう。

　いっぽう、夏完淳は明朝の滅亡前後の時代に際会し、父師にしたがって清朝への抵抗運動に参加した。のちにとらえられて入獄したが、節操かたく屈しなかった。死刑に処せられるにのぞんで、彼は一篇の

「獄中上母書」をつづり、そこではげしい民族意識と英雄的な気概とをあらわした。彼の激昂し慷慨する行文は、悲壮感にあふれて読者を感動させる。この書簡文のなかで、彼はつぎのようにいう。

不孝なる私は、今日死にます。父ぎみのあとをおうこととなり（夏完淳の父、夏允彝は兵をあげて清に抵抗したが、戦いやぶれ自殺した）、もはや母ぎみにお仕えすることも、かなわなくなりました。父ぎみが戦死されてから二年、うらみや悲しみは日にふかく、辛酸をなめつくしました。もとより明朝を復活させて、大仇である清に復讐し、死者の霊をなぐさめ生者の栄光をたたえ、その成功を泉下の父ぎみに報告すべきだったのですが、いかんせん天は我に味方せず、明朝に咎をくだされました。私は軍をおこしましたが、あっというまに敗亡してしまいました。私は去年、戦いにやぶれたとき、きっと死ぬだろうとおもっていましたが、どういうわけかそのときには死なず、今日という日に死ぬこととなりました。

中間部分では家庭内のことをしるし、後事を託しているが、そこでも各所で民族の大義を論じて、親族たちを鼓舞している。書簡の最後では慷慨しつつ、つぎのようにいう。

ひとのいきるや、だれが死をまぬがれましょうか。ただよき死に場所をみつけたいとのぞむだけです。父ぎみは忠臣となられ、息子たる私は孝子となれ、私はわらいながら太虚（死）にかえれます。やるべきことは、やりつくしました。大道は生も死もなく、私は自分の身体を弊履のようにみなしております。自分の身体は気がぶつかりあってできたもので、これによって天地の理も了解できました。悪夢というべき十七年の私の生涯でしたが、この仇は来世にうつすこととします。わが魂は天地の間をさまよいますが、どこでも羞じることはありません。

この書簡文には封建的な忠孝観念もまじっているが、しかし忠義心にあふれ国につくそうとする誠実さや、死をまったくおそれぬ態度は、ひじょうに感動的である。この書簡文は処刑に際してつづったものであり、夏完淳も名文をかこうなどとは意識していない。だが、彼がいわんとしたことはすべて、肺腑をえぐるようなことばだったので、ひとことひとことがよむ者を感動させ、その心をゆさぶるのである。

明清両代では、家書（家族への書簡）が盛行した。家書は師友へあてた通常の書簡にくらべても、さらに拘束力がよわく、作者の考えかたや個性が明瞭にあらわれやすい。清代の鄭燮（号は板橋）は画家であり、書家であり、また詩人でもあったが、芸術のうえでは独自の境地をきりひらき、新しさを追求していく反逆精神の持ちぬしであった。彼の一連の家書（ここでは、弟にあてた書簡）は、新奇な考えかた、真摯なことばや気もち、さらに常套に堕さぬ内容などが表現されている。また彼の日々の暮らしぶりもよくつたわってくるので、当時の人びとから愛好されたのだった。

たとえば、濰県の令になったときに、彼は「与舎弟墨第二書」という書簡をかいている。

私は五二歳になって、はじめて第一子がうまれた。かわいくないはずがない。だが、子どもをかわいがるには、それなりのやりかたがある。子どもがあそんでいるときでも、まじめで心やさしくなるよう気をつけ、きつい性格の子にしてはいけない。

私は平生から、鳥を籠のなかで飼うのがきらいだった。自分ではたのしんでいても、鳥にとっては牢獄にいるのとおんなじだ。いったいどんな情理があって、もとからの［自由に飛翔したい鳥の］性向をまげて、自分の好みをおしつけてよいというのだろうか。トンボをつかまえたり、カニをひもでしばったりして、子どものおもちゃにするが、こんなことをしたって、ほんのちょっとのあいだのことにすぎず、すぐに死んでしまうんだ。……

私が不在中は、おまえが世話をすることになる。まじめでやさしい心をのばして、残忍な性格はおさえるようにしてくれよ。甥（私の子ども）だからといって、あまやかしたりしちゃあいけないよ。召使の子どもたちも、この天地のなかにすむおなじ人間なんだから、おなじようにかわいがってやらなきゃいけない。私の子どもが、彼らをいじめたりしないようにな。煮ざかなや菓子や果物などは、おなじようにわけてやれ。みんな、とびあがってよろこぶぞ。私の子だけすわっておいしいものをたべているが、召使の子どもたちは、とおくからたってみつめているだけで、まったく口にはいらない──こんなことがあっても、その父母たち（召使）は、ただかわいそうにとみつめるだけで、どうすることもできない。ただ自分の子どもにむかって、あっちへおいきというだけだ。これが残酷なしうちでなくて、いったいなんだろうか。

学問をして挙人となり進士となり、官位につくことは、ちっちゃなことだ。なによりも道理がよくわかり、親切な人間になること、これがだいじなんだよ。おまえはこの手紙をよみあげて、郭ねえやと饒ねえやによくきかせてやれ。子どものかわいがりかたは、こうした躾けのほうがだいじなんで、学問をすることじゃないということを、よくおしえてやってくれよ。

このような家書は、内容的には家庭内の些事をつづったものにすぎない。筆づかいも自由きままで、その行文も俗っぽさをさけていないが、しかしそれなりに清新さや気やすい感じが、一篇中にただよっている。

総じていえば、書簡文はありふれた実用的ジャンルであり、内容のうえからは、ほとんどなんの制約もない。作者は心のおもむくまま、気のむくままにつづってよい。わが国の古人たちも、この書簡ジャンルの長所をよく利用し、縦横に筆をふるって、自分の想いをのべたり、議論を展開したり、そして思想性や芸術味にあふれた名作をつづっていったのである。

今日の我われからいえば、こうした旧時の書簡文は、重視すべきりっぱな文学遺産であるが、またべつの見かたをすれば、信頼しうる有益な歴史的資料を提供してくれてもいるのだ。これによって、書簡文はおおきくいえば、ひとつの時代の社会風潮や世間の人情をしることができるし、またちいさくいえば、一個人の考えかたや性格、さらには正規の伝記などではうかがえぬ感情の襞をしることもできる。同時に、そうした書簡文の名作のなかから、精妙なことばづかいや適切な意見ののべかたも、またまなびとることができるのである。

第六章　奏議のジャンル

公用文とは旧時、朝廷や官府で日常的に使用していた公式的な文書のことであり、「公文」とも略称する。この公用文は、ふつう上行公文と下行公文との両種にわけられる。上行公文は臣下が帝王にたてまつる上書であり、下行公文は帝王が臣下にくだす命令書のことである。旧時、この両種の文書の名称は複雑だった。たとえば帝王にたてまつる上書は、時代や内容のちがいによって、章、奏、表、議、疏、啓、箚子、弾事などの種類や名称にわけられていた。帝王が臣下にくだす命令書も、どうように詔、命、令、制、諭などの種類や名称にわけられ、さらに軍事専用の檄文や露布などもあった。後世ではふつう、前者を奏議類に属させて奏議文と称し、後者を詔令類に所属させて詔令文と総称する。

この両種の文書は、旧時ではとりわけ重視されていた。しかし、我われがこんにち文学の角度からみてみると、真に文学的価値を有し、かつ読者をよろこばせるような作品は、あまりおおくはない。以下では、そうした状況に応じて、この種の作品を精粗さまざまに紹介していこう。

まず奏議の文を最古の文献から考察してゆくと、はやくも殷周の時代には、もう奏議ふうの文書がかかれていた。たとえば『尚書』商書中の伊訓の篇は、湯王の死後、孫の太甲が帝位をついだとき、殷初の大臣だった伊尹（名は摯）が新帝にたてまつった文書である。また『尚書』周書中の無逸の篇は、周公旦が政権を成王に奉還したときに、成王にあてた忠誠心のこもった戒告である。

内容からみれば、この二篇の文書は治国の道を論じており、重要な政治的訓戒をたれたものである。たとえば伊訓では、伊尹は太甲にむかって「三風」（巫風、淫風、乱風）を排除するようもとめ、「君主が「三風の」ひとつでも身におびれば、国はきっとほろびるだろう」という考えをのべている。また周公は無逸で成王にむけて、「農耕の苦しみをしらずにいた」り、「物見や享楽や遊びや狩猟に度をすごしたりせぬ」よう訓戒し、「民衆をいつくしみ」「万民にただしき謙譲の態度をしめしてこそ」、亡国のおそれを回避できるのだ、という。

伊尹らは、しばしば「天命」にかかりて説教しているが、しかし当時としては、わりと進歩的な政治姿勢を有している。この二篇の文は口語ふうの口吻をおびているが、これはおそらく、史官が彼らの発言を記録したからだろう。性質上からいえば、これらの文は、まちがいなくわが国の最古の奏議文であった。ただ当時は、そうした名称がまだなかっただけなのだ。

歴史的文献からみれば、奏議文は戦国時代になってから、「書」と称されるようになった。たとえば『戦国策』には、蘇代「遺燕昭王書」、楽毅「報燕恵王書」などが保存されているし、また『史記』には李斯「諫逐客書」（この書は、秦の天下統一以前にかかれた）などが保存されている。李斯の「諫逐客書」は名文である。これは、失策というべき「逐客令」の発布をとりけすよう、秦王に諫言した上書である。李斯はこの上書において、人材と国家興亡の関連を論じているが、そのさい、史実に徴しながら、その利害をのべている。一篇全体が議論風発にして説得力にとんでおり、後代の奏議文の模範となったのであった。

秦が天下を統一したのち、臣下がたてまつる「書」は、「奏」と改称された。この奏は、『尚書』中の「敷奏するに言を以てす」（ことばで奏上させた、の意）の意に由来するようだ。かくして、後世でもこの名称を襲用し、臣下が帝王に上書して献言するさいの通称となった。だから王充は「書をたてまつることを奏という」（『論衡』対作）といい、劉勰も「政務をのべたり、朝議や礼楽等について上奏したり、緊急の変事について報告したり、過失を弾劾したりするが、これらの文書をすべて奏という。奏とは〈進める〉という意味である。臣下によってことばでのべられ、事情が天子に〈進め〉られるというわけだ」（『文心雕龍』奏啓）とのべている。

これによって後世、臣下の皇帝にむけての献言や上書は、種々の異称や別名があったが、総じていえば、それらはすべて「奏書」だと称してよい。あるいは、ほかの異称や別名のうえに「奏」字をかぶせて、それが朝廷に上奏する公用文であることをしめした。たとえば奏表、奏章、奏議、奏啓、奏状、奏本などが、それである。これらの上奏用の公用文は、名称こそ紛々としてややこしいが、おおきくみればそれほどの違いはない。

疏

疏は、漢代にはじまった名称である。劉勰『文心雕龍』奏啓では、「天子に奏上する文書を、漢代から上疏とも称するようになった。すぐれた儒者が輩出したので、彼らのすぐれた文辞は注目すべきだ」といっている。これらが後世に襲用されていった結果、疏は、臣下が帝王に上書したり献言したりするさいの通称となった。だから明の徐師曾が、「奏疏は、群臣が諫言した文書の総称である。天子に奏上する文書には、さまざまな名称があったので、この奏疏の語で総称したのだ」といっているわけだ。

この「疏」字には、道理を疎通させ、箇条的に論じた言辞、という意味がある。『説文解字』には「疏は〈通じる〉なり」とあり、『漢書』揚雄伝には「独り疏を抗《あ》ぐべし」とあって、「疏は、事がらごとに個別に意見をいう」と注されている。すると、経書への注釈は、とうぜん「疏」と称してもよく、事がらを論じるさいにも「疏」と称してよいわけだ。事がらを論じるには、条理がとおっていることを重視する。皇帝にむかって自己の政見をのべたり過失をいさめたりするには、とくに条理がよくとおっていなければならぬ。劉勰が「奏をつづるには、公正さや篤実さが基本であり、緻密な分析力や論理の疎通が重要だ」というのは、まさにその意味からである。例をあげれば、漢代の賈誼「陳政事疏」「論積貯疏」、晁錯「論貴粟疏」、劉向「諫営昌陵疏」、さらには唐代の魏徴「諫太宗十思疏」などは、政治を論じ時弊をついた内容だが、その道理の叙しかたはまことに精密で、ゆきとどいた名文だといえよう。

晁錯は前漢の著名な政治家であり、文帝と景帝の二代につかえて敬重された。その「論貴粟疏」は、文帝十二年（前一六八）ごろにつづられた。漢初、土地の兼併が激化して、農民の人口がいちじるしく減少し、国庫に穀物の蓄えがなくなってしまった。そのため、社会が不安定になり、辺境防衛軍の食糧も不足がちになってきた。晁錯はこうした事態に対して、ふたつの政策を提案したのである。ひとつは、重農抑商策をとって農業生産をたかめることであり、もうひとつは、「民に五穀を納入させて爵位をあたえる」

ことである。後者は、民衆に朝廷への食糧献納を督励し、それによって軍の糧食にあてようというわけだ。この疏文中で彼は、当時の農民たちが土地をすてて、流亡してゆく原因を論じているが、その一節はひじょうに具体的にかかれていて、貧窮にあえぐ農民への同情心が、文中に充満している。

いま農夫が五人いる家では、公の労役に服する者が二人以下ということはありません。自分の田を耕作できる者とて、百畝たがやせるにすぎず、その百畝の収穫は百石だけです。春はたがやし、夏は草をむしり、秋は収穫し、冬は収蔵します。また薪をとり、官府を修繕し、労役をこなします。春は風塵になやまされ、夏は暑熱にくるしみ、秋は長雨にたたられ、冬は寒さにふるえるなど、四季を通じて休息できる日とてありません。また往来するひとを送迎し、死者をとむらい病人をみまい、孤児をやしない幼児をそだてることも、その仕事のうちです。

このように勤苦しながら、さらに水害や旱魃にもたたられますし、苛政で不意に税をとりたてられたり、急に貢ぎものを命じられたり、さらには朝令暮改でなやまされたりしています。そのため、財ある者は半値でうりはらい、財なき者は借金して元金ほどの利息をとられます。そこで、やむなく田宅や子どもをうりはらっては、自分の借財をあがなうのです。

このつぎの部分では、当時の大商人たちの状況をえがいている。すなわち、彼らがいかに買い占めをおこなっているか、いかに高利でかして農民からしぼりとっているか、これらの寄生虫的存在が、いかに贅沢な生活をおくっているか、さらに王侯と交際し、その勢力がいかに朝野をかたむけているか、いかにおおくの流亡農民を収容しているか――などである。

晁錯は、民情にくわしいうえに、社会問題に真っ正面からたちむかう度量をもった政治家であった。だからこそ彼は、当時の政治の弊害を大胆に指摘し、実際的で実行しやすい改革意見を提出できたのである。司馬遷は「太史公自序」のなかで、彼のことを称賛して「天子のご機嫌を損じてでもあえて直諫し、君主の義を貫徹させた。また自分の身をかえりみず、国家のために長久の計をたてた」といっている。この「論貴粟疏」は論理性が完璧で、ことばづかいも暢達であり、そのうえつよい気迫もこもっている。後世の奏疏文のために、よい模範をうちたてたものといえよう。

唐代の魏徴「諫太宗十思疏」も有名である。魏徴は唐初の傑出した政治家であり、唐の太宗こと李世民の重臣であった。李世民は、かつて父の李淵にしたがって南へ北へと転戦し、艱苦をなめつくしたすえ、帝王としての地位についた。だが即位したあとは、日に日に傲慢となり、享楽にふけり、でたらめな賞罰をおこなうようになった。そこで魏徴は直言して上疏し、「安きにいても危きを思い、奢を戒めて以て倹《つづま》やか」にすべきだと太宗をいさめた。さらに、つぎのような意味深長な意見をのべたのである。「凡そ昔の元首は、天の景命を承《う》く。始めを善くする者は実に繁きも、終わりを克《よ》くする者は蓋し寡《すくな》し。豈に取ることの易くして、守ることの難きや」。この一節は、過去の国君はおおむね、創業時にはなにごとも慎重におこない、よく謙遜し謹直にふるまい、また誠実に臣下を遇した。だが、いったん成功したとなると、最後まで慎重さをつらぬきとおす者は、ほとんどいない。こういうわけで、天下をとるのはやさしいが、天下をまもりぬくのはむつかしいのだ――という意味である。

魏徴はさらに、統治者と民衆との関係を、船と水との関係にたとえて、「怨みは大に在らず、畏《おそ》るべきは惟だ人（「民」字であるべきだが、唐の太宗李世民の諱《いみな》をさけて、「人」にあらためている）のみ。舟に載すべく舟を覆すべし、宜しく深慎すべき所なり」という。民衆というものは、陛下が天下をたもつことをまもってくれるものだが、同時に政治のしかたをうらむや、陛下をつまずかせ、滅亡においやることもできる。だから民衆に対する姿勢には、特段の配慮や慎重さがもとめられるのだ——という意味である。

こうした認識にもとづいて、魏徴は「諫太宗十思疏」のなかで十条の具体的な提言をおこなった。それが「十思」であり、太宗がいつも反省することをわすれず、よくつつしんで怠慢にわたることがないように、と忠告している。その内容は、つぎのようなものである。

ほしいものをみつけたら、知足ということを想起して自戒されますように。大工事をおもいたてば、我慢ということを想起して民衆をいたわられますように。帝位の危うさにお気づきになれば、謙虚ということをお想いになって自重されますように。自信過剰がご心配でしたら、江海は百河の下流にあることを想起されますように。狩猟や音楽をたのしみたければ、年に三度だけという規律を想起されますように。怠慢さがご心配であれば、始めをつつしみ終わりを慎重になさいますように。世間から遊離するのをご懸念でしたら、下じものいうことに、虚心にお耳をかたむけられますように。讒言がおおいとご心配ならば、わが身をただして小人を排除なさいますように。恩賞の沙汰をなさるときは、一時のきまぐれでまちがった判断をなさいませぬように。刑罰をくだされるときは、怒りにまかせて苛酷にしすぎませぬように。

この十の反省をなされ、九の徳をつとめられませ。そして賢人をもちいて任用し、善言をいれて重用されましたなら、知者は知恵の限りをつくし、勇者は勇気の限りをつくし、また仁者は恵みをひろめ、誠実な者は忠義をつくすことでございましょう。文臣と武将とを併用されれば、無為にして世はおさまりましょう。さすれば、どうして陛下が神経をすりへらして、百官の仕事を代行なさる必要がありましょうか。

この奏疏は、傑出した政治家としての遠謀や卓見、そして直言してやまぬ魏徴の性格をよくあらわしている。同時に、その行文はのびやかで、筋みちただしく、情もこもっている。とくに排比の句を多用して、簡潔でありながら内容がゆたかになっており、格言のようにひとの心をハッとうつところがある。さらによむ者が暗記暗誦しやすく、肝に銘じるような内容も有している。唐の太宗はこの奏疏をよみおわるや、おもいあたるところがあったので、努力して自己の過失をあらためた。そしてこの奏疏を座右において、いつも我が身をふりかえって反省し、自戒していたという。

啓

旧時、啓には奏啓と書啓の二種があった。君主や諸王への上書に「啓」の称をもちいるのは、魏晋のころにはじまる。いっぽう、書啓のほうは、親戚や友人のあいだで往復する通常の書簡文をさす。奏啓は上行公文に属し、書啓は通常の実用文である。

［上行公文としての］啓には両様の解釈がある。ひとつは「開く」の意であり、これは『尚書』説命上の「乃《なんじ》の心を啓《ひら》き、朕の心に沃《そそ》げ」からきている。このことばは、もともと殷の高宗武丁が臣下の傅説に

むかっていったことばで、「汝の心をひらいて、私の心に水をそそぎ、益あらしめよ」の意味である。またもうひとつの説は、「詣《いた》る」の意だという。『釈名』釈書契に「啓は、〈詣る〉の意である。官府に意見をのべようとして〈詣る〉のである」とある。「詣」には「まえにすすむ」の意がある。だから啓は、官府にいたって文辞を提出するわけだ。

劉勰『文心雕龍』奏啓によると、両漢のときは、漢の景帝（名は劉啓）の諱をさけたので、奏疏には「啓」字をつかわなかった。三国の魏になって、ようやく奏書中に「啓聞」「謹啓」などの字が出現してきたという。劉勰はつづいて「晋より盛んに啓し、用は表と奏とを兼ねたり。政を陳《の》べ事を言うは、既に奏の異条なり。爵を譲り恩を謝するは、亦た表の別幹なり」という。この意味は、啓は晋代から使用がはじまり、公用文を奉呈するのにもちいたが、それは奏表と奏疏の役わりをかねていた。政見をのべたり事がらを論じたりする点からみると、啓は奏の支流であるが、また謙遜して爵位を辞したり、主君の恩を謝したりする点からみると、啓は表の別体ということになろう——ということだ。これらを総合すれば、晋以後の「奏啓」は、漢以来の奏疏や奏表の異名であり、また変化したものだといえよう。

晋南北朝の時期は、駢文が盛行していた。著名な作家だった庾信は、謝恩のための啓の小品をたくさんかいている。それらは辞采にとみ、通俗にもおちいっていないので、許槤によって「[庾信は]啓牋の名手だ」と称せられた。いま、「謝趙王賚糸布啓」をあげて、その例としよう。

もうしあげます。ご書簡ならびに各色の絹布三十段を拝受いたしました。昨冬はこおりつくほどでしたが、この春もひどくさむうございます。積雪は玉地のようで、結氷は塩地のようです。張超の壁も寒風をふせげず、袁安が臥す家の門前も、雪かきできないほどです。鳥毛の服をはおってもあたたかくならず、炭をたいてもさむうございました。そこへ趙王さまからお慈悲をたまわり、あわれみくださいました。趙王の〔絹布支給を命じる〕ご書簡は蚕月にくだされましたが、〔おおくの絹布をくださいましたので〕さぞかし桑運びの馬車は徴用されつくされ、道端では機織りにいそしんでおりますが、仕事場の絹布はほとんどカラになったことでしょう。

おかげで、〔郷里の〕新市の商人がこの絹布をうりにきたかとうたがわれ、〔長安ちかくの〕平陵の月夜に砧の音を耳にしたかのようです。妾は絹布をみては趙王さまのご親切に心服し、妻は絹布のさける音をきいては、うれしそうに笑顔をうかべております。荘周が馬車の轍《わだち》のあとをみると、そこにひからびそうな魚がおりましたが、信陵君が手にした筥のまえには、行き場所をうしなった鳥はいないのです。あおいでは王のご親切をこうむり、ふしては王の恩愛をかたじけなくするばかりでございます。

啓文をつづる要領としては、謹厳かつ簡要であること、軽妙かつ洗練されていること、そして小品にまとめること——などであろうか。だから、劉勰が啓ジャンルに論及したとき、「文をひきしめて規格をまもり、一句をみじかくし、要点をつかんで軽妙に、文采をこらしても過度にわたらぬように。これが啓の要領である」といったのであった（『文心雕龍』奏啓）。

唐宋の時代でも、啓はなお使用されたが、その範囲はしだいにひろがってきた。第一に、君主や諸王にあてたもの以外に、目上の者にことばを呈するさいにも、すべて啓が使用された。第二に、啓の内容も拡大した。たとえば、主君への諫争、任官祝い、任官御礼、恩賞御礼、推薦、詩文贈呈、知己への知問、これらの用途にも、すべて啓がつかわれた。これらの啓文は、駢文をつかったり、散体をつかったりと、文体はさまざまだったが、充実した内容やひとを感動させるような文はおおくない。著名な啓としては、唐代の韓愈「上鄭尚書啓」、柳宗元「上広州李宗儒啓」、杜牧「上周相公啓」、李商隠「献河東公啓」、宋代の欧陽脩「上随州銭相公啓」、陸遊「謝葛給事啓」などがあり、いずれも佳品と称されている。

孫梅は『四六叢話』巻十四でつぎのようにいっている。「乃ち敬謹の忱《まこと》、表に視《くら》べて不足と為し、明慎の旨、書と侔《ひと》しく余り有りと為すが若きは、則ち啓是《これ》なり」。かくべき内容や、［相手に］かしこまらねばならぬレベルが、表ジャンルほどはつよくないとき、もしくは慎重さが通常の書簡文より必要なとき、そうしたさいには啓ジャンルを使用すべきだろう――の意味である。孫梅は、啓を奏議類の表と通常の書簡文との中間に位置させているが、これは啓の性質をよくいいあてている。

対策

策は、策謀とか策略などの意である。旧時の策の文には、主要には制策、対策、奏策の三種があった。制策はまた策問ともいい、朝廷が士をえらぶときに出題する試験問題である。対策（策問に対える）は、士人が策問の問いにもとづいて、みずから［答案として］陳述した政見である。奏策は進策ともいい、官吏登用試験とは関係なく、臣下が自発的にたてまつった上奏文である。

旧時、官吏の登用にさいして策問を課したのは、漢の文帝にはじまり、後世はこれを踏襲していった。

徐師曾『文体明弁』には、つぎのようにいう。「士に策問を課する制度は、漢の文帝にはじまる。晁錯の対策の文はすばらしく、首席にあげられた。これよりのち天子はしばしば、みずから会場へおもむいて策問し、役人もこの方法で人材を登用したのだった。この制度は現在にまでおよんでいる」。ここでは、策問によって人材を観察し選抜したのは、漢の文帝がはじめたと指摘している。

記録によると、漢の文帝のとき詔をくだして、対策という方法によって、賢良文学の士を選抜するようにしたという。そのとき「策〔問〕に対《こた》えた者は百人あまりいたが、晁錯のみがよい成績で合格し、これによって中大夫となった」（『漢書』晁錯伝）という。晁錯の対策文は、彼の本伝に掲載されている。これより以後、朝廷で〔人材登用のための〕試験をするさいには、策ジャンル（試験問題を策問といい、それへの答案を対策という）をもちいるようになり、その後もずっと踏襲してきた。旧時、対策文に必要だった条件は、政道にくわしいこと、高邁な政治的識見を提示できること、さらに「工文」、つまり文をじょうずにつづれること——などであった。だから、劉勰はかつて「対策文で選抜された人材は、政治と文学とを兼修した万能のひとだといえよう。志たかく文学もすぐれたひとというのは、なんとすくないことか」（『文心雕龍』議対）といったものだ。劉勰はさらに、漢代の晁錯、董仲舒、公孫弘、杜欽ら五名の対策文をあげて、「前代のりっぱな模範である」と称賛している。

魏晋六朝の時期になると、当時の文風の影響をうけて、対策文はしばしば華美な文体を追求するようになった。こうした結果、対策文は政見を陳述するという重要な意義を、うしなってしまったのである。

唐宋の時代でも策問を課して人材を登用したので、士人たちはふだんから対策文をかく訓練を重視していた。たとえば唐代の詩人、白居易と元稹とは、制挙の試験に応じるために、道教寺院の華陽観であらかじめ「当時の［政治上の］課題を推測」して、「策林」七十五篇をかいたが、これはいまも白居易の文集のなかにのこっている。

そのほか、対策と性格がことなるものに、進策あるいは奏策と称するものがある。これは臣下が天子の下問をまたず、登用試験ともかかわりなく、自発的に奏上する文書である。たとえば漢代の賈誼「奏治河三策」、唐代の王忠嗣「上平戎十八策」、宋代の蘇洵「幾策」、秦観「進策」などがそれである。

これを要するに、策文の内容は、ある社会問題や政治上の施策に対して、議論を提起するものである。それゆえ、旧時の「議」や駁議の文と似た性質をもっている。劉勰は奏議文と対策文とを同類に分類して、「議対」篇としている。「議」と「駁議」については、本書は論説文のなかでふれているので（本訳書では省略）、ここではくりかえさない。

表

中国の旧時のジャンルに、表と名づけられた文がある。表は「奏表」のことで、「表文」ともよばれ、臣下が君主にささげる上書のことである。旧時、君主に奉呈する上書にはいろんな名称があったが、その個々の名称は、上書の内容と関係があった。劉勰『文心雕龍』章表篇には、「章は以て恩を謝し、奏は以て劾を按じ、表は以て情を陳《の》べ、議は以て異を執る」とある。章は君恩を謝するのにもちい、奏は弾劾、つまり他人の悪事を告発するのにもちいる。表は真情を表白するのにもちい、議は反対意見を提出するのにもちいる――という意味である。

とうぜん、これらの名称とその役わりについては、時代ごとに変化があった。表に関していえば、このジャンルは秦漢の時代に発生した。秦漢から唐宋以後にいたるまで、ずっと表は襲用されていったが、その役わりや使用範囲は変化している。たとえば唐宋以後では、表は四六文を多用しただけでなく、謝恩や勧進、辞職、慶賀、献納などでも、通常このジャンルをもちいるようになった。

表は旧時の公用文の一種ではあったが、ときに内容が充実し、ことばづかいが簡潔かつ暢達なものもかかれた。とりわけその行文は、ほかの上書用の奏状のたぐいとはちがって、自己の志や真情を叙し、委細をのべつくそうとする傾向を有していたので、成功した表の作品は、わが国旧時の散文（無韻の文）の名篇ともなった。唐宋以後の駢体による表作品のなかには、用典ぶりがたくみで辞藻が清麗であり、駢体文学中の代表作となったものもある。

散体でかかれた表では、三国の諸葛亮「出師表」と晋の李密「陳情表」の二篇が、ともに名作である。「出師表」は、蜀の宰相だった諸葛亮が、軍をうごかして北伐しようとしたときに、後主の劉禅にたてまつったものである。この表のなかで亮は、劉禅に奮発して政道にはげむよう、くりかえし懇請しており、先帝劉備に対する亮の「ご恩に感激」した真情が、一篇中に充満している。また「陳情表」のほうは、李密が朝廷の召致を辞退しようとして、晋の武帝にたてまつった表である。文中で彼は、自分と祖母とはたすけあっており、とおくはなれられぬので、お召しに応じることができない、とうったえる。そして彼がお召しを辞退するのは、［高士としての］名節をたっとぶためでも、旧朝に義理だてているためでもない、とのべている。

この両篇は内容こそことなるものの、ともに自己の真情をのべて、懇切に思いをつづることを意図しており、「真情を表白する」ことが表ジャンルの特徴だったということがよくわかろう。たとえば「出師表」では、つぎのように一篇をむすんでいる。

どうか陛下、臣には逆賊を征伐し、漢室を復興する使命をお授けください。使命を達成できねば、臣の罪をとりしらべ、先帝の霊にご報告なさってください。もし臣下の郭悠之らによき提言がなかったなら、悠之や費禕、董允らの怠慢を非難され、その罪を明確にされますように。陛下もまたよく自戒され、善道を諮問され、正言を嘉納されますように。

臣は先帝の遺詔をおもうと、そのご恩に感激してやみません。いま遠征に出発するにあたり、この表をかきながら涙があふれ、なんともうしてよいやらわかりません。

この部分においては、諸葛亮は自己の切迫した気もちや懇切な思いを、よく表現している。

いっぽう、李密「陳情表」は、さらに真情をかたむけた作である。たとえば表文の一節は、つぎのようにつづられている。

いま、臣は亡蜀のあわれな俘虜（李密はかつて蜀につかえていたが、蜀がほろんだので、こういったのである）、下賤な田舎者にすぎませんが、過分の抜擢をこうむりました。このたびの詔書はまことに恵みぶかく、躊躇してもっとよい条件をのぞんだりするはずがありましょうか。

ですが、祖母の劉の命が旦夕にせまっており、気息奄々たる状況です。ひとの命はまことにはかなく、朝は息災でも夜はどうなるかわかりません。臣に祖母がいなければ、今日の臣はありませんし、祖母に臣がいなければ、祖母はよき死にかたができません。祖母とその孫たる私とは、たがいに命をささえあっています。そのため、臣は躊躇しつづけ、祖母をみすてて出仕できないのです。

臣の歳は今年で四十四、祖母劉は九十六。臣が陛下に忠節をつくす日はながくございますが、私が祖母に孝養をつくせる日々はみじかいのです。この烏の反哺のごとき孝の気もちに免じて、私に祖母の面倒をみさせてくださいませ。

臣の苦衷は、蜀の人びとや梁、益の長官がしるだけでなく、天や地の神もご照覧されております。ねがわくば陛下におかれましては、私の誠をあわれにお思いになり、その微志をとげさせ、また劉祖母にも余年をぶじにおえさせることができますように。臣はいきては死に値する罪がございますが、祖母が死去してからご恩にむくいたいと存じております。犬馬の情にたえず、つつしんで上表してもうしあげるしだいです。

ここにあげた二篇の文からみると、表は旧時の上書の一種であり、公用文に属してはいるものの、章や奏の文とはたしかにちがっている。「章や表の役わりは、天子の御前で徳業を称揚し、また自己の思いを表明するものである」「章は闕下に奉呈するものなので、文の格調は厳正で明確でなければならぬ。表も禁中に提出するものなので、骨ぐみや文采には、輝かしさが必要である」(『文心雕龍』章表)とあるように、章と表とはともに朝廷にたてまつるものである。しかし、章のほうは公用文的性格がつよくて、あまり自分の思いや辞藻をこめることができないのに対し、表のほうは〔右二篇の例からわかるように〕真情を吐露する性質をおびているので、文采ゆたかな表現をなす余地がある。それゆえ章と表のジャンルは、ともに「闕下に奉呈する」「禁中に提出する」（皇帝に書をたてまつる）文章ではあるものの、表のばあいは往々にして、文学的色彩がつよくなりやすいわけだ。

表ジャンルは秦漢にはじまったものの、前漢以前の表はみな散逸して現存していない。後漢の著名な表に、孔融の「薦禰衡表」がある。これは朝廷に対して、当代の才子たる禰衡を推薦した文である。三国時代においては、曹植が表の名手であり、「求自試表」「諫伐遼東表」「求通親親表」などをかいた。「求通親親表」は魏の明帝の太和五年の作であり、当時曹植は東阿に移封されていて、親族との交際を禁止されていた。そこで曹植は憤懣やるかたなく、上表しておのが真情を吐露したのである。彼は文中で、自身の苦衷と懇望とに言及して、つぎのようにいう。

四季がめぐりきても、いつもただひとりでいるだけです。左右にいるのは召使だけですし、正面にも妻子がいるだけです。風雅な話をしようにも、論じあう者もなく、議論をしようにも、相手がおりません。音楽をきいても心はなごまず、酒杯にのぞんでもため息がでるばかりです。

臣がおもうに、犬馬のごとき臣の誠は、ひとを感動させられません。それは、ひとの誠実さが、天をうごかせないのとおなじです。貞婦の思いが城をくずし、忠臣の真心が真夏の霜をよびよせた話を、臣は当初は信じておりました。けれどもいまの心境では、それらの話はうそとしかおもわれません。太陽はヒマワリのために陽光をそそぐのではありませんが、ヒマワリがその葉を太陽にむけつづけるのは、ヒマワリに誠実さがあるからなのです。

これは、憤懣と誠実さとにみちた文である。だから劉勰も「曹植の表は、ほかの文人の作から冠絶している」と称賛したのだった。

晋代の表では、前述の李密「陳情表」のほか、著名なものに劉琨「勧進表」がある。この表は、晋の建興四年に西都（洛陽）が失陥したあと、劉琨が晋の元帝司馬睿にたてまつったもので、江南に都をうつして即位するようすすめている。文中で国難についてかたり、また晋室への忠誠心をのべていて、異民族の侵略に対する、はりさけそうな義憤が一篇にあふれている。この劉琨「勧進表」は、愛国的な思想をもった、悲憤慷慨の作なのである。

南北朝になると、表の文がたくさんのこっている。著名なものに、梁代の任昉がかいた「為范尚書譲吏部封侯表」や、江淹の「為蕭拝大尉揚州牧表」、また陳代の江総の「為陳六宮謝表」などがある。だが、この時期には、表のジャンルに変化がおこっていた。彼らは表現上で対偶を重視し、ひたすら彫琢をほどこしている。辞采の面からみれば、華麗で多彩ではあるものの、しばしば真実の感情に欠けているのだ。

唐宋以後、表の文はさらに整斉した四六文でかかれるようになったが、内容は慶賀や謝恩にすぎなかった。そのおおくは、一般的でおざなりな公用文ふう内容にすぎず、みるべき佳作はなくなってしまった。そのなかで、唐代の李善のかいた「上文選注表」は、わりあい構想がすぐれている。また宋代の欧陽脩「謝致仕表」、晁補之「亳州謝到任表」の二篇は、おだやかで誠実にかかれており、そのことばは読者を感動させる。蘇軾「謝賜対衣金帯馬表」は気がきいていて、彼の文の風格をよくしめしているが、その他の表では、これといってすぐれた作品はみあたらない。

表の文は、皇帝にたてまつる公用文として、きまった書式をもっている。ふつうには冒頭に「臣某言う」といい、末尾には「拝して表し以て聞《ぶん》す」、もしくは「臣某頓首」などの文句をおく。

章・弾事・封事

旧時、皇帝や統治階級へあてた上書には、ほかにもおおくの名称があった。たとえば章は奏章ともいったが、これは漢代にはじまっている。この章ジャンルは、当初は主上に恩を謝するときにもちいられたが、後漢以後では諫言や祝賀のときにもつかわれた。劉勰は「章は明なり」と解し、その形式を論じては「章は以て闕に造《いた》り、風矩は応に明らかなるべし」といっている。章は闕下に奉呈する上書であり、その文の格調は厳正で明確でなければならぬ、という意味である。清代の王兆芳『文体通釈』では、つぎのようにいう。「蔡邕は、〈章は冒頭に余白をとり、文末に稽首とかく。上書して皇帝の恩を謝したり、意見をのべたりする。宮殿に参上してたてまつるものだ〉といっている。このように、章は感謝や意見奏上を主とするので、ことばづかいは明確なものでなければならぬ」。

章は表と性質が似ている。一般的には章は謝恩のほうにかたむき、表は思いをのべることを重視する。旧時、章と表の格式上の相違としては、章の冒頭には「稽首して書を上《たてまつ》る」とか「稽首して上りて以て聞す」などとかくが、表の冒頭には「臣某言う」といい、また文末には「誠惶誠恐」とか「頓首頓首」「死罪死罪」などとかく。唐以後は謝恩や慶賀のときにも、表ジャンルをもちいるようになり、章はつかわなくなった。

このほか、皇帝への上書にはおおくの名称がある。たとえば、唐以前には箋、箋記、奏状など、明清以後には奏折、題奏、題本などがあって、ひととおりではない。

すこし説明を要するのは、旧時の上書には、これ以外に弾事と封事の二ジャンルがあったことだ。弾事はまた弾文、弾章、劾状ともいうが、役人が法にそむいて罪をおかしたさい、これを弾劾し、あばきたてる上書のことである。清の王兆芳『文体通釈』では「弾は、〈弾丸〉であり、〈糾弾する〉の意である。法でもって罪ある者を弾劾するが、それが弾《はじ》き玉をとばすことに似ているから、こういうのだ。奏書の仲間である」といい、おなじく清の呉曾祺『文体芻言』でも、つぎのように解説している。「罪ある者を弾劾するときには、いつもこれをもちいる。弾文ともいうが、それは弾き玉で鳥を射おとすようであるからだ。『文選』にはこの弾文を三篇おさめている。ともにきまった書式をもっているが、後代ではすこし変化して、ほかの上奏文と似かよったものになった」と説明している。

いっぽう、封事のほうは、機密を要する上書のことをさす。清の王兆芳『文体通釈』に、「封事では、意見陳述のさい、機密がたもたれねばならない。だから君主だけの披覧をねがった」とある。この上書が封事とよばれるのは、臣下がたてまつる上書はふつう密封しないが、もし内容が重大案件にかかわり、しかも機密を要するときは、内容が外部にもれないようにせねばならない。そのため「皁嚢《そうのう》」、つまりくろい袋でしっかり封をしたうえで、天子に奉呈する。だから「封事」と名づけたのである。

第七章　詔令のジャンル

詔令文は旧時、朝廷が臣下に命令をくだしたり、天下に布告したりした公用文である。これらの最古の文は、『尚書』のなかにみえており、当時は命、誥、誓などとよんでいた。

まず命には、「天命にしたがって［下じもの者を］おしえさとす」の意がある。明の徐師曾『文体明弁』ではつぎのようにいう。

上古、王言は命ともよばれた。これによって百官に命令をくだした。『尚書』の「説命」や「冏命」の篇がこれにあたる。またこれによって封土や爵位をたまわったが、おなじく『尚書』の「微子之命」や「蔡仲之命」がこれにあたる。またこれによって任務について激励したが、おなじく「畢命」がこれにあたる。またこれによってものを賜与したが、おなじく「文侯之命」がこれにあたる。またこれによって遺詔をのこしたが、おなじく「顧命」がこれにあたる。

これを要するに、およそ爵位をたまわったり、百官に命令を発したり、賞罰をくだしたりした布告は、すべて命と称されていたのである。

誥には、「四方に宣告する」という意がある。たとえば『尚書』の「大誥」「洛誥」などが、これにあたろう。

また誓は、もとは出陣のさいの誓いのことばであったが、天子が群臣に誓いをたてるときにももちいた。『尚書』の「泰誓」がそれである。

秦の始皇帝が中国を統一したあと、皇帝が臣下にむけた命令は、すべて制詔や詔令などと称するようになった。これからあと、名称は歴代かわっていったが、通常では朝廷がくだす下行公文は、すべて詔令文と称したのである。

朝廷や官府の発令した公用文は、歴史文献においては主要な地位をしめている。だが、文学の角度からみたばあい、真に価値ある文はそうおおくはない。歴史におおきな業績をのこした君主であって、はじめて内容充実し進歩的思想を有し、そして行文も着実でよむにたえる詔令を発布することができたのだ。以下で、影響力をもった少数の作品をジャンルごとに例示して、その一斑をうかがってみることにしよう。

詔・令

詔は詔書、詔旨ともいう。三代（夏・殷・周）のとき、天子が臣下にくだした布告は、命、誥、誓などといった。戦国のときは命、あるいは令と称した。秦漢になって、ようやく制詔や詔書の名称ができた。明の呉訥『文章弁体』に「三代のころの王言で、『尚書』にみえるものには三種がある。誥と誓と命である。秦になって、これを詔とあらためた」とある。ここでいう「詔」とは「つげる」の意であり、したがって詔書は「百官につげる書」という意になろう。

漢代に制度をきめて、皇帝が臣下にくだす布告を四種にわけたが、そのうちの第三番目が詔書であった

（蔡邕『独断』にみえる）。また清代の王兆芳『文体通釈』には、つぎのようにいう。「詔は〈告げる〉であり、事がらをつげる、の意である。秦では王綰の提議により、令を詔に改定した。漢の天子は四種の布告をくだしたが、その第三を詔書といった。漢の礼典では、天子のおことばを詔といった。現在の制度では、天下に布告するものを詔という。人びとにつげることを主目的としており、命令とおなじ意味である」。

令とは、命令の意である。明の呉訥『文体明弁』には、「朱子は〈命は令とおなじだ〉といっている。また字書には〈大事に関する命令を命といい、小事に関する命令を令という〉とある。これが命と令との違いである」（「命」序説）とある。

詔と令とは、もともとたいした違いはなかったが、秦において、天子の布告を詔とあらため、皇后や太子のくだす布告を令と称した。その後、漢代になって、皇帝の布告は秦の制度を踏襲して詔と称し、諸侯王が配下にくだす布告のほうは、令と称するようになったのである。ところが、さらにその後になると、天子も臣下もともに令を布告するようになった。だが、天子は詔も令もつかってよいが、臣下のほうは詔をつかってはならなかった。清の王兆芳『文体通釈』はつぎのようにいう。「令とは、〈命令する〉〈教える〉〈禁じる〉などの意である。命令して、教導したり禁止したりするわけだ。古代では、天子や諸侯はみな令を使用したが、秦が令を詔にあらためたあとは、皇后や皇太子、王侯だけが令と称して布告した。この令は、民衆を教導し悪をこらしめることを主目的とし、これを布告して畏服させるのである」。詔と令の性質や相互の違いは、以上のとおりである。

漢の高祖劉邦は、秦をほろぼして天下を平定し、漢王朝をひらいた。自己の王朝をながく安泰にするためには、すぐれた人材の発掘と任用こそが、統治を強固たらしめる重要な条件だとかんがえ、とくに「求賢詔」を発布したのである。その文はつぎのとおり。

私は、王者として周の文王より偉大な者はなく、覇者として斉の桓公より偉大な者はない、ときいている。この両人はともに賢者の手をかりて、名声を博した。いま天下の賢者や知者は、どうして古代の人物だけにかぎられようか。問題は、人主が賢者をしりえぬことにある。これではどうして士たちが、世にでられるはずがあろうか。いま私は、天霊の加護や賢士大夫たちのおかげをもって天下を統一し、天下すべてを一家としたが、それが長久にたもたれ、世々わが宗廟がたえぬことを希望している。賢人たちは、私と協力して天下を平定したのであり、私とともに天下をやすらかにしようとしないはずがあろうか。賢士大夫で私につかえてくれる者がおれば、私はその人物を顕官につけてやりたいとおもう。天下に布告して、朕の意向をしらしめよ。

御史大夫の周昌は諸国の相に、相国の酇侯《さんこう》（蕭何）は諸侯王に、御史の中執法は郡守に、それぞれこのことをつたえよ。名声と徳行を兼備する人物がおれば、かならずみずから仕官をすすめよ。馬車にのせて相国府にいたらせ、その善行や容貌、年齢をしるさせよ。該当者がおりながらに上申しない郡守がいれば、発覚ししだい官を免ずるであろう。ただし年老いて病気の者だけは、仕官を強制してはならぬ。

この詔では、冒頭に賢能の士を礼遇した史上有名な「王者」をあげて、これを自分の手本とするという。それと同時に、当代でも賢能の士はけっしてすくなくないが、問題は、君主が彼らをよく招致できるかどうかにかかっている、と説明する。つづいて、天下を統一するにはすぐれた人材が必要だし、天下を安定させるにも、やはりよき人材が必要だという認識をのべる。それゆえ、各クラスの官吏に対し、「名声と徳行を兼備する人物」について、よく人がらを観察して推挙するように、もしこれを実行しなければ、免官処分をうけることになろう、ときびしく要求したのである。この詔の文はながくはないが、その叙述は精密で道理があり、内容文章ともすぐれている。同時に、一代にして王朝をきづいた君主としての開放的な姿勢や、進取の気性がよくあらわれている。

漢代の文帝劉恒と景帝劉啓とは、ともにすぐれた功業をのこした皇帝である。前漢初期のころは、社会がまだ安定していなかった。おおきな水害や旱害が発生して、食糧が不足し、社会の安定に悪影響をおよぼしていた。また行政もゆきわたらず、弱肉強食や多数派の横暴がめだっていた。「吏は賄賂の物資で商売し、民衆からむさぼりとり、またおおくの民をいじめている」(『漢書』景帝紀)という状況だったのだ。そこで、農業生産を迅速に回復し発展させ、さらに行政を徹底させるため、文帝と景帝は、当時の社会問題を解決させる詔令をたくさん発布した。文帝「議佐百姓詔」や景帝「令二千石修職詔」などは、その有名なものである。

一般的にいえば、漢代のすぐれた詔令文は、文風は素朴だが、気勢にとんでいる。有名な武帝「求茂材異等詔」などは、とりわけそうした特徴を具備したものだ。全体はみじかいが、一篇にみなぎる気勢が非凡であり、じつに力がこもっている。

おもうに、非凡な功業をたてんとすれば、非凡な人物を必要とするものだ。それゆえ馬も狂奔するほどであって、はじめて千里のかなたにはしれるものだし、士も世から非難をこうむるほどであって、はじめて功名を樹立できるものだ。あちこちへはねてやまぬ荒馬も、世間からはみでた士も、けっきょくは使いかたひとつにかかっている。

州や県の役人に命じて、才士や異才ある者にして、将軍や宰相の任にたええる人物、あるいは遠地に使者として派遣しえる者がいないかどうか、よく調査させよ。

この武帝劉徹は、「文景の治」のあとをうけ、きわめておおきな功績をのこした皇帝であった。彼が在位した五十四年間は、軍事や政治、文化などの方面で格段の飛躍をとげ、漢朝を全盛期にみちびいた。この「求茂材異等詔」は、州や郡の役人に人材を推挙せよと命じたものである。「非凡な功業をたてんとすれば、非凡な人物を必要とする」という冒頭二句は、功業心にはやる武帝じしんの野心を表現しており、同時にすぐれた人材を尊敬し、重視する心情をしめすものだろう。つづいて、人材登用の原則を提示し、登用にあたっては世間の常識を打破し、あれこれの欠点はあっても、すぐれた能力があり、重任をになえる人材を選抜して、国家をおさめたいという。行文全体に、人材をもとめること、渇くがごとき心情がよくあらわれており、同時に、いかにも雄才大略な皇帝らしい、人材登用における度胸や識見、そしてそれらの人材を活用してみせるという自信が、よく表現されている。この詔は百字にみたぬ小篇だが、立場は鮮明であり、ことばは簡約にして内容は充実し、そのうえ気迫にもみちているといえよう。

曹操は文武両道の政治家だった。彼の行文は自由闊達であり、通脱にして力づよく、こまかい約束ごとなんか気にしない。魯迅はかつて曹操のことを「肝っ玉がおおきく、その文も通脱からたくさんの力をえている。また文をつづるときも気がねしないで、かきたいことをそのままかいている」(「魏晋の気風および文章と薬と酒の関係」)といったが、こうした特有の風格は、彼の詔令文でもよく発揮されている。たとえば、彼が建安十五年(二一〇)に発令した「譲県自明本志令」は、独特の風格をもっており、通常の布告文とはおおいにことなっている。この布告は、漢献帝が賜与した封賞の一部を辞退する機会をとらえて、自分はけっして漢朝を簒奪して自立する意図はない、と表明することに、おもな目的があった。

漢末、群雄が割拠する形勢下、曹操は「天子を擁して諸侯に命令をくだした」。また、彼の雄才大略によって、董卓をうちやぶり、また袁術や袁紹の勢力を平定した。そして広大な中原地域を制覇して、魏王に封じられた。かくして彼はおおきな権力をにぎり、その威勢は朝野を圧倒して、事実上は漢朝の実権をにぎる支配者となったのである。こうした事態となるや、彼は各方面からさまざまな非難をうけるようになった。この「譲県自明本志令」はたいへんな長篇だが、はじめに、漢の政治に関与してからの、彼の遠大な意気ごみをのべ、また各地に割拠した軍閥を平定するにさいし、自分がたてた大功を叙している。そしてそのあとで、つぎのように率直にかたるのだ。

いま私がかくいうと、自己宣伝のようにみえるかもしれぬが、世の人びとにあれこれいわれぬよう、遠慮せずにのべたのである。もし漢朝に私がいなかったら、何人が帝と称し、何人が王と称したかわからないだろう。私の勢いが強盛となり、さらに私が天命を信じぬのをみて、ひょっとしたら私が〔漢朝にとってかわろうとする〕不遜な志をもっているのではないかとうたがい、あれこれと想像して心配している者もいるかもしれぬ。

つづいて曹操は、自分が「〔漢朝にとってかわろうとする〕不遜な志をもっている」との非難に対して、弁明をおこなう。そのさい、彼は故事を引用して現今を論じている。つまり周の成王を補佐した周公の事迹をもって、自分の行動になぞらえるのだ。そして自分や自分の家が、いかに漢朝からご恩をこうむってきたかをのべ、漢朝にとってかわり、帝位を簒奪するような意図はまったくありえない、と表明するのである。こうした自分の真情を世の人びとによくわかってもらうために、彼は、自分の死後は妻妾を再婚させ、「私の気もちをよくつたえ、他人に理解させるつもりだ」ともかたっている。

ただこの令の最後で、曹操は、いまの自分は兵権を放棄し、官位を辞して封国に帰任することはできないとのべているが、これはどうしてだろうか。彼はもっともらしく、つぎのようにいう。

私が指揮している軍勢を、いますぐ手ばなして朝廷に返還し、武平侯の国に帰任するよういわれても、それは実際上できない。なぜかというと、兵権を手ばなせば、他人から害をこうむることが心配されるからだ。子孫のためを考慮せねばならぬし、くわえて、もし私がやぶれれば漢朝もあやうくなるであろう。だから〔謙虚だという〕虚名をほしがって、目前の災禍に身をさらすわけにはゆかぬ。さきに朝廷は私の三子を侯にとりたててくださったが、私は固辞してうけなかった。いま、それをあらためて拝受しようとするのは、栄誉をほしいのではなく、それを外援として万全の計をはかりたいからだ。私は、介之推が晋の禄位を遠慮し、申包胥が楚の恩賞を辞退したときいているが、そのことをよむと書物をおいてため息をつき、自戒せずにはおられぬ。

私は漢朝の威信を奉じて、鉞をもって遠征し、弱きでもって強きをくじき、小でありながら大をとりこにした。また計画したことで達成できなかったものはなく、心中で考慮したことで、うまくいかなかったこともない。かくして天下を掃討して主命をはずかしめなかったのは、まさに天が漢室をすくいたもうたのであって、人力のなせるものではない。だが、四県にあわせ封じられ、また三万戸の禄をはんでいるのは、わが徳がたえうるであろうか。江湖（孫権と劉備）の地がまだ平定されぬ以上、わが官位はゆずるわけにはゆかぬが、領土については辞退することができる。いま、陽夏・柘・苦の三県二万戸を返上し、ただ武平の一万戸を領するだけにとどめる。これで、多少とも世の非難を鎮静化させ、私の責任も若干へらすことができよう。

この部分は、要するに、彼がかるがるしく兵権をわたせないのは、当時の政治情勢がゆるさないからだ、といっている。ただし曹操は、自分の封地を一部返納することをもうしでて、みずから損をしてでも、漢朝に敬意を表せんとする旨を表明している。この布告文は、堂々たる長篇であり、言をつくし理をつくし、しかも常套に堕していない。こうした特徴は、この種の作例ではまれであり、文章史上で独自の位置をしめるものだ。

魏晋以後、駢体文がひろまってきて、行文に駢体と散体との違いができた。そして政府が発布する公用文は、詔令文もふくめ、駢体文でかかれるのが通常となった。いま北魏孝文帝の「挙賢詔」をあげて、そうした駢体の話をしめしてみよう。

┌陽炎爽節、在予之責、実深悚慄。故輟膳三晨、以命上訴。霊鑒誠款、曲流雲液。
└秋零巻澍。

雖休勿休、寧敢愆怠。将有┌賢人湛徳、┌雖加銓採、
　　　　　　　　　　　　└高士凝棲。└未能招致。

其精訪幽谷、挙茲賢彦、直言極諫、匡予不及。

炎暑は時節に反していすわり、秋になっても恵みの雨がふらなかった。これは予の不徳のためであり、まことに恐懼のかぎりである。それゆえ、予は食膳をとどめること三日、天に命書をささげて雨をいのった。神霊は予の誠をみそなわし、天下に恵みの雨をふらせてくださった。これは天のお許しではあるが、真のお許しではなく、どうして従前のような怠慢な態度でよかろうか。

野には高徳を有した君子や、世にでていない隠者がいるはずだ。彼らを抜擢して意見を徴したいが、まだ朝廷へ招致できていない。役人どもは幽谷に捜求して、これらの賢者を推挙せよ。また予に直言して諫争をつくし、いたらぬところを匡正してくれよ。

この詔は、スタイルは駢体ではあるが、典雅にして重厚で、文飾をこらしていない。清の許槤は「北魏の天子で文学が得意だった者は、ただ孝文帝（名は宏）だけだ。彼の文には多彩な句法があらわれ、堆砌や装飾しすぎる弊がない。これにくらべると、南朝五帝の文などは、まるでなきがごとしである」「文人としての筆づかい、帝王としての度量、この詔のごときであってこそ、よしといえる」といっている。

旧時、皇帝が公布する詔書は、内容や用途のちがいによって、おおくの呼びかたがあった。たとえば

「即位詔」は、皇帝が践祚したときに、天下にその旨を宣告する詔書である。「罪己詔」とは、国家が災異や人災をこうむったときに、皇帝みずから自分の過失を譴責する詔書である。また「遺詔」とは、皇帝が死にのぞんだときに、なにかを遺嘱しようとする詔書である。「哀詔」とは、皇帝崩御ののち、その後継者が先帝の崩御を哀悼して、天下に布告する詔書である。そのほかにも、「口詔」とか「手詔」などがあるが、これらは皇帝がみずから後述して筆記せしめた詔書と、みずから筆を手にしてつづった詔書のことをさしている。

制

制は、また制書、制詔、制誥ともいうが、詔とさして違いがなく、やはり秦の始皇帝の時代にはじまっている。一般的にいえば、「詔」には「群臣や民衆につげる」という意があるが、「制」のほうは「制定する」や「裁定をくだす」の意をもっている。劉勰『文心雕龍』書記篇には、「制とは〈裁〉の意である。天子の意志が民衆にひろまること、あたかも工匠が器物を制作するがごときだからだ」とある。また『文体明弁』では、顔師古の説をひいて「天子の命令のひとつに制書がある。これは制度をさだめるときの命令である」といっている。

この制書は制度を公布したり、大規模な賞罰をくだしたり、また重要な任免をおこなったりするときにもちいる。たとえば秦の始皇帝は、丞相の王綰の議にしたがって、「命を制と称し、令を詔と称する」よう改正したが（王綰「議帝号」にみえる）、その始皇帝に「除謚法制」という制書がある。これは以前からつたわっていた諡法制度を廃止しようとして、発令された布告である。その文につぎのようにいう。

制にいう。朕は、太古には号があって諡はなく、中古には号があり、また死後に故人の行跡を検討して諡をきめた、ときいている。かくのごときは、子が父の行跡を論議し、臣が君の行跡を論議することであって、はなはだいわれのないことだ。朕はこうしたやりかたはゆるさぬぞ。よって、これ以後は諡法を廃止する。朕を始皇帝とし、後世は逐次に数をかぞえて、二世、三世から万世にいたるようにせよ。そして、これを永遠につづかせるように。

漢は秦の制度を継承して、天子の命令はいっぱんに詔書とよんだ。だが、そのうちの一部の命令を「制」と称したり、詔書の冒頭に「制詔する」とかいたりすることがある。たとえば、漢の文帝「除肉刑詔」は有名な詔だが、その冒頭には「御史に制詔する」云々とある。また劉向『別録』によれば、「文帝がつくらせた書物に、『本制』『兵制』『服制』の篇がある」とある（『史記』封禅書注引）。だから顔師古は、「天子の命令のひとつに制書がある。……これは制度をさだめるさいの命令である」（『漢書』高后紀注）といっているのだ。

ここでいう「制」や「制詔」は、とうぜんながら、制度や法規を公布するときに使用するだけでなく、大規模な封賞や断罪、恩赦などをおこなうようなときにも、またこれをもちいた。たとえば、漢の武帝に「封皇子制」があり、漢の元帝に「封王禁制書」があり、また漢の成帝に「徙陳湯制」「徙解万年制」など（「徙」とは、爵をけずり辺地に流刑にしたりして、懲戒することをいう）がある。漢の文帝は呂后の八年に即位したとき、「即位赦詔」を公布したが、その冒頭に「丞相に制詔する」云々とつづっている。唐宋のときには制と誥とをあわせ称して、官位の追贈や除授、叙勲などをおこなうときにもちいた。

策（冊）

策（冊）は帝王がくだす詔令の一種で、また冊命とも詔冊とも称する。劉勰『文心雕龍』詔策篇には「策とは簡《たけふだ》である」といっている。当初、策の文は木簡につづったので、「策」と称したわけだ。その後、金属や玉をもちいるようになると、「冊」とよぶようになった。『説文解字』に「冊は符命である」とある。ふるい時期には、おもに諸侯王や三公を封じたり、免じたりするさいにもちいられ、また后妃や太子を封じたり免じたりするときも使用した。たとえば、漢の武帝には「策封斉王閎」「策封燕王旦」「策封広陵王胥」などがある。これらの文書は、いずれも『尚書』の訓典の文を模倣しており、たいへん古風である。その内容はすべて、各王にむかって、徳をおさめて封土をよく統治するよう激励し戒勅して、失敗させぬようにするものである。いま「策封斉王閎」をあげて、例にしてみよう。

六年（武帝元狩六年）の四月乙巳、皇帝は御史大夫の張湯に命じ、宗廟において皇子の閎を斉王にたて、つぎのようにいった。

ああ、小子閎よ、この青社をうけよ。朕は祖考をうけ、古の道をかんがえ、汝に国をあたえて東土に封じ、世々わが漢室の藩屏となす。ああ、よくおもえ。朕の詔をよくつつしめよ。天命は親故なく、ただ有徳者のみに味方するものぞ。ひとは徳をみがけば、その光輝はかがやくであろう。だが正義をめざさねば、世の君子らはなまけるであろう。汝がよく心をつくし、中正の道をとれば、天の福禄は永久にとだえぬが、逆に不善をおこなえば、汝の国に凶事がおこり、汝じしんにも害があるであろう。

ああ、国をたもち民をやすんずるに、敬畏せずしてよかろうか。王よ、よくつつしめよ。

このほか、皇后や皇太子をたてるときも、この冊文をもちいる。たとえば、三国魏の明帝に「孝献皇后贈冊文」があり、晋明帝に「立穆庾皇后冊」があり、後魏献文帝に「禅位太子冊命」がある。逆に廃免するときの冊文には、漢昭帝「策廃霍皇后」、安帝「策罷司空張敏」などがある。諡をおくる冊文には晋成帝「贈諡温嶠冊」があり、哀悼の意を表する冊文には魏明帝「甄皇后哀冊文」がある。

一般的にいえば、冊文の使用範囲は、時代がさがるほどひろがってゆき、郊祀、祭享、称尊、加諡、廃免、哀悼などのさいにも、すべてもちいられた。だから、明の徐師曾『文体明弁』では、冊文を十一類にわけている。その十一類の名称と用途は、以下のようである。

一に祝冊、各種の祭祀のときにもちいる。二に玉冊、尊号をたてまつるときにもちいる。三に立冊、后妃や皇太子をたてるときにもちいる。四に封冊、諸侯に封じるときにもちいる。五に哀冊、天子の柩をうつしたり、太子や諸王、重臣が逝去したりしたときにもちいる。六に贈冊、称号や官位をおくるときにもちいる。七に諡冊、諡をたてまつったり賜与したりするときにもちいる。八に贈諡冊、官位や諡をおくるときにもちいる。九に祭冊、大臣の祖祭にものをたまうときにもちいる。十に賜冊、臣下にものをたまうときにもちいる。十一に免冊、大臣を罷免するときにもちいる。

これによって、冊の用途は詔令のなかでも、とくにひろかったことがわかる。ただ一般的にいえば、通常の詔書とちがうのは、冊が符命や瑞兆のニュアンスをおびていることだ。そのため冊書には、鄭重さやたかい権威のイメージがただよっている。また冊書にする材料としては、後世になると、重要度に応じて、玉や金、銀、銅などの違いもでてきた。

策問

ついでに、紹介しておかねばならぬのは、旧時、朝廷が人材を選抜しようとしたときにもちいた「策問」である。策問は、制策や試策とも称するが、経義や政策について士人に試問して、その識見を発表させようとする文辞である。明の徐師曾『文体明弁』は、つぎのようにいう。

古代では士を抜擢するさい、ただ候補者の経歴や意見を勘案するだけで、策問を課することはなかった。漢の文帝のなかごろから、賢良〔の科の候補者〕に策問を課するようになったのである。その後、役人たちも候補者に策問を課するようになったが、これは古典の知識や現今に通用する才腕、そして激務や混乱を適切に処理する識見を判別しようとしたからだろう。だが策問に対《こた》えるのは士の仕事だが、策問をつくるのは上席の者の任務である。策問をつくるには、古今の事象に通じ、むつかしい設問をつくれる者でなくてはならぬ。それでこそ、この任務がはたせるのだ。

俗っぽくいえば、ここでいう「策問」とは、つまり試験問題のことである。だが受験者の学問や才識をみぬくには、出題するほうも、古今に精通し、文辞がすぐれ、また適切な設問がつくれるようでなければならない。だから一般的にいえば、策問それじしんが、文章、内容とも燦然とかがやく文辞なのだ。いま、漢武帝が賢良文学〔の科の候補者〕に出題した策問を、例にしてみよう。

制にいう。朕は尊位と美徳とを継承したが、これを無窮につたえ、永遠に恵みをたれようとすれば、その任はおおきく責はおもい。そのため、朝夕やすらぐ暇もない。ふかく万機の綱紀をおもうに、なお欠落がないかとおそれる。そこで、ひろく四方の豪傑や俊秀の士をまねこうとおもい、郡国や諸侯たちに、賢良や高潔や博学の士たちをえらばせた。大道の要諦と至高の議論をききたいとおもう。いま汝ら士大夫たちは、すぐれし徳望や才識で首位にあげられた者ばかりであり、朕ははなはだ称賛しておるぞ。士大夫たちよ、よく思いをつくし深考をかさねよ。朕はそれを傾聴せんとして、たずねる。

朕は、五帝や三王の道では、制をあらため楽《がく》をつくり、おかげで天下は協和し、百王もこれに賛同した、ときいている。虞氏の楽では韶よりすばらしいものはなく、周朝では勺よりすばらしい楽はなかった。聖王の没後、鐘鼓管絃の楽はおとろえなかったが、大道はややかたむいた。やがて衰微して桀紂の行いにいたるや、王道はすっかりすたれてしまった。

それ、周朝の五百年、文徳をおさめし君主や要路の士たちは、先王の法にのっとって統治せんと欲した。だが、それでも正道にかえることができず、日に日にわるくなってゆき、後代の秦王になっていきづまってしまった。これは、彼らの信念がまちがっていたために、統御に失敗してしまったのだろうか。いったん天命がくだれば、もはやもとにもどすことはできず、かならず衰亡にまでゆきつくのだろうか。ああ、勤勉につとめ、朝はやくから夜おそくまで古道にならおうと努力しても、おなじ轍をふむのだろうか。

上古の三王朝は天命をうけたが、その符命はどこへいったのか。災異の変事は、どうして発生するのか。いにしえの君主らは、天命として短命だったり長寿だったり、また仁君だったり、そうでなかったりした。彼らは、名前こそしれわたっているが、その違いが生じた理由については、よくしられていない。

朕は、風化がひろまり命令がよくおこなわれ、刑罰もかるく悪人も改悛する、そして民衆もやわらぎたのしみ、政治もとどこおらない――こうしたことをのぞんでいる。いったい何事をなせば、天から甘露がふり、百穀がみのり、徳が四海をうるおし、恩沢が草木におよぶのだろうか。また日・月・星が順調にめぐり、寒暑が順調にうつりかわり、天の祝福をうけ、鬼神の守護をこうむり、徳沢がみちあふれて、化外の地までゆきわたり、生きもの全体におよぶのだろうか。

汝ら士大夫たちは、先聖の業績にくわしく、風俗の移りかわりや事物の終始によく通じている。また高潔のふるまいについて、多年のあいだ講じたり耳にしたりしてきている。されば、その道理をあきらかにし、朕におしえよ。問題ごとに個条にわけてこたえ、省略しすぎず、またおおざっぱにもしすぎないようにせよ。経術から道理をみちびいて、出典を慎重にしてこたえよ。公卿らが忠実でなかったりかたよったりして、執務のうえでまちがったことがあったなら、それもかきもらしてはならぬ。朕じしんがすべてを主催するのであるから、後難を心配する必要はない。汝ら士大夫は、心をつくして対策文をつづり、隠しだてしないように。朕はみずからそれをよむであろう。

まず第一段では、皇帝が士人たちに「大道」(治国の道)をたずねる理由を説明し、そして虚心に対策の内容をうけいれる誠実さがある旨をいう。中間部分がじっさいの設問である。ここでは、要するに、三王よりあと、王道は日々おとろえているので、どうすれば正道を回復し、盛世にみちびいてゆけるか、ということをのべている。最後の段では、受験者たちは肯綮にあたり、しかも簡要にして条理ただしき対策文をつづって、おもう存分にのべつくせ。もし法をまげている公卿や官僚のことに言及したとしても、後難をおそれて遠慮する必要はない。対策の文は、皇帝みずからがひもといて披見し、よそにもらすことはないのだ——とのべている。

記録によると、当時、〔対策文をかいて〕賢良文学の科に合格した士人は、前後、数百人のおおきにのぼったという。とくに、ときの大儒だった董仲舒は、前後して三篇の対策文をかき、武帝の称賛をかちえたのだった。董仲舒は『春秋』の専家であり、『春秋』の書にかかれている「一統をとうとぶ」説を唱導して、「〔儒術以外の〕諸説をしりぞけて、儒術のみをおもんじるべし」と主張した。このようにして彼は、漢帝国をまとめあげ、思想を統一しようとする武帝の政治目標に、手をかすことになったのである。この董仲舒の「対策」は、わが国の経学史および政治、経済思想史上における名文となっている。

六朝時代には駢文が盛行したので、朝廷が出題する策問も、しばしば能文の士に命じて、駢体でかかせるようになった。たとえば蕭統『文選』には、斉の王融「永明九年策秀才文五首」「永明十一年策秀才文五首」、あるいは梁の任昉「天監三年策秀才文三首」などを収録している。いま王融が永明九年に撰した一篇を例にしめそう。

又問。昔 周宣惰千畝之礼、虢公納諌、良以 食為民天、 金湯非粟而不守、
　　　　 漢文缺三推之義、賈生置言。　　 農為政本。 水旱有待而無遷。

朕式照前経、宝茲稼穡。祥正而青旗粛事、将使杏花菖葉、耕穫不愆、
土膏而朱紘戒典。　清畊冷風、述遵無廢。
而釈耒佩牛、相沿莫反、若爰井開制、懼驚擾愚民、興廃之術、矢陳厥謀。
兼貧擅富、浸以為俗。　舄鹵可腴、恐時無史白。

たずねる。むかし、周の宣王が千畝の礼をおこたったとき、虢公は諫言をおこなった。また漢の文帝が籍田をしなかったとき、賈誼は意見を提出した。おもうに、食糧は人びとにとっては天にあたるし、農業は政治の根本にあたる。金城湯池であっても、食糧がなければまもれないし、水害や旱魃があっても、蓄えがあれば余所へうつることもない。朕は故事にかんがみて、農業を宝とかんがえる。[吉兆である]房星が朝に南天にあたれば、青旗をたてて農事の儀式を厳粛におこない、土壌がうるおってくれば、朱の飾りをつけて農業をたいせつにするつもりだ。杏の花や菖蒲の葉の時期には、耕作や収穫をきちんとおこない、畔がととのい恵みの風がふく時期には、ただしく従来の方針をまもりたいとおもう。

だが、いま民衆は犂をすて、牛の代金で手にいれた刀を身におびている。こうした不正を真似しあって正道にかえろうとしないし、富豪は貧民の土地を兼併して富をほしいままにし、それが風潮になりつつある。もし土地制度を改変すれば、おそらく民衆を混乱させるだろうし、水利の工事をおこそうにも、史起や白公のような人材（ともに漢代のひとで、大規模な灌漑事業にとりくんで成功した）がいないことが心配される。これらのことは、国の興廃を決するような大事であるので、おもうところをじ

ゆうぶん開陳せよ。

これは、農業振興を内容とする策問である。『文選』では「文」のジャンルに帰属させている（『文選』には「冊」ジャンルがあるが、これは詔冊のことであり、策問とは関係がない）。この王融の策問をみてみると、往古をひきあいにして現今の情勢を論じており、農業の重要性や当時の棄農の実態、そしてうれうべき土地兼併の風潮などについて、くわしく説明している。そして策問の末尾では、つぎのようにいう。「若し井を爰《か》え制を開かば、愚民を驚擾するを懼《おそ》る。鹵《ろ》を瀉《そそ》ぎて腴《こや》すべきも、時に史白無きを恐る」。この意味は、もし土地制度を改変すれば、おそらく民衆を混乱させるだろうし、水利の工事をおこそうにも、史起や白公のような人材がいないことが心配だ、ということである。そこで、「興廃を決する大事」について開陳することを希望するわけだ。

右の例文によって、策問は試験問題の性格を有しているものの、その論の立てかたは慎重さを要し、構成も精密でなければならぬことがわかろう。きちんと設問をつくろうとしても、もし出題者じしんにふかい学識がなく、文をつづる修練をしていなければ、うまくいかないのである。

唐宋の科挙では、詩や賦をのぞいては、この策も出題科目のひとつとなっていて、試策あるいは策問などと称された。当時のこの種の文は、散体をつかったり駢体をつかったりしていた。たとえば、唐の白居易が元和三年に府試官になったときに、問題として撰した「進士策問五首」は、散体をもちいてつづられている。

檄

檄文は、旧時における軍事的布告である。『経典釈文』では「檄は軍書なり」と解釈している。この檄文は旧時、征討をおこなうさいの糾弾ふう文書であった。またときには、臣民や部曲を徴発したり、説諭したりするさいにももちいた。

檄の名称に関しては、もっともはやい記録が、司馬遷の『史記』張儀列伝にみえる。その記載によると、張儀が若年のころ楚へ遊説にいくや、楚の宰相は、彼が璧をぬすんだと濡れぎぬをきせて、彼をひどくうちすえた。のちになって、秦の官位を手にいれるや、張儀は楚に侵攻して報復しようとしたのである。

張儀は秦の宰相となるや、檄文をつくって楚の宰相につげた。「以前、汝にしたがって酒席にのぞんだところ、璧などぬすんでおらぬのに、汝は［璧をぬすんだといって］私を笞《むち》うった。汝はせいぜい、おのが国をまもることだ。私は汝の城市をぬすんでやる」。

ここでの記述は断片にすぎぬが、それでも檄文が軍事行動をおこすまえの糾弾ふう文書だったことが、これでわかろう。

漢代以後、檄文は正式なジャンルとなった。漢代の檄文は木簡のうえにかかれたが、その長さは二尺だったので、また「二尺の書」（許慎『説文解字』にみえる）ともよばれた。記録によれば、「もし急を要するときは木簡に羽をはさんで、檄文を発した。だから羽檄ともいった。〈とぶようにはやい〉の意味である」とある。これが、のちの「鶏毛信」（鶏の羽をつけた書簡。至急の書簡、の意）の起源である。

我われが目にできる首尾ととのった最古の檄文は、蕭統『昭明文選』に収録される、漢武帝のときの司馬相如「喩巴蜀檄」であろう。この作品は、司馬相如が朝命をうけて巴蜀地方へ使者としてでむいたとき、巴蜀の民衆を慰撫し、説諭しようとしてつづったものである。

この「喩巴蜀檄」は、初期の檄文の性質をよく代表している。つまり、ただ征討いっぺんとうではなく、通常の布告文としても使用されているということだ。そうではあるが、この文でも、北は匈奴、西は西域、東は閩越、南は西南夷に対する、漢武帝の武功を列挙しているし、また巴蜀の長官が武帝の意図をわきまえず、辺地の兵卒や民衆をかってに動員して騒擾をひきおこしたことに対し、きびしい叱責をおこなっている。それゆえこの文章は、糾弾を意図したものではないものの、文面に威嚇や叱責の意図があふれでている。これによって、檄文が通常の政治的布告とは、区別されるべきものだということがわかってこよう。

司馬相如は傑出した文人であった。そのためこの「喩巴蜀檄」も勢いがあり、気勢横溢して、ことばもいきいきしている。たとえば文中で、辺地の将軍や兵士たちが、漢室に忠誠をつくし、労苦をいとわず、また犠牲になるのもこわがらぬようすをつづっているが、それは、つぎのような行文である。

辺郡の士は、峰燧《のろし》があがったときくと、みな弓をとってかけまわり、武器を背おってはしりまわる。汗をながしながら、後れをとることを心配し、白刃もおそれず流れ矢にもまけない。義として後ろをふりかえらず、退却しようともおもわない。彼らの敵愾心たるや、自分の恨みをはらさんとするがごときである。彼らとて、死をおそれ命をおしまぬはずがないし、また戸籍に編入された［漢朝の］民であって、巴蜀の人びとと別の君主をいただいているわけではない。辺地の民の思慮はふかく、国家の困難にけんめいに対処しており、すすんで人臣の責務をはたしているのだ。

また、この檄文の末尾はつぎのようにかかれている。

いまは農繁期であるから、民衆の手をわずらわせてはならぬ。近県の民には私から説諭したが、遠地や谷あい、山沢にすむ民衆にまで、すべてゆきとどいたかどうかは、こころもとない。この檄文がとどいたならば、すみやかに各部族に通達して、みなの者に陛下のご意向を周知させよ。おろそかにしてはならぬ。

この末尾部分の格式や類型的なことばは、旧時の説諭ふう文章が常用するものである。作品それじたいとしてみると、この「喩巴蜀檄」は、条理明晰にして剛健かつ雄勁であり、前漢の布告文の風格を代表している。

魏晋時代の陳琳や阮瑀、鍾会らは、みな檄文を得意としていた。陳琳「為袁紹檄豫州」「檄呉将校部曲」、阮瑀「為曹公作書与孫権」、鍾会「檄蜀文」などは、たいへん有名である。陳琳「為袁紹檄豫州」は名義上、そのころ曹操に帰属していた豫州刺史の劉備にむけてかかれている。だがじっさいは、袁紹の曹操討伐に利するよう意図してつづった、各州県への軍事的布告であった。文中では、おおくの篇幅をもちいて、「犲狼のような野心をもって、陰謀をたくらみ、朝廷の重臣たちを殺害し、漢室を弱体化させようとする」曹操の罪状をかぞえあげている。ひどくなると、曹操が漢王室の陵墓を発掘し、「棺をあばき屍体を裸にして、財宝を略奪した」行状まで逐一あばきたて、「漢朝をけがし民衆を虐待し、その害毒は死者にまでおよんでいる」とのべている。さらには、曹操の父祖までののしり、曹操は「宦官の醜悪な子孫であり、もとから美徳などもちあわせておらぬ」ときめつけているのだ（曹操の父の曹嵩は、宦官だった祖父曹騰の養子である。だから、このようにいったわけだ）。

これらの罵詈雑言は、曹操に対する各州郡の憤激や敵愾心をよびおこし、袁紹の曹操征伐に大義があることを、証明しようとするものであった。記録によると、のちになって袁紹軍は戦いにやぶれ、陳琳も曹操軍に降伏してしまった。曹操は陳琳に詰問した。「貴公はむかし本初（袁紹の字）のために檄文をふれまわしたな。わしの罪状だけをうったえればよい。悪をにくむにしろ、本人だけを叱責すればよいのに、どうしてわしの父祖まではずかしめたのか」（『三国志』魏書巻二一）と。このとき陳琳が曹操に罪を謝するや、曹操は彼の才腕をおしんでいたので、けっきょくゆるしたという。じっさいのところ、檄文は、あらゆる方法を講じて相手がたの罪過や蛮行を暴露し、自軍の出兵や征討に有利な世論をよびおこすことに、その特徴があったのである。

また「為袁紹檄豫州」の後半部分では、さらにすすんで軍事的状況も分析している。彼は、袁紹の側は武器は強力だし馬も壮健だ、さらに兵士も数はおおいし勇敢である、という優勢ぶりをのべる。そして曹操軍のほうは、士気がゆるんでいて、よせあつめの軍にすぎないといって、両者を対比させている。そして、曹操軍は鎧袖一触にして壊滅し、ほんの一撃にもたえられないだろう、と宣伝するのだ。陳琳はこのようにつづることによって、自軍の士気をたかめ、敵軍の勢威をよわめようとしている。これこそが、檄文をつづるほんらいの目的なのだ。

「為袁紹檄豫州」の末尾は、いっそう呼びかけや煽動の傾向がつよくなっている。

即日、幽・井・青・翼の四州は、ともに軍を進発させた。檄文が到着すると、荊州ではすぐに手もとの兵をまとめ、我が軍の建忠将軍張繡と、軍事的な協力態勢をととのえた。その他の州郡も、それぞれ兵馬を準備し、境界に兵を配置して、征討の軍をあげて士気を高揚させている。かくして、ともに漢王室をたてなおしたなら、尋常ならざる功績が、きっと顕著にあらわれることであろう。

曹操の首級をあげた者は、五千戸の侯に封じ、賞金五千万が沙汰される。［曹操側の］部曲の隊長、将校、諸吏たちで降伏してくる者には、罪をとうことはない。ひろく寛大な措置を宣布し、恩賞を約束する。そして天下に布告して、漢朝が曹操によって国難におとしいれられていることを、周知させるものである。この檄の指示をまもること、律令のごとくであれ。

この陳琳の作品は旧時、征討のさいに発せられる檄文の性質や形式を、よくしめしている。劉勰の『文心雕龍』檄移篇では、檄文の特徴についてつぎのようにいう。「凡そ檄の大体たるや、或いは此の休明を述べ、或いは彼の苛虐を敘す。天時を指し、人事を審《つまび》らかにし、強弱を算《はか》り、権勢を角《くら》ぶ。蓍亀を前験に標し、鞶鑑を已然に懸《か》く。国信を本とすと雖も、実は兵詐を参《まじ》え、譎詭以て旨を馳せ、煒曄以て説を騰《あ》ぐ。凡そ此の衆条は、之に違《たが》う者或る莫きなり。故に其の義を植《た》て辞を颺《あ》ぐるには、務めは剛健に在り」。檄文の書きかたとして、内容的には自分側の治道がいかにすぐれ、相手側がいかに残虐であるかを誇張してのべる。また命運の帰趨、社会情勢、勢力の強弱、権勢の大小などをよく分析する。さらには、天命にかこつけたり、故事をひいたりして、自己弁護をおこなう。こういうわけなので、信義を口にはするものの、じっさいは軍事的かけひきがまじってもよく、言いつくろいや誇張した言いまわしなどもすくなくない。

檄文の風格としては、さかんにいいたて、勇壮にして剛健であることが大事であり、相手がたを圧倒するような迫力をもたねばならない――という意味である。

李充「翰林論」も、檄文について「檄は切厲ならざれば則ち敵心陵《しの》ぐ。言誇壮ならざれば則ち軍容弱し」(『太平御覧』巻五九七引)とのべている。檄文は迫力ある書きかたをしないと、敵軍にあなどられるし、誇張した勇壮な言いかたでないと、自軍の勢いをよわくみせてしまう、という意である。陳琳「為袁紹檄豫州」こそは、この迫力ある書きかたや誇張した言いまわしなど、檄文特有の性質をよく体現したものといえよう。記録によると、この陳琳は、そうした檄文や詔書の名手だったので、よく曹操から称賛されたという。つぎのような記録がのこっている。

陳琳は書簡や檄文をつづり、その草稿が完成すると、太祖(曹操)に提出した。そのころ太祖は頭痛をわずらっていた。この日も頭がいたかったので、横になって陳琳の草稿をよんだ。ところが、スックとおきあがって「この文章は、わしの頭痛をなおしてくれたぞ」といった。彼はしばしば陳琳に、手あつい贈りものをしたのだった(『三国志』魏書巻二一注引『典略』)。

後人がもっとも称賛する檄文は、なんといっても唐代の駱賓王「為徐敬業討武瞾檄」に指を屈するであろう。檄文は、唐よりまえは散体文を主体としていたが、唐以後では駢体文がおおくなった。駱賓王のこの檄文は典型的な駢体文であり、一篇が四六句や駢儷(対句)で構成されている。

この檄文は、唐の代々の臣下であった徐敬業が、武則天を討伐せんと兵をあげたときにつづられた。はじめに、武則天の「色じかけで皇太子をたぶらかした」という醜行を暴露し、ついで「奸臣どもをちかづけ、忠良の臣を殺害した」という政治上の罪過をなじり、武則天の罪ぶかきこと、誅殺してもたらぬほどだという。つづいて、起兵にはもはや一刻の猶予もない旨と、自軍の堂々たる威容ぶりとをのべる。この部分は、いかにも壮烈な表現がなされていて、ただならぬ気勢をしめしている。

是用　気憤風雲、　因天下之失望、　爰挙義旗、
　　　志安社稷、　順宇内之推心、　誓清妖孽。

南連百越、　鉄騎成群、　海陵紅粟、倉儲之積靡窮、
北尽三河、　玉軸相接。　江浦黄旗、匡復之功何遠。

班声動而北風起、　喑鳴則山嶽崩頽、　以此制敵、何敵不摧。
剣気衝而南斗平。　叱吒則風雲変色。　以此図功、何功不克。

されば、私の憤りは風雲のなかで炸裂し、志は国家の安寧にこそある。天下の人びとは武后に失望しており、私は民衆の心情にしたがって、ここに正義の旗をあげ、奸邪どもを一掃したいとおもう。わが軍は、南は百越にのび、北は山河を占拠し、鉄騎軍は群をなし、兵車は車軸をふれあわすほどだ。海陵に蔵した食糧は、莫大なほどであり、江浦に黄旗がまえば、唐朝回復の功業は、とおいさきのことではない。軍馬がいななくや北風がおこり、剣の気が天にとどけば南斗星もたいらかになろう。怨嗟の声がおこれば山もくずれるだろうし、叱咤すれば風雲も色をかえるだろう。こうした勢いで敵軍にむかえば、どうしてたたきつぶせないことがあろうか。こうした勢いで功をあげんとすれば、どんな功績とてあげられぬはずがあろうか。

前人は、この檄文について「雄勁な筆づかいは、軍の士気をたかめ、義勇の心をふるいおこす」（『古文観止』巻七）と評するが、これはまさに檄文中の自信満々な文気をさして、こういっているのだろう。檄文の末尾では、大義を明示し、賞罰で人心をゆさぶっている。そして天下の人びとがたちあがって、呼応するようよびかけており、勇猛心をふるいおこすような迫力を有している。なかでも一篇中の名句「一抔《いっぽう》の土未だ乾かざるに、六尺の孤は安くにか在る」（先帝の御陵の土がまだかわきもせぬのに、そのおさない御子は、いったいどこにおわすのか）とか、「請う看よ今日の域中、竟《つい》に是れ誰《た》が家の天下なるかを」（今日の天下は、いったい誰の天下となっているか、よくかんがえてみよ）などは、斬新な発想からでたことばであり、常套に堕することなく、ゆたかな情感にとんでいる。

檄文は実際上は朝廷の布告であり、公用文の性質をもっている。だが、巧妙にかかれた檄文ともなると、文学性を有し、芸術的な感動もあたえることができるのである。

第八章　哀祭のジャンル

祭文・弔文

祭文は旧時、故人を供養するためにかかれた哀悼用の文章である。旧時では、天地や山川をまつるとき、よく祝禱ふうの文をつづったが、それらを祭文や祈文、祝文などと称していた。のち、親族や友人の葬儀をおこなうさいにも、この祭文をもちいて故人をしのび、哀悼の意を表したのである。

祭文は、ふつう供養をおこなうさいに宣読する。それゆえ供養用の格式が、文中にしめされている。たとえば韓愈「祭柳子厚文」の冒頭は、つぎのとおりである。

惟れ……年……月……日、韓愈はつつしんで、よき酒と料理とをささげて、亡き友の柳子厚の霊にささげます。

また末尾部分は「ああ、かなしいかな。ねがわくば、〔これを〕うけよ」とかかれる。これが、祭文で採用された格式の大要である。祭文の行文は、とくにきまったスタイルはなく、押韻したりしなかったりだが、ふつうは韻文でかかれる。駢文が流行した時期には、祭文もおおく駢文でかかれた。

祭文は墓誌とはちがう。墓誌は故人の生涯を記述し、その功績や徳行を顕彰する内容が主となる。また、他人に代筆をたのむばあいもおおい。だが祭文は、故人をしのび哀悼の意を表することを重視するので、おおくは作者がすすんで、故人の親族や亡き友人のためにつくる。やはり故人の生涯をつづり、称賛するが、その感情の発露はもっと率直になる。これが「祭文の範式としては、恭謙かつ哀切でなければならぬ」(『文心雕龍』祝盟篇。徐師曾『文体明弁』祭文にもひく)といわれるわけだ。それゆえ祭文は、抒情性がつよくなりやすい。

たとえば、南朝梁の女性作家、劉令嫺がかいた「祭夫徐敬業文」は、亡き夫を供養するためにつづった、たいへん心のこもった作品である。その末尾部分は、

　ああ、かなしいかな。私とあなたとは生死を異にしてしまいましたが、たがいの情愛はむかしとかわりませぬ。生前のあなたの好みのものを、手づから祭品としてお供えしましたが、几上の料理はひからび、酒杯もなみなみつがれたままです。さきにはあなたに恭順をつくせましたが、今日はそれもかないませぬ。

　古人は、夫が従軍して暫時の別離をしただけでも、妻は高楼で夫をしのびましたし、また夫が仕官してかえってこなければ、妻は頭髪をととのえる気もおこらなかったそうです。いわんや、あなたと永別する私に、悲しみがつきることがありましょうか。百年とてどれほどのことがありましょう。はやく墓穴にはいって、あなたに再会したいものです。

というもので、その情はせつなく思いはかなしく、一語一語にこめられたふかい悲しみは、凄絶なほどである。

唐代の大詩人、白居易と元稹とは、あつい友情でむすばれていた。ふたりは生涯をとおして、たがいに詩文の創作を切磋琢磨しあい、誠実な交誼をむすんでいた。元稹の死後、白居易がつづった「祭元微之文」は、感情は真率でことばはせつなく、はげしい悲痛の情にあふれている。たとえば、この祭文のなかには、

ああ微之よ、我われは詩でもってつきあいをはじめ、詩でもって永別することになった。そなたは詩の歌詠と創作を「死によって」ともに停止するが、それが今日のこの日なのか。ああ微之よ、この三界で、だれが生死を左右できよう。この天の下、だれが友人をもたないでよかろう。それなのに、私とそなたとは、この世で永遠の別れをつげることとなった。死にゆく者はまだよい。だが、のこされたこの私はどうなるのか。

ああ微之よ、六十のおいぼれじじいの私は、すっかり意気消沈し、血涙をこぼしているぞ。そして酒をまた祭壇にそそぎ、そなたの棺桶をなでまわしながら、またよびかけるぞ。

という一節があるが、ここには、親友に対する追慕や哀悼の意が、よくあらわれている。

唐代、韓愈の「祭十二郎文」は、彼の侄の十二郎、韓老成を供養した祭文である。韓愈は幼にして父親に死なれて、兄嫁にやしなわれたので、ちいさいころから侄（兄の子ども）の十二郎といつもいっしょだった。のち、兄と兄嫁があいついで死去したので、一族の両世代の生存者は、わずか韓愈と十二郎の叔侄ふたりだけになってしまった。くわえるに、韓愈がよその地で官位についたためもあって、この叔と侄とはながいこと、べつべつにくらしていたのだった。貞元十九年（八〇三）五月、韓愈はとつぜん、その侄が異郷の地で病死したという知らせを耳にして、たいへん悲嘆にくれたのである。

この祭文は、かざりのない素朴な文辞で、侄との骨肉の情や永別の悲しみを、詳細に叙している。内容や叙法において、韓愈は通常の祭文の常套を脱し、侄の生涯や業績などにはいっさいふれていない。ただ少年期の暮らしむき、成人後に離ればなれとなって、顔もあわせられなかった境遇や悲しみ、後悔などを叙するだけだ。そして最後に、おおくの語句をついやして、訃報をきいたあとにわきおこった悲痛の情をつづっており、せつせつたる悲しみの情がよむ者の胸をうつ。

この祭文は、のちに「祭文中の永遠の絶唱」(『古文観止』巻八)として、後人のおよびがたい作品と称された。たとえば、韓愈は文中で、成年後によその土地に赴任し、なんども十二郎にあおうとおもいつつも、そのたびに機会を逸してきたこと、たがいにまだわかくて、さきがながいとおもっていたのに、はからずも十二郎に死なれてしまい、悲しみと後悔とがこもごもおしよせてきたこと——こうしたことを、つぎのようにつづっている。

翌年、丞相が逝去するや、私は汴州をさってしまい、おまえは私のもとへこられなくなってしまった。その年、私は徐州で軍の副官となり、おまえをむかえる者を出発させたが、またもや私が辞職してしまい、おまえはまたこれなくなった。……

ああ、おまえが急逝して私と永別するとは、いったいだれが予見できたろう。私とおまえとは、少年のころからずっと、しばらくはべつでも、最後にはきっといっしょにくらそうとおもっていた。だから、おまえを故郷においてでも、私は都で旅ぐらしをして、わずかな俸給をもらおうとしたのだ。もしおまえがこんなに早逝するとしっていたなら、万乗の宰相の地位であっても、一日たりともおまえをすておいて、職などにつかなかっただろうに。

韓愈は、これにつづけて、十二郎の訃報を耳にしてのち、万感胸にせまり、悲しみのあまり死にそうになったことを、つぎのようにいう。

わたしは今年になってから、灰色だった頭髪が、白色にかわってしまった。ぐらぐらしていた歯も、ぬけおちてしまった。頭髪も血色も日におとろえ、気分も日によわまってきた。おまえのあとをおって死ぬまで、どれほどもないはずだ。すると、死んでも知覚があれば、別離の時間とてどれほどもないことになる。また死んで知覚がなければ、私の悲しみもどれほどもなく、かなしまぬ期間が永遠につづくことになろう。

右のような文のあと、祭文の最後の一段では、自分をせめるような口吻で、自分の無念の心情をつづっている。

この韓愈「祭十二郎文」は、伝統的な格式をやぶって、全篇が無韻の文でかかれている。そして日常の瑣事をつづりながら、親族としての情を吐露し、またみずからの心の動きをつづりながら、その悲痛な想いを表現している。たしかに祭文中の佳作といえよう。

宋代の欧陽脩も、祭文をつづるのを得意とした。彼が亡き友のためにかいた何篇かの祭文、たとえば「祭尹師魯文」「祭蘇子美文」「祭石曼卿文」などは、たいへん有名である。欧陽脩の祭文の特徴は、縦横に筆をふるいつつ、叙事や叙情のあいだに議論をまじえる書きかたにある。いま「祭石曼卿文」を例にしながら、その一斑をみてみよう。

治平四年（一〇六七）七月某日、朝臣たる欧陽脩は、つつしんで尚書省令史の李敭を太清（曼卿の故郷）に派遣し、おいしいお酒とごちそうとをたてまつって、亡き友の曼卿の墓にて祭事を挙行させます。あわせて弔いのための文をささげます。

ああ曼卿よ。なんじは生前は英傑だったが、死後は神霊となった。万物が生滅するように、やはり無に帰してゆくもの、それは、気が凝縮してできたひとの肉体である。万物とともには消滅せず、超然と不朽の生命をたもつもの、それは、後世にまでつたわるひとの名誉である。これは古代の聖賢たちから、みなおなじであった。かくして歴史に名声をのこした者は、日月のように赫々とひかりつづける。

ああ曼卿よ。私はなんじをみざることひさしいが、なんじの昔日の姿はまだ想起できる。意気軒昂にして磊落、人品高潔だったなんじは、地下ふかくに埋葬されていても、その志は土塊と化することなく、金玉のような輝きをたもっている。さもなくば、千尺もの松を生じさせ、九茎の霊芝をはやすことだろう。

この墓地周辺をみわたせば、霧がたち蔓がはえ、荊棘がむらがりはえている。また風ふき露くだり、鬼火がゆらめき蛍光がとびかっている。牧童や老樵は歌を吟じながら上下し、それにおどろく禽獣たちは、鳴きごえをあげながらうろついている。現在でさえかくのごときだ。千年万年ののち、この地に狐狢や鼠どもが穴居していないとは、だれがきめつけることができよう。こうした事態は、いにしえの聖賢たちでも、まぬがれぬことだ。あの茫々とひろがる荒野や墳墓をみればよい。

ああ曼卿よ。盛衰の理がこうであるのを、私はとうにしっている。そうではあるが、「なんじと交際した」昔日をかえりみれば心さむざむとし、風にのぞんで涙はとまらない。聖人の達観ぶりをみれば、ただ心中はじいるばかりだ。この祭の酒食をうけとってくれ。

この祭文は、宇宙や万物の「盛衰の理」から論をおこす。まず人間は万物とはちがって、生死こそまぬがれぬものの、文名は不朽にのこせるのだ、と主張する。そして古代の聖賢たちも、死後はあれはてた墳墓の土盛りにすぎなくなる、と叙しているが、これは、ひとは達観せねばならぬ、といっているのだ。だが、つづいて筆を一転させ、道理としてはこうだけれども、昔日の友情や今日の離別をおもいだせば、悲しみのあまり涙がこぼれおちるのを禁じえぬ、という。ひとは感情をころして達観せねばならぬ、と説きはじめながら、結びでは、けっきょく感情をころすことができなかったわけで、これによって、欧陽脩のふかい哀悼の意が、逆によく表現されてくるわけだ。その意味で、一篇全体の構想からみれば、この祭文は常套的叙法におちいらず、独特のスタイルをうちたてたものといってよかろう。

旧時、祭文は山川の神がみをまつったり、古人や旧跡をしのんだりするさいにも、もちいられた。「山川の神がみをまつるものには」たとえば、韓愈に「祭竹林神文」があり、白居易に「祭龍文」がある。こうした作は、当時の民俗に影響されており、内容的にはとるにたりない。ただ韓愈「祭鰐魚文」だけは、すこぶる有名になっている。この祭文は、韓愈が潮州で刺史に任ぜられていたとき、鰐《わに》が民衆に害をあたえていた。そこで彼は、天子が臣下や領土守護の吏員に命令をくだすという形式で、鰐にむかって境界をでて海にゆくように、と祭文で告げたのである。だからこれは祭文だが、じっさいは鰐をおっぱらう文なのだ。その行文たるや、明快にして気勢もあふれており、通常の神怪をまつる文とは、ちがったものになっている。

［同時代のひとでなく］古人を供養する文は、「祭」と題することもあれば、「弔」と題するときもある。この種の文は弔いのニュアンスがつよいので、旧時は「弔文」というジャンルをべつにもうけていたが、じっさいは祭文の一種である。この方面の作品としては、顔延之「祭屈原文」や陸機「弔魏武帝文」などがある。旧跡をしのんだものでは、唐の李華「弔古戦場文」が有名である。だいたいにおいて、古人や旧跡をしのんだ作は、現今のことにふれて往時をしのび、古人や古事にかりて自分の想いを詠じることがおおい。こうしたことは、古人や旧跡をしのんだ文の特徴だといってよかろう。

誄・哀辞

このほか、祭文と性質がちかい文に、誄と哀辞とがある。まず誄についてのべよう。

誄《るい》は祭文とおなじく、故人を哀悼する文に属している。ただ誄のばあいは当初、故人のために謚《おくりな》をさだめる役わりを有していた。ここでいう謚とは謚号のことで、つまり旧時、統治階級に属していた人物が死去すると、朝廷は故人の功罪を評定して、褒貶をあらわす称号をあたえたが、その称号のことを謚という。一説によると、誄の役わりは、「これをよみあげて、謚号をさだめる」（『礼記』曾子問）ことにあったという。誄の名称については、古人はおおく「累」字によって解釈してきた。つまり「大夫たる人材は、ひとの死に際しては誄をつくれるものだ。誄とは〈累《かさ》ねる〉ということである。故人の徳行を累ねしるして、これを不朽たらしめるのである」（『文心雕龍』誄碑篇）というわけだ。
現存する最古の誄は、『左伝』哀公十六年に記載されている、魯の哀公の「孔子誄」である。その文は、わずか数句からなっている。

天は余をあわれんでくれなかった。一老人（孔子）をこの世にのこし、余をたすけて政務をとれるよう、とりはからってくれなかった。私はひとりぼっちで哀しみにくれている。ああ、かなしいかな。尼父（孔子のこと）よ。余は自分の指針をうしなってしまった。

『礼記』檀弓にも「魯の哀公が孔丘の誄をつくった」とある。漢の鄭玄は「〈尼父〉というのは、孔子の字《あざな》（仲尼）によって、その謚をさだめたのだ」と注する。これによってこの誄は、孔子の謚（尼父）をさだめるためにつくられたことがわかろう。

南朝宋の顔延之がつくった「陶徴士誄」は、歴代ずっと誄中の名篇だと評されてきた。陶徴士とは陶淵明のことで、顔延之は陶淵明の生前、仲のよい友人だったのだ。何法盛『晋中興書』には、「顔延之は始安郡の太守になった。その赴任の途上で尋陽にたちよったが、そのときいつも陶淵明の家で酒をのみ、朝から夜におよんだ。淵明が死去するや、延之は誄をつくって悲しみをのべつくした」とある。誄中の「ひとの生きかたは誄で称賛され、名声は謚によってとどろく。真に徳義がすぐれておれば、身分の上下などは関係ないものだ。淵明の、ゆったりと日々をすごし、りっぱな死にかたをする、廉潔さをこのみ己にかつ――などの生きかたは、謚法の書に合致するし、古典の記載にもそむかない。だから、おおくの友人たちと相談して、〈靖節徴士〉と謚をおくることにした」などから判断すると、この誄も、陶淵明に謚をおくろうとして、つづられたようだ。旧時では、朝廷が諡をたまわれば官諡と称し、親族や友人、門弟などが追称した諡は、私諡とよばれていた。陶淵明は、「靖節徵士」や「靖節先生」などとよばれたりするが、こうした呼び名こそ、彼の友人たちが追贈したものなのだ。

この「陶徵士誄」は、序文と誄辞の二部分にわけられる。序文では、陶淵明の生涯の事跡やその品格を記述し、また称賛している。

わかいころから貧乏で病気がちだったうえ、家には召使もいなかった。水汲みや臼ひきは他人まかせにせず、藜や豆もじゅうぶんでなかった。母は年老い子どもはおさなかったが、孝養をつくし貧窮にたえていた。

淵明が官位についたあとのことについては、

当初、州府からの再三の招請をことわっていたが、のちに彭沢の令になった。だが自分の生きかたが他人とあわなかったので、官をすてすきな道にしたがうことにした。そこで、世の煩わしさからはなれ、超俗の地でおのが志をつらぬこうとして、幽深の地にすみかをかまえ、世俗からとおざかったのである

とのべ、さらに隠遁したあとで淵明がすごした、ひとにたよらぬ貧困な生活ぶりをほめたたえている。

ついで、誄辞の部分では、四言の韻文を使用しながら、淵明の詩の境地をふまえつつ、彼の心中の想いをえがいていく。その記述は彼の心境にピタリとあたっており、じつにいきいきとしている。

詩をつくって田園にかえり、ひとり孤高の道をたもった。世俗から超越して、すべてが自分の心にか

なうものとなった。なじみの山で水をくみ、自家の草木で屋根をふく。朝のかすみ夕のもや、春の陽光や秋の木陰、そうしたなかで書物をひろげたりとじたりし、また酒を用意して琴をひいたりした。勤労と質素を旨としたが、貧乏と病気がまとわりつく。ふつうのひとなら苦しみにたえられぬが、先生だけはそれを天命とこころえていた。隠遁して閑居し、世からはなれて招聘を辞退された。賢明だっただけでなく、また恬淡ともしていた。

最後の部分で、作者の顔延之は、生前ともにすごしたときの淵明のようすや、さらには自分への忠告や教訓などをおもいだしている。この「陶徴士誄」には、故人の事迹にまつわる記述や、徳行、品格に対する称賛のことばがつづられており、また故人のあつき情に対する回想や哀悼の意もこめられている。『文心雕龍』誄碑篇では、誄の特徴を「伝の体にして頌の文、栄もて始まり哀もて終わる」という。誄は故人の生涯を叙して、それに称賛の気もちをこめる。また故人の栄光をつづり、哀悼の意をよせる――という意味である。陸機「文賦」でも「誄は纏綿《てんめん》とした情緒をもち、わびしさをただよわせねばならぬ」といっている。誄は「謚をさだめる」ためにつくるが、しかし真情がこめられていてこそ、読者をかなしませ、また感動させることができるのである。

すこしことわっておかねばならぬのは、この「誄をつくって謚をさだめる」という用途は、後代では変化しているということだ。後代では謚をさだめる用途に対しては、「謚議」「謚冊」など、それ専用のジャンルが発生した。そのため誄は、謚をさだめる用途とは、あまりつよい関連をもたなくなった。それは、『文体明弁』でつぎのようにいうとおりである。「古代の誄は、もとは謚をさだめるためのものだった。ところが現今の誄は、ただ悲しみの情をのべるだけになっている。だから、いまでは諡の有無などはあまり気にせずに、誄をつくってよいわけだ。〈身分のたかい者はひくい者の誄をつくらず、年長者は年少者の誄をつくらない〉の規則などは、いうまでもなく無視してよい（旧時には、「身分のたかい者はひくい者の誄をつくらず、年少者は年長者の誄をつくらない」という規定があった。『礼記』曾子問にみえる）」。

哀辞のジャンルも、故人をとむらい、しのぶ内容の文だが、ただ不幸な死にかたをした者や、夭折した幼児に対して、かかれることがおおい。「才ありながら、それを発揮せぬままおわったことをいたみ、徳ありながら、寿命がみじかかったのをかなしむ。幼児のままで徳を完成できなかったので、せいぜい聡明さをほめる程度であり、弱年で実務もせぬままだったので、容姿の愛くるしさをいたむだけである」（徐師曾『文体明弁』）というわけだ。したがって創作上の要諦としては、「心情としては悲痛の情を主とし、文辞としては哀惜の情を強調する」（『文心雕龍』哀弔篇）ことが要求される。また文辞の点からみれば、ふつうには前半に序文がきて、生前の才能や徳行、そして死んだ原因などをしるす。そして後半では、韻文によりつつ、四言もしくは騒体のスタイルで故人への悲傷や哀悼の意をのべてゆく。有名な作品には、白居易「哀二良文」や韓愈「欧陽生哀辞」などがある。

旧時の哀祭の文は、ふつう祭、弔、哀、誄などの名称をもちいる。このほか、「告何某」「哭何某」「悼何某」「葬何某」「奠何某」「悲何某」などの名称をもちいた作もあるが、性質はほぼおなじである。ただ「告何某」と称したばあいは、「告祭」の意で、おもに後生の者が、先祖や先師の祭祀をおこなうときにもちいる。たとえば、宋代の陳亮に「告祖考文」があり、明代の陳確に「告先府君文」「告山陰先生文」（山陰先生とは、陳確の老師であった劉宗周をさす）などがある。「哭何某」のばあいは、とくに親密だった親戚や友人に対してもちい、いっそう強烈な感情を表出することができる。

第九章　伝状のジャンル

伝

わが国の伝記体の文は、ほぼ三種にわけられる。第一は、史書中の伝記であり、史伝と称される。第二は、史書とは関係なく、いっぱんの文人や学者がつづった単独の伝記である。第三は、伝記体をもちいた虚構人物の物語であり、これは実質的には伝記ふうの小説だといえよう。

わが国の史書のうち、最古のものは、記言体と編年体のスタイルをとっている。紀伝体の史書のほうは、漢代の司馬遷『史記』からはじまる。だから、劉勰はつぎのようにいう。「『春秋左氏伝』の叙事方式をみると、経文のあいまに自分の伝の文をはさんでいる。だから文章じたいは簡約だが、人物の氏族関係はあまり明瞭ではない。司馬遷『史記』が各伝を個別にたてることによって、各人物の違いが詳細にわかり、よみやすくなった。後代の祖述者たちは、この方式を原則としたのである」（『文心雕龍』史伝篇）。

人物をえがくことを主とした史伝の文は、司馬遷からはじまる。だが源流をたどってみると、それは無から生じたわけではない。はやくも先秦のころに、『春秋左氏伝』『国語』『戦国策』等の歴史著作や、その他の諸子百家の著作が出現しているが、それらの書のすくなからぬ箇所で、人物の姿がいきいきとえがかれている。たとえば、『左伝』中の「晋の公子、重耳の亡命譚」では、重耳の姿がいきいきと描写されているし、この人物の性格ができあがってきた過程も、かなり詳細にえがかれている。また『戦国策』中の「馮諼、孟嘗君に客となる」話では、才幹や知謀を兼備した策士のイメージが、鮮明にうつしだされている。いっぽう、『論語』や『孟子』などの著作は、語録体の文ではあるが、一部の箇所では、独特のことばづかいによって、登場人物の音容や笑顔をいきいきと描写し、当該人物の性格的特徴まできわだたせている。そうした部分は、枚挙にいとまがない。

以上の諸作は、ともに伝記とはいえない。だが、伝記ふうの特徴を有しているので、伝記ジャンルの準備、あるいは雛型の段階にあると称せよう。そして司馬遷『史記』がかかれてからのち、人物をえがくことを中心とした史伝の文が、わが国に正式に出現してきたのである。

司馬遷が史伝のスタイルをきりひらいてから、わが国の歴代の正史は、基本的にこのスタイルを踏襲していった。この一連の二十四史は、史伝文において最大のボリュウムをしめている。

司馬遷は、進歩的な社会観や歴史観を有した歴史家である。彼は、その身は朝廷の太史令だったが、思想的にはおおくの点で、当時の支配者たちと抵触している。このことは、彼が御用文人でなかったことを意味しよう。司馬遷の思想のなかには、民主的な傾向がすくなくなかった。そして『史記』の書こそは、彼の理想を寄託するために、かかれた書物なのだ。そのため、彼がかいた史伝には、彼じしんの明確な志向がこめられている。さらに彼は、統治階級の人物のためにたてただけでなく、大胆かつ賢明にも、社会の中下層の人物のためにも、伝をたてている。くわえて、卓越した文学的才能をもっていたがために、

『史記』の書は、わが国旧時の史伝文中の模範となったのだった。

『史記』以後、歴代かかれつがれた史書は、封建的統治者たちから創作上の拘束をうけるようになり、「官修」の性質をもつようになった。かくして、伝をたてる人物の選定が制約されるようになり、人物の褒貶尺度までも、しばしば統治者の好みに左右されるようになった。さらに、文学と歴史とが分離する影響もうけて、後世の史書中の史伝文は、思想や文学の見地からみれば、『史記』からすっかりとおざかってしまったのである。もっとも、とうぜんのことながら、これら歴代史書中の史伝文は、歴史資料を保存するということに対しては、やはりおおきな成果をもたらしてはいるのだが。

史書以外の伝記の文としては、漢代の劉向がかいた『説苑』『新序』、さらには『列女伝』などの著作にさかのぼることができる。これらでは、人物の物語がたくさんつづられている。これらの文は、完備したものとはいえないが、個人を中心としながら、その生涯の事迹をえがいており、史伝文以外の伝記に属するものといえよう。

作家がかく伝記がしだいにおおくなり、正式に文学の一ジャンルとなったのは、唐代からである。唐代の古文運動は、各ジャンルの文学を発展させたが、伝記文学のためにも、ひろい道をきりひらいてくれた。古文運動のふたりの領袖たる韓愈と柳宗元とは、この方面でおおきな貢献をしている。韓愈には「圬者王承福伝」という伝記の文があるが、これは［瓦ふきの］左官屋の言動をつづったものである。この伝記のなかで、韓愈はこの左官屋について、つぎのように描写する。

この人物、従軍すること十三年、朝廷から勲章ももらっていたのだが、帰郷後は、どういうわけか、すすんで「瓦ふきの」左官屋になって生計をたてた。それでも「満足そうな顔つきをしていた」ので、韓愈がその理由をたずねたところ、その左官屋はいう。衣食などの生活必需品は、他人のはたらきによって手にはいるもの。もし「仕事への俸給で生計をたてていながら、自分の仕事をおこたった」りすれば、それはあきらかに社会の富をくいつぶしたわけであり、よくないことだ。「きっと天罰がくだるだろう」。だから彼はコテを手にして、「手間がかかるけれど、心にやましいことはなく、自分の気もちはやすらかだ」というわけだ。同時に、その左官屋はつぎのようにもいう。自分が「コテを手にして」はたらくようになってから、大金もちの家の興廃さまざまなようすを、たくさんみてきた。これは金もちたちが「仕事で生計をたてていながら、その仕事をおこたった」ためか、もしくは「心にやましいことを、たくさんしでかした」ために、おこったことだとおもう。このことが、いっそう自分に「自分の力でできる仕事をえらばせた」が、これはまったくただしい選択だった――。韓愈はこの伝記の最後で、この左官屋の言動にはすぐれた真理がこめられていると感心したので、だからこの伝記をかいたのだ、とつけくわえている。

柳宗元の「種樹郭橐駝伝」は、伝誦ひさしき名作である。この伝記では、植樹を生業とし、駱駝のような背中をした長安の老人の物語を記述している。この老人は植樹の名手で、樹木が成長してゆくプロセスをよく掌握していた。彼によってうえられ、世話された樹木は、どれもスクスクと生長し、その結果たくさん繁茂した。そこで、長安中の造園や植木を手がける者たちの信頼をえ、「みなあらそってお招きして」、彼に植樹を手がけてほしがった。あるひとが彼に、その特殊技能はどうやって修得したのかとたずねると、彼は「橐駝は能く木をして寿《なが》く且つ孳《しげ》らしむるに非ざるなり。能く木の天に順いて、以て其の性を致すのみ」とこたえたという。樹木じしんの生長のリズムにしたがい、その本性のままにさせたら、自然にこうなっただけだ、という意味である。

つづいて、この伝記は、老人の植樹の経験を詳述してゆく。そして、樹木の本性にそむいて生長させる者が、「かわいがっているとはいっても、じっさいは害をくわえており、心配しているとはいっても、じっさいはそこなっている」ようすを、くわしくつづっている。最後に柳宗元は、この植樹のやりかたを「おかみの為政方針に適用して」、政治方面に話題をひろげてゆく。そして統治者の政令が煩雑だったりきびしすぎたりして、民衆に多大な邪魔や被害をもたらしていることを暴露し、また風刺しているのである。

柳宗元の「童區寄伝」は、ひとりの少年の英雄的な活躍ぶりを活写したものである。当時、南方のある地域では、強盗が横行し、ひとを誘拐しては、うりはらって巨利をえていた。官府はこれを禁止できず、おかげでたくさんの幼児が虐殺されたり、迫害されたりしていた。そのころ、十一歳のある牧童が、二人組の賊に誘拐された。だが、そのあと彼は冷静さをたもち、機敏かつ勇敢にふるまった。そして、ついに二人の賊をころして、自分の力で脱出したのである。柳宗元はこの話をきくや、つよい情熱をもって、この奇特な少年の活躍ぶりをつづったのだった。

少年の區寄《おうき》は、彬州の薪採りや牧畜をする家の子どもであった。牛羊に草をくわせながら薪ひろいをしていた。すると、二人組の強盗が寄をとらえて後手にしばり、さらに布の袋で猿ぐつわにした。そして四十里ほどいって、村の市場につくと、この寄を人買いにうりはらおうとした。寄はいつわって幼児のようになき、ふつうの幼児のようにこわがってみせた。すると強盗はかるくみて、二人で酒をのんで酔っぱらってしまった。やがて、そのうちのひとりが寄をうる交渉にいき、もうひとりは横になったまま、刀を道につきたてていた。

少年はねむりこんだ賊をうかがいながら、しばった縄を刀にこすりつけ、つよく上げ下げすると、縄をたちきることができた。そこで寄は刀をとって、賊をきりころした。寄がとおくへにげないうちに、売り役の賊がかえってきて少年をとらえた。そして「仲間がころされたのをみて」おおいにおどろき、寄をころそうとした。寄はいそいでいった。「二人の旦那の奴隷になるよりは、ひとりの旦那の奴隷になったほうがいいんです。あの旦那は私を親切にしてくれませんでした。旦那が僕をやさしくあつかってくださるんなら、なんの問題もありません」。売り役の賊はしばらくかんがえてから、いった。「この子どもをころすよりは、うりはらったほうがよさそうだな。代金を相棒とわけるよりは、そっくりちょうだいしたほうがいいし。さいわい、子どもが相棒をころしてくれたから、ちょうどいいや」。賊はすぐに相棒の死体をかくした。そして寄をつれて宿屋にいって、厳重に寄をしばりあげた。

夜中に寄は自分からころがって移動し、縛り目を炉の火にちかづけて、これをやききった。手にやけどしたが、問題にしなかった。そしてまた刀で、売り役の賊をきりころしたのである。それから大声をあげた。市場中のものがおどろくと、寄はいった。「僕は區の家の子どもです。奴隷じゃないんです。強盗が僕を誘拐したんですが、なんとかやっつけることができました。お役所に連絡してください」。

市場の役人は州につたえ、州は大府に報告した。大府が寄をよびつけたところ、善良な子どもにすぎなかったので、刺史の顔証は奇異におもった。そこで寄をこの地にとどめて、小役人にとりたてようとしたが、寄は承知しない。そこで着物をあたえ、役人に警護させて寄を故郷までおくらせたのである。

故郷にいたほかの人さらいたちは、寄の家のまえでは目をそむけ、けっして門前をとおろうとしなかった。みな、「この子は、秦武陽（戦国時の燕の少年勇士のこと）より二歳もわかいが、それでも強盗二人をころしたんだ。どうしてちかづけようか」。

これが、「童區寄伝」の大要である。柳宗元はわずか四百余字で、暴力をおそれず、機敏かつ勇敢だった少年の英雄的な姿を、いきいきとえがきだす。そしてひとの心をうち、勇気を鼓舞するような物語をつくりだしたのだ。同時にこの伝記にかりて、当時の社会における人身売買の実態や、官府もそれであまい汁をえていた悪徳ぶりも（漢族の役人は、この人身売買で利益をえていた）、暴露しているのである。

このほか柳宗元は、「梓人伝」や「宋清伝」などもつづっている。前者は、才能ある大工の伝記である。その大工は、家屋の設計ができた。またその設計の必要に応じて、材料をえらび、工事を監督する。柳宗元は、文中でふつうの大工の徳性や技能を、こまかく叙述する。そして「私は、大工のやりかたは、宰相の手法と類似しているとおもう。だから記録して、しまっておくのである」といっている。いっぽう「宋清伝」が記述するのは、長安にすむ市井の薬商である。柳宗元はこの伝記のなかで、小利をもとめず、病人の治療のために尽力する薬商の生きかたを叙している。

右にあげた例からみると、韓愈・柳宗元らの古文家がかいた伝記は、『史記』以後の正史の伝記とは、おおきな違いがあるようだ。第一に、古文家は伝記をつづる対象を、文臣や武将、高士、著名人などから、下層社会にいきる無名の小人物や、さらには奴隷として使役されたり、しいたげられたりした人びとのほうに、変更させている。そして、そうした無名人のすぐれた一芸をつづり、高尚な徳性をえがき、その英雄的な行いを称賛しているのだ。しかも、彼らはただ熱心に称賛するだけでなく、同時に当時の社会批判やおのが政治の理想なども、これらの作品中に寄託しているのである。

第二に、叙法上でも創造性にとんでいる。彼ら古文家は、史書の列伝での常套的叙法、つまり姓名や本籍、生涯をえがく等の書きかたに拘束されない。ただ事迹のうちの重要な場面だけに、その筆を集中させている。そしてそのうえで、具体性をもったいきいきした描写や、思想的な記述をくわえてゆくのだ。これによって、古文家のかく伝記の文には、ふかい思想性やひとを感動させる芸術的魅力がそなわってきて、旧時の伝記文学中の佳作となったのだった。

自伝

わが国旧時の伝記文学には、多種多様な種類があった。たとえば、自分で自分の生涯をつづった伝記文は、「自伝」とよばれるが、旧時の自伝ふう文章のなかには、まさにその「自伝」と銘うたれた作品ものこっている。たとえば、唐代の陸羽に「陸文学自伝」があり、劉禹錫に「子劉子自伝」という作品がある。いっぽうで、「自伝」とは銘うっていないが、しかし実質的には自伝だという作品ものこっている。王充

『論衡』の「自紀篇」や曹操「譲県自明本志令」、曹丕「自叙」、唐代の史学者の劉知幾「自叙」（『史通』にふくむ）などで、これらはすべて、自分で自分の生涯や思想をつづった作である。このほか、一人称でつづっていない自伝の文もある。陶淵明「五柳先生伝」や白居易「酔吟先生伝」などが、その例である。

わが国旧時の自伝ふう文章の特徴は、自分の理想や想いをのべて、人生や社会に対する感慨を叙することに、重点がおかれているということだ。たとえば、陶淵明「五柳先生伝」はよくしられた作品だが、これは主として、世俗に同調できぬ自分の人生の理想や、生活の指向をつづっている。

また唐代の学者、陸羽だが、彼は幼少のころから辛酸をなめつくし、苦学力行した人物であった。彼は詩文などの著述のほか、『茶経』三巻をかいて、世にしられている。彼はその自伝において、幼時、他人にやとわれて辛酸をなめたり、流浪して楽師におちぶれたりした、苦難の日々のことをつづっているが、そのほか、自分の処世法や、生活上の好みなどについても、つぎのように記述している。

その性格はせっかちで、さわがしく、なんでも自分できめたがる。友人が忠告しても、まったく気にかけない。他人と宴席にいても、なにかしたいことがおこれば、ものもいわずに、さっとその場をたちさる。こうした態度をいぶかしがって、おこりっぽい人物だとおもうひともいた。いっぽう、ひとと信頼関係をむすべば、氷雪千里だろうと虎狼が道中まちかまえようと、けっして約束をやぶらなかった。

上元（唐の粛宗の年号）の初め、庵を苕渓のほとりにあみ、門をとじて読書にはげんだ。気のあわぬひととは交際しないが、名僧や高士たちとは、ひねもす話をたのしんだ。いつも小舟にのって山寺に往復し、身にまとうものといえば、紗の頭巾、藤であんだ履物、みじかい綿いれ、そしてふんどしだけであった。しばしば野原へひとりでかけ、お経をとなえたり、古詩を吟じたりした。また林の木をむちでたたいたり、手で川の水をすくったりして、あちこちをさまよった。これが朝から晩までつづき、日暮れになって興もつきると、号泣しながら家へかえった。だから楚の人びとは、「陸さんは、さしずめ現代の接輿《せつよ》だなあ」と噂しあったものだ。……

ちいさいころから文をつづるのがすきで、世俗の風刺をよくしていた。他人の長所をみると、自分にもあるかのようにおもい、他人の短所をみると、おのれのことのようにはずかしがった。忠告は耳にいたいものだが、きくことをいやがらなかった。こういうふうだったので、世俗の人びとは彼をいやがったのである。

安禄山が中原で乱をおこすと、「四悲詩」をつくり、劉展が江淮を攻撃すると（粛宗の上元元年〈七六〇〉、宋州刺史の劉展が江淮を根拠地として、金陵を攻略した）、「天之未明賦」をつくった。これらの作は、ともに当時の時勢に感じて、号哭してつくったものだった。

こうした、作者みずからその生涯をつづった伝記は、貴重な歴史資料になるだけでなく、その思いや志をつづった行文から、作者そのひとの指向や個性を感じとることができる。だからこそ、人気のある文学作品となりえるのだ。

韓愈の「毛穎伝」や柳宗元の「蝜蝂伝」ともなると、「伝」とは題しているものの、じっさいは、世俗を風刺した寓言ふうの物語である。わが国の伝奇小説や筆記小説も、しばしば伝記体の形式を採用しているが、その登場人物や筋はすべてフィクションである。それゆえ、ここにいう伝記文学の仲間にはとうぜん属さない。それらはべつに、小説の創作としてあつかうべきだろう。

行　状

行状も伝記文の一種だが、その特殊な用途のために、旧時では伝とよばれず、行状と称された。ここにいう「行状」とは、ひとの徳行や姿かっこうの意である。旧時では、名望ある人物が死ぬと、その家族や弟子、友人たちが、故人のために朝廷へ諡号を請求したり、または史館（国家が設立した歴史編纂所）に故人の伝をたててほしいと要望したりした。そのために、故人の氏名や爵位、本籍、生涯、さらに享年などをつづって、朝廷に奉呈するが、そうした用途をもった文が、「行状」とよばれたのだった。だから劉勰は「状とは貌の意である。ひとの本質をみぬいて、真の姿をえがきだすものだ。先賢には死後に諡がおくられるが、それとならんでこの行状がかかれる。これは状のなかでも重要なものだ」（『文心雕龍』書記）といっている。これが、行状の最初の用途であった。

その後、大量にかかれた行状の文も、この用途から、はずれるものではなかった。故人の眷属や知己は、墓誌の文の執筆を能文の士に依頼するまえに、あらかじめ故人の事迹に関する原資料を起草しておくが、行状のおおくは、その種の［墓誌のための］原資料であった。このようにして、行状の文は多作されていったのである。

内容からいえば、行状の文も、また伝記文である。だが、行状の用途がことなるために、通常の伝記とくらべると、つぎのような二つの特徴がある。第一は、行状は故人の生涯の事迹をつづるが、それが伝記よりも詳細で長篇になりやすい。第二は、伝記は褒貶ともにかきうるが、行状は称賛するいっぽうで批判はない――この二つである。行状の記述が詳細なのは、伝や墓誌をつづるための基礎資料を提供する意図があるためだし、また称賛するいっぽうで批判がないのは、行状が故人を称揚するためにかかれるものであるからだ。

そうではあるものの、巧妙にかかれた行状の文は、じっさいにはすぐれた伝記でもありうる。歴史的な価値もあるし、また文学的価値も有している。たとえば、韓愈がかいた「贈太傅董公（晋）行状」や、李翺の「韓文公（愈）行状」などは、行状のなかでもとくにすぐれた代表的作品である。この両篇は、司馬遷『史記』の筆法を採用して、当該人物の典型的にして突出した重要事をとりあげ、細緻かつ具体的に描写している。そうした描写は、おおくの珍奇な史料をつたえてくれるだけでなく、人物がいきいきと躍動していて、あたかもそのひとを実見し、面貌を目のあたりにするかのようだ。

とくに、李翺はもともと韓愈の弟子であり、師の日常生活を知悉していた。だから、彼の手になる「韓文公行状」は、ただ師の韓愈と藩鎮とが対立した政治的大事件をつづるだけでなく、師の才能や情感、性格に関する些細な事がらも、いきいきとつたえている。

韓公が国子監の学長にうつったところ、そこに、礼学を得意としていたが、貧相な風貌をした教授がいた。国子監の教授には貴族の子弟がおおくて、彼らはこの貧相な教授を疎外して、いっしょに食卓をかこもうとしなかった。そこで韓公は、役人に命じた。「あの教授をおまねきして、学長たる私といっしょに食事ができるようにせよ」。これによって、教授たちはこの貧相な教授を無視しなくなった。また儒生を教授にして、毎日会読させたので、学生たちははしりまわって講義をきくようになった。みなよろこんで、「韓公が学長としておこしになってから、国子監は活発になった」といいあった。……

吏部侍郎に転じると、韓公は役人たちの部屋にカギをかけず、自由に出入りさせた。あるひとがその理由をたずねると、韓公はこたえた。「ひとが幽霊をこわがるのは、幽霊の姿がみえないからだ。もしみえたら、こわがらなくなるだろう。どうように、人事採用においては、役人の姿がみえないので、えらそうにみえるのだ。自由に出入りさせるようにすれば、役人もいばれないようになるだろう」。

行状にはきまった条件や格式がある。故人の家系、本籍、官位、生涯などを、すべて紹介するのはもちろん、それ以外に、文末で行状を撰し奉呈する目的も、つづらねばならない。たとえば李翺「韓文公行状」の末尾には、「つつしんで、前例どおり任官や事迹をかきつらねました。どうか考功におまわしくださり、また太常にくだして諡をご検討くださいませ。また史館にもおまわしください。つつしんでもうしあげます」とある。朝廷に奉呈するために作成したのでないばあいは、文末に、行状を撰するにいたった経緯をつづる。たとえば韓愈「贈绛州司馬刺史馬府君行状」の文末には、「私こと韓愈は、この家の者と代々つきあいがあり、くわしく系譜や事迹、功績をきいている。いま埋葬の期日がきまったので、少府監馬暢君（故人の子息）の依頼によって、主要な記事をとりあげて行状をつくった。文章の巧者に託して、故人の記録が不朽につたわるよう、はからってほしい」とある。

このほか、逸事状という文がある。これは正式の行状とはちがって、故人の生涯の事迹を全面的に叙したのではなく、その逸話をつづっただけのものである。これは行状の変体だといえよう。

第十章　碑誌のジャンル

碑文は、石碑にほりつけた文辞のことである。考証によると、碑はほんらい、古人が宮殿や宗廟のまえにたてた、石の杭《くい》や柱のたぐいをさしていたという。それらは、「影の動きをしる」、つまり影の動きによって時刻をしったり、また家畜をつないだりするためのものであった。のちに発展して、その石の杭や柱に字をきざんで事がらをしるすようになり、かくして碑文が発生してきたのである。

碑文には、碑誌や碑銘の称もある。〔碑誌の〕「誌」とは、かきつけるとか記載するなどの意である。すると「碑誌」は、石碑に事がらを記録するという意味になる。〔碑銘の〕銘とは、〔器物に〕字をきざむの意である。上古や殷周の時代には銅器や彝鼎などの器物のうえに字をきざんで、功績をしるしたり、事がらを記録したりしたが、その器物上の文辞を銘文と称する。のちになって、石のうえにも字をきざむようになったが、これが「石でもって金属に代用したが、不朽にのこすという点ではおなじ」（『文心雕龍』誄碑篇）ということだ。だから石碑の文辞も、そのまま碑銘と称するようになった。

初期の銅器の銘文は、通常は簡潔で古怪な韻文でしるされた。のちになって碑に文辞をきざむようになると、スタイルに変化がおこって、通常は前半に無韻の文による記事、後半に韻文による頌賛ふう語句がおかれるようになった。こうして、習慣的に後半の韻文を銘とよび、前半の無韻の文を「誌」とか「序」

とかよぶようになった。だが実際上は、これらは碑文の構成要素にすぎず、我われはこれらをあわせて碑文と称してよかろう。

古代の碑文は、用途や内容にてらしあわすと、おおむね功徳碑文、建物碑文、墓碑文の三種にわけてよかろう。功徳碑文は、特定の人物、もしくは特定の重大事件に関する功績を叙したものだ。建物碑文は、おもに宮殿や廟が創建された理由や経緯を叙したものである。また墓碑文は、故人の生前の事迹を叙し、あわせて哀悼や称賛の意を叙している。

碑文は事がらを叙するジャンルである。旧時の碑文は、しばしば貴重な史料をたくさん保存しているので、重要な歴史的価値を有することもおおい。また文学の角度からみれば、有名な碑文はおおく名家の手になっている。それらは質朴にして荘重、かつ条理は明晰にして、用語は典雅であり、独特の風格をしめすものがおおい。とりわけ漢唐以後の墓碑は、当該人物の一生の事迹を具体的かついきいきと描写しており、ゆたかな感情や文采にもとむ。とりわけ墓碑中の一体である墓誌銘は、唐宋の文章家が全力をかたむけて、縦横に才腕をふるったジャンルであって、おおくの名作をうみだしている。

以下では、この三種の碑文の源流や形式について、かんたんに説明してゆこう。

功徳碑文

功績や徳行を叙した碑文である。一説によると、周の穆王の弇山刻石《えんざんこくせき》が最古とされる。この碑文をたてた話は『穆天子伝』に記録されているが、碑文じたいはつたわらない。

現存最古の刻石碑文は、秦代の李斯がかいた、始皇帝の功績を称賛する碑文である。紀元前二二一年に秦が中国を統一したのち、始皇帝は王朝の声威をひろめるため、なんども中国全土を巡行した。そして彼は自分が巡察した場所に、字をきざんだ碑をたて、おのが功績をたたえさせた。たとえば有名な「会稽刻石」では、まず始皇帝の天下統一の偉業をたたえる。「皇帝は偉大にして、天下を統一し、その徳恵は長久である。即位して三十七年、天下を巡行され、遠方をご視察される。会稽山にのぼって、風俗を観察されるや、民はつつしむようになった。群臣は始皇帝の功を称賛し、事迹を想起し、その高明ぶりをおもいやった」。つづいて、統一後に法治を励行し、民衆の風俗を感化させた功業を称揚する。そして最後に「群臣は功をたたえ、この碑文をきざみ、帝の功績を永遠にのこさんと請うた」とむすぶのである。全文に三句ごとで押韻する形式を有し、抑揚頓挫の妙もすぐれ、質朴にして清峻な風格をそなえている。これら李斯のつくった秦代の刻石は、後代にあたえた影響がひじょうにおおきく、魯迅も「質素だが勇壮であり、漢晋の碑銘はここから発生している」（『漢文学史綱要』李斯の条）と評するほどだ。

すでにのべたように刻石の文は、ふるく殷周の時代に器物を鎔鋳して字をきざんだが、それから転化し発生してきたものだ。そのため初期の刻石の文は、簡潔かつ古怪な韻文でしるされていた。右の秦代の碑文は、まさにそうした例である。ところが、碑文は漢代になると発展して、銘の文のまえに長大な序をおくようになり、「前半に序、後半に銘」というスタイルがつくられた。序は無韻の文でつづられるが、銘のほうは韻文であるのを常とする。無韻の部分は序と名づけられるが、じっさいは碑文の主要部分をしめ、後半の銘のほうは、かえってあまり重要でなくなった。だから後世には、銘のない碑文もあらわれている。

後漢の班固「封燕然山銘」は、車騎将軍の竇憲が匈奴を征伐した功績を、叙したものである。銘の文はわずか五句のみだが、逆に無韻でかかれた前半の序文がたいへんながい。その行文は、長短句がいりまじって妙趣にとみ、気勢もゆたかである。たとえば、竇憲が兵をひきいて北征した一段は、

大小の戦車は、その車輪を四方に配置し、輜重車は道をおおいつくして、一万三千余乗もあった。軍は八陣の構えをしき、威風はあたりをはらった。黒甲は日にかがやき、朱旗は天をあかくそめた。やがて高闕山をこえ、鶏鹿の要塞をくだし、塩地をへて、砂漠をわたった。敵の温禺王をきって血を鼓にぬり、尸逐王をころして刀のつばを血でそめた。そのあと四部隊は、いっきに攻撃をしかけ、流星のように進軍し、彗星のように掃討した。かくて万里までしずまりかえり、荒野には残敵の姿はみえなくなった。ここにおいて、匈奴の支配地はなくなり、わが軍は旗をかえしてひきあげたのである。

のように描写されている。戦功を叙した文としては、ことばは洗練され、気勢は勇壮であり、修辞的にもひじょうにこったものになっている。

唐代の韓愈「平淮西碑」は、これまでずっと功徳碑文の名作だとみなされてきた。この碑文は、唐の憲宗が藩鎮だった呉済之の乱を平定したことを、叙したものである。まず唐朝が、天命をうけて中央で統治すべき地位をえたことをのべ、さらに開国以来の歴代皇帝の功績を叙してゆく。このようにして、逆賊討伐の功を称賛するこの碑文のため、気勢を高潮させてゆくのである。

天は、唐朝が自分の徳によく似ており、すぐれた子孫がつぎつぎと帝位を継承し、千年万年たっても、つつしんでおこたらなかったので、天がおおうすべての土地を、あげて唐朝に付託した。四海と九州

は、内外をとわず、ことごとく唐を主君とし、また唐の臣下となった。高祖と太宗は敵をくだし天下を平定され、高宗、中宗、睿宗は民草を休養し、また生育させた。かくして玄宗の世になったが、先代以来の蓄積によって功業をあげられ、唐朝は隆盛してゆたかになった。

つづいて韓愈は、憲宗が朝政にのぞむや、まず前後して藩鎮を平定した武功を叙する。そのあとで、憲宗が反乱をおさえようと決意し、将兵を派遣しようとした経緯を具体的につづっている。最後の部分では、呉済之を生けどりにした過程を叙し、これにかかわった功臣や将帥たちが、封をうけたり恩賞をさずけられたりするようすを叙してゆく。

この碑文は叙事を主としているが、描写が詳細で、気だかい趣にもとんでいる。また構想もくふうされている。たとえば、憲宗が内心つよい決意をもって、果敢に決断をくだしたことを強調するため、韓愈は当時の朝議の状況を、とりわけ具体的に記述している。

九年、蔡州の呉少陽将軍が死ぬや、蔡州の人びとは、その子の呉元済を後任にするよう朝廷に申請した。だが、憲宗は許可されなかった。そこで呉元済は舞陽をやきはらい、葉県や襄城県に侵入して、東都の洛陽を動揺させ、また軍をうごかして四方を侵略した。

憲宗は朝廷の群臣につぎつぎ下問されたが、一、二の臣下のほかは、みなこういった。「蔡州の将軍が朝廷の任命をうけなくなってから、いままで五十年にもなります。その地位は三つの姓の四人の将軍につたわっており、しっかりと根をはっています。そのうえ、武器は先鋭で兵士は頑迷で、他所とはちがいます。ですから、なだめて当地を領有させれば、朝廷にしたがい大事にいたらないでしょう」。

重臣たちがあて推量でこういうと、百官はみな雷同しておなじことをいい、その意見は牢固として説破できなかった。すると、憲宗はおおせられた。「天と祖宗が朕に付託されたのは、まさにこの一件であろう。どうして努力せずにおれよう。まして一、二の臣下は蔡州討伐に賛成しており、朕は孤立無援ではないのだ」。

つづく部分では、詔言の形式を採用して、皇帝が各地に兵馬や将帥を配置したことを叙する。こうした叙法は、平板な叙事的記述の手法をうちやぶったものであり、いきいきとして力づよい。

また通常では、碑文中の銘は比較的みじかく、ただ称賛の意をしめすだけだが、この「平淮西碑」の銘は、充実した内容を有している。四言韻文の形式によりつつ、まず中唐以後に藩鎮が割拠してからの混乱をのべ、ついで淮西を征討するさいの錯綜した過程を叙する。最後に、戦いののち、唐朝が蔡の民衆をいかに救済したか、そして蔡の民衆がいかに朝廷の軍隊を歓迎したかを、つぎのようにのべているのである。

帝から恵みあることばがくだされ、宰相の裴度がやってきて宣告する。死刑は巨魁だけとし、部下は釈放するぞ、と。蔡州の兵士と人夫は、甲冑をすててよろこび、まいあがる。蔡州の女性は、門前に唐軍をむかえてわらいかける。蔡州の民が飢えをうったえれば、穀物満載の船がきて食料をあたえ、寒さをうったえれば、絹や布をめぐんでやる。蔡の民は往来を禁じられていたが、いまはともにたのしみ、里の門は夜も開放された。以前は、すすめば戦闘においやられ、しりぞけば死刑に処せられていたが、いまはおそく起床し、左手にごはん右手におかゆをもてるようになった。民のためによき政治家をえらんで、民の疲労を回復してやり、また役人をえらんで牛を支給し、教化しても税は徴収しなかった。

蔡の民衆のいうことに、「はじめは、なにもわからなかったが、いまはやっとすっかり目がさめました。むかしのことがはずかしい」と。

通常の碑碣の文は、典雅な質朴さや重厚さを重視するものだが、この「平淮西碑」は典雅な質朴さのなかにも、心地よさをうしなっておらず、また重厚さのなかにも、生気がゆたかである。だから歴代にわたって称賛されつづけ、秦から唐まで、かくのごとき碑文をつづりえた文人は、ほかにはいないとされた。なお、旧時の功徳碑のたぐいは、功績や徳望を称賛することに重点があるので、しばしば誇張した内容がおおいのは、とうぜんのことである。

建物碑文

旧時では、大規模な建造物をつくるにさいし、しばしば石に字をきざんで碑をたてた。宮殿や宗廟などを建造したり、改修したりするとき、よく碑をたてて、その縁由や経緯をかいたりする。それ以外にも、たとえば山岳をきりひらいたり、河川をさらったり、城壁や堀をきづいたり、橋や道をつくったりするさいにも、しばしば碑をたてて事由をかきしるした。だから、この種の碑文はかなりおおい。

だがこれらの碑文は、とおりいっぺんの内容のものがおおく、文学としての価値からみれば、真に価値あるものはすくない。神廟の碑文についていえば、通常はそれを建立したいわれ、経緯、規模、そして建立に尽力した人物等について叙するが、それ以外に、神霊の法力や霊験なども称賛しがちである。その結果、宗教を宣揚し、迷信ごとに言及することになるので、カスのような文がおおくなる。

ただ、ごく少数の碑文では、廟の神霊を叙するものの、あわせて山川の形状や美景なども描写している。また、ひとの政治的業績や徳望ぶりも称揚したりはするが、その筆致がさっぱりして、文采にとんだ行文を有する作も、すこしはのこっている。これらは文章史上からみると、かなりの価値を有するものだ。これらの有名な作としては、唐代の王勃「益州綿竹県武都山浄恵寺廟」や楊炎「燕支山神寧済公祠堂碑」、そして韓愈「柳州羅池廟碑」などがある。

王勃「浄恵寺廟」は、浄恵寺が隋末の戦乱で破壊されたこと、および唐代に再建されたことなどを叙するが、それ以外に、寺廟の静謐な環境も念いりに描写している。そのなかの一段は、つぎのようである。

まがった山道やたかい隈をゆき、数里ほどすすんでいくと、千仞の高さにきりたっている。あおあおとしげった松には、葉ずれの音がざわめき、人気なき路にたつと寒けがしてくる。黛色の篠は靄をとどめ、山の端をめぐって木陰をつくっている。春の巌にしげる橘柚は、その影が山堂にまでのび、秋の谷にさく芙蓉の花は、かがやくように水殿あたりにうかぶ。山童は葛採りにゆくや、丹穴にはいってでてくるのをわすれ、老父は花摘みにでるや、青谷にはいってもどってこない。山神は果物を献じようと、庵園にまでもってきてくれ、天女は花を持参して、浄国までやってきた。この地は、まことにおくぶかい秘境の地であり、また深遠なる楽園のごときである。

山水のおちついた景色を描写するとともに、仏教関連の典故（庵園、天女、浄国）をもちいて仏寺にふさわしい表現にしている。その筆致は優美であり、神廟関連の碑文中、突出した佳作と称せよう。

楊炎「燕支山神寧済公祠堂碑」は、唐の天宝年間、朝廷が燕支山の神を寧済公に封じ、さらに祠堂や廟をたてて祭祀したことを叙している。この碑文は、はじめに燕支山の「連峰がつづき、わきでる雲のように黒ぐろとそびえる」形勢を描写する。ついで、毎秋に山神の廟前で、閲兵や典礼をおこなう場面をつづり、結尾は称賛の語でむすんでいる。全体は素朴ななかにも気勢にあふれており、唐代碑文中の佳作といえよう。

「柳州羅池廟碑」は、韓愈が亡き友、柳宗元の祭廟のためにつづった碑文である。柳宗元の死後、柳州の民衆と柳宗元の配下とは、彼の生前の政治的功績を追念して、柳州の羅池に柳侯廟を建立した。韓愈はこの廟のために、碑文をつづったわけだ。碑文では、柳宗元が柳州刺史だったときの政治的功績や、民衆の慕いぶりを、つぎのように叙している。

柳侯が柳州をおさめるや、民衆を田舎ものあつかいせず、礼法にのっとって遇した。そのため三年たつと、柳州の民衆はおのおの自信をもつようになった。……

その結果、民衆たちの仕事ぶりは安定し、租税の滞納もなく、逃散していた連中もかえってきて、生活をたのしみ仕事にはげんだ。家には建物を新築し、港には新造船が停泊し、池や庭園はきれいになった。豚や牛、アヒル、鶏などは、よくふとって繁殖し、子は父のいいつけをよくまもり、妻は夫の指示によくしたがった。結婚も葬礼も規律にのっとり、外では礼儀ただしく、内でも孝慈の教えがゆきわたった。

これ以前、民衆はまずしく、息子や娘を質においたが、借金がかえせなくて、奴隷にうられてしまっていた。柳侯が着任すると、土地の習慣を調査して、雇いの賃銀で借金の元金を控除し、奴隷となっていた者を全員もとへかえしてやった。さらに孔子廟の大改築をし、また城内の道路を改修してきれいにし、よい樹木もうえた。かくして柳州の住民は、みなおおよろこびしたのである。

さらに篇末では、韓愈は楚辞体をもちいて、一篇の銘文をつづり、当地の民衆が柳宗元にいだいていた親愛の情を、よく表現している。

この「柳州羅池廟碑」は、通常の神廟碑文の平板さを打破して、情熱的な語気が全篇に充満している。そして柳宗元の政績をつづって称賛し、また彼の「賢明で文才があり、かつては朝廷で枢要の地位をしめて、ひかりかがやいていたが、やがて失脚してしまった」（同碑）という悲運のために、おおいに不平をならしている。だから、むかしのひとは「この作は羅池廟の碑銘ではなく、韓愈が柳宗元を哀悼した文である」（朱子『楚辞後語』にひく晁補之のことば）といっているほどだ。

宮殿や庁堂の建造、その他の土木や水利事業などのために、古人がつづった碑文ともなると、しばしば絶賛すべき佳作がかかれてきた。たとえば、唐の柳宗元「永州韋使君新堂記」、白居易「銭唐湖石記」など。前者は、永州刺史が建造した政庁のためにつづった碑文であり、後者は、銭唐湖（杭州西湖）をさらう大工事に際してつづった碑文である。こうした作品は、碑や石に字をきざむ点からいえば、碑文のジャンルに属するが、文章の内容や風格からみれば、雑記体の文とあまりちがわない。だから旧時のジャンル分類では、おおく雑記文のなかにふくめたりするのである。

墓碑文

旧時の碑文中、墓碑の量はひじょうにおおい。旧時の墓碑は、地下にうめるものと地上にたてるものとの二種にわけられる。前者を墓誌銘といい、後者を墓碑または墓表とも称する。

古人が墓碑や墓誌をつくる目的は、歳月がたつにつれて地形が変化し、故人の墓穴をさがしにくくなるのを心配したからである。

墓誌銘は、旧時の〔広義の〕墓碑文の一種である。前半では故人の生涯を叙した伝記があり、後半には頌賛ふうの銘文がくる。いわゆる「碑文をつづるには、歴史家の才能が必要となる。その序は伝記であり、本文は銘文である」というわけだ（『文心雕龍』誄碑篇）。ここでいう「序」とは、〔墓誌銘のうちの〕「誌」のことであり、無韻の文でつづられた故人の事迹の部分をさしている。じっさいの例から判断すると、その部分は、故人の世系、姓名、爵位、功績、享年、死去し埋葬された月日、子孫の大略、埋葬地などの内容をふくんでいる。この「誌」のあとに〔墓誌銘のうちの〕「銘」がくるが、この「銘」は韻文であり、故人への称賛を内容とする。

この墓誌銘にはおおくの異名や略称があり、葬誌、埋銘、壙誌、壙銘などとも称される。また埋葬時の状況によっても、ことなった名称がつけられる。たとえば、埋葬せずに柩を仮安置したときは「権厝銘《けんそめい》」といい、異郷で死んで、のちに故郷に埋葬されたときは「帰祔誌《きふし》」といい、異郷に埋葬されて、のちに故郷へもどってきたばあいは「遷祔誌」という。墓誌銘は通常は石にきざまれるが、磚にきざまれたときは

「墓磚記《ぼせんき》」や「墓磚銘」などと称する。このように名称は複雑だが、その性質はおなじものである。

墓誌銘は、叙法のうえでおおくの変体がある。通常のスタイルでは、まず「誌」があって、そのあとに「銘」がくる。誌は無韻の文で、銘は韻文である。ただし後世では、誌だけで銘のないものや、銘だけで誌がないもの、また銘文が無韻のものもある。後世では、誌や銘のまえに、さらに序をくわえたものもでてきて、そのばあいは「墓誌銘ならびに序」と称する。これは後世、しだいに誌の文が墓誌銘の中心部となってきて、「誌を中心とし、その前の序・その後の銘」というスタイルができたからである。

墓誌銘は、通常は故人の家族が、能文の士に代筆を委嘱する。墓誌銘をかくために、詩人や作家たちはいつもくふうをこらし、念いりに構想をねった。そのため、彼らがかいた墓誌銘は、文采にとむようになったのである。南北朝や初唐のころの墓誌銘は、だいたいは駢体文でかかれている。何篇かの優秀な作は、用典がぴたりと適合し、辞采は華麗で、ゆたかな情趣もふくんでいて、駢体文の名篇となりえている。

たとえば、南北朝のころの庾信は「周大将軍懐徳公呉明徹墓誌銘」という文をかいた。呉明徹は当時の名将だが、彼は梁から陳にうつっても、なお信任され、しばしば戦功をたてた。のち北周の俘虜となり、異国で客死した。庾信はこの墓誌銘で、彼の遭遇した運命について真情をこめてえがいている。その行文は清新にして暢達、痛惜の情が文面にただよい、駢文家（李兆洛）から「誌の文は絶唱である」と称賛されている（『駢体文鈔』巻二五）。たとえば、呉明徹のわかいころの俊秀さをえがいた部分は、「呉公は意気軒昂で、身なりも気ままだった。橋下で履《くつ》をとった張良のように、はやくから兵書にしたしみ、竹林で猿にあった乙女のように、熱心に剣術をまなんだ。こうして勇爵をえて朝廷につかえ、武官として採用されたのである」とある。また、呉明徹が陳で官位についた情況について、庾信はつぎのようにえがく。「呉公は、その才略で時世に貢献し、またその雄図で陳武帝の仕事をたすけた。公の協力ぶりは誠実そのもので、旋風のような働きはとおくまでおよんだ。霍去病は用兵において、旧式の兵法にしたがわず、白起は兵士の養成で、よく人心をえていた。このふたりに比擬できるとすれば、呉公こそがそのひとである」。最後に、晩年に北周で客死したときの状況は、つぎのとおりである。

［北周の浮虜になったあと］呉公は、［公孫弘の］平津の館におちついたが、老驥のようにいななきをやめず、［藺相如の］広成の殿舎にとまったが、諸侯クラスの訪問客とだけ会見した。廉頗は故国をしたったが、もはや任用されることはなく、李広はおもいなやんだが、故国のために前駆をつとめることはなかった。覇陵の酔っぱらった尉でも、名将軍の李広を侮辱したことがしられているし、東陵侯の邵平とて［秦の滅亡により］生涯がおわってしまった。［そのように呉公も］大象二年七月二十八日、憂患が嵩じて、賓館にて逝去されたのである。……

呉公の［北周で］さまよう魂は、故郷をしたった温序の心もかなしませるし、暗夜に［南方への］帰国をねがって、死後も蘇韶のように夢にでるだろう。こうして、冤魂が広平の里にながくとどまることになり、汝南の亭には魂の哭声がずっときこえたのである。ああ、かなしいことだ。

庾信はこのような文体によって、墓誌をつづっている。この墓誌銘は、まちがいなく感情と文采ともにすぐれ、読者を感動させる伝記であり、そのうえつよい文学性もそなえている。

唐宋の古文家たちになると、さらにおおくの墓誌作品をつづった。韓愈はおおくの墓誌銘をつづっているが、千篇一律の欠点からまぬがれており、変化の妙をつくしている。とりわけ卓越しているのは、故人の性格描写に意をくばっていることであり、そのいきいきした描写は、まさに一篇の伝記文学だといってよい。たとえば、「試大理評事王君墓誌銘」をみてみよう。

氏は、本名を適、苗字を王氏という。読書がだいすきだったが、奇才の持ちぬしで負けん気がつよかったので、他人の推薦で科挙に合格するのをいさぎよしとしなかった。功績はしかるべき手段でたてるべきであり、名声はごりおしであげるべきであると気づいてはいたが、彼には元手となる地盤がなく、世にでることができなかった。そこで有力者や貴族に助力をお願いしたが、彼らはもう地位をえていたので、耳目をよろこばすお世辞をこのみ、あおぐさい議論を耳にするのをきらう。王適を一目みるや、門番にいいつけて会見をこばんだ。

憲宗が即位してまもなく、四科の試験で天下の士を募集されるや、王適はにっこりして「こんどはオレの出番じゃないか」といった。すぐに自著の書物をもち、道みち歌をうたいながら直言科の試験にでかけた。到着すると、答案のことばは試験官をおどろかせたが、けっきょく合格はできず、ますます生活に窮してしまった。しばらくして、金吾衛の李惟簡将軍が、年少ながら人物をこのみ、一肌ぬいでくれそうだと耳にするや、さっそく李将軍の門前にたって大声でいった。「天下の奇男子の王適である。李将軍におあいして、ひとこともうしあげたい」。ひとたび会見するや、その発言が将軍の意にかなって、将軍の屋敷に出入りできるようになった。

とりわけおもしろいのは、墓誌の末尾、王適が侯高氏の娘を妻にしたときの、ユーモラスな話である。

はじめ、侯高は自分の娘をとつがせようとしたとき、自分［のへたな処世法］にこりていった。「わしは、ゴタゴタがあって貧乏ぐらしじゃったが、ひとり娘はかわいい。かならず官員さまに嫁にやり、つまらぬ男にはやるまい」。ところが、王適は「私はながいこと嫁をさがしていた。この老人（侯高のこと）を気にいったが、その娘もかしこいと耳にした。にがしてはならぬ」といって、すぐに仲人ばあさんにうそをついて、いう。「私は明経科に合格したから、そのうち推挙されて、官員さまになれるはずだ。侯高の娘をオレの嫁にしてくれ。もし侯高を説得してくれれば、百斤の黄金を謝礼としてはらおう」。

仲人ばあさんは承知して、この旨を侯高につたえた。すると侯高は「ほんとに官員か。辞令をもってこい」といった。王適は計につまって、ほんとうのことを白状した。すると、ばあさんは「心配ないよ。侯高はおおらかなひとじゃから、他人が自分をだますなんて、おもいやしないよ。辞令に似せた一巻の書物を手にいれたら、私はそれを袖にいれて、侯高のところへもっていこう。侯高はそれをみると、手にとってまではしらべやしないよ。もしあんたが承知するんなら、この計略をためしてみようじゃないか」といった。

侯高は、仲人ばあさんの袖に、なにか辞令のようなものがあるのをみると、はたして信用してうたがわなかった。そこで「よし」といって、自分の娘を王適の嫁にしたのである。

こうした具体的な記述や描写をすることによって、ひとりの「奇才の持ちぬしで負けん気がつよかった」人物の伝奇性のこい性格が、眼前に彷彿されてきている。こうした叙法は、司馬遷の『史記』列伝における文学的手法を、ひきついだものといえよう。墓誌銘は、もともと旧時の殯葬制度に応じて、発生してきた実用文にすぎなかった。だが、この韓愈にいたって、その文学性を極限にまで増大させ、事実上は文学作品にまで昇華されたのである。

「柳子厚墓誌銘」は、韓愈のこの種の作品中での最高傑作である。この作品では、韓愈は柳宗元の生涯を記述し、またその文学や学問、徳義をたかく評価している。さらに、災禍がしきりだった不遇な生涯に、ふかい哀惜の情を表している。韓愈は、客観的記述と人物評価と叙情的発言の三要素を融合させることによって、この墓誌銘を卓越した文学者評伝にしたてあげているのだ。

たとえば韓愈は、文中で柳宗元と劉禹錫とが同時に左遷され、柳宗元は柳州に、劉禹錫は播州に、それぞれ配流されたことを叙している。劉禹錫の家には老母がいるが、播州はとおい遠地だった（いまの貴州の遵義）。柳宗元は、友としての義気に感じて、劉禹錫にかわってみずから播州行きをねがい、すすんで遠地へ配流されたのだった。韓愈はこのことをいきいきとつづり、そして、やもたてもたまらぬかのように、一場の大議論を展開して、当時の社会の虚偽的状況を素描するのだ。

ああ、士は困窮してこそ、その節義ぶりが明確になるものだ。

いまは平時なので、街中でなかよくし、酒食や遊びでおいかけあい、むりにお世辞笑いして謙遜しあっている。そして握手しては本音をさらけだし、お日さまを指さして、涙ながらに、生きようが死のうが、けっしてうらぎらないと誓約しあっている。これらは真に信頼できそうにみえる。だが、ひとたびちょっとした利害の衝突でもおこれば、わずか毛髪ほどの違いであっても、目をそむけて他人づらをする。そして友がおとし穴におちても、すこしも手をださず、かえって下へおしこみ、さらに石をおとす。みなこうしたものだ。

こうした振るまいは、禽獣や夷狄でさえもしのびない行為なのだが、彼らは、こうしたやりかたが上策だとおもいこんでいる。柳宗元の気性を耳にしたなら、そういう連中も、すこしははずかしくおもうことだろう。

墓誌銘はほんらい、故人の生涯を記述するためにつくられるもので、作者じしんの考えを披瀝する場ではない。だが、韓愈はそうした旧套を打破して、叙事のなかに自分の議論をまじえている。過去の人びとは、これを「かわった書きかた」だとみなしたが、じっさいは、こうした書きかたこそ、才気すぐれし作家の創造的な叙述方法だったのである。

［地表にたてる］墓表の文のうち、あるものは神道碑銘《しんどうひめい》とよばれ、あるものは墓碣文《ぼけつぶん》と称された。墓表とよぶのは、故人の学識や徳行ぶりを叙して、世間に表彰しようとする意図があるからだ。官位の有無にかかわらず、ひとしくこのジャンルをつくった。そして後世ではこの墓表の語を常用し、墓前の碑文の総称として使用するようになったのである。

いっぽう、旧時、風水家たちは墳墓の東南側を神道と規定して、そこに碑をたてた。だから、そうした碑は神道碑銘と称したわけだ。

墓碣も当初は墓碑の意だったが、唐代以後になると、規定によって、五品以上が墓碑をたて、七品以上が墓碣をたてることになった。墓碑にするか墓碣にするかは、故人が死んだときの官位によってきまったのである。この碑と碣とは、石刻の形状や高低の点で相違がある。碑は螭首《ちしゅ》のかざりと亀形の台座をもち、台座のうえは九尺をこえない。碣は珪玉のかざりと四角の台座をもち、台座のうえは四尺をこえない。もっとも、石にきざむ文章の形式からみてみると、たいした違いはありはしないのである。また「何某表」と称する墓碑の諸作は、宋代からはすべて無韻の文となり、そのあとに韻文は付さなくなった。

宋代、欧陽脩の「瀧岡阡表《そうこうせんぴょう》」は、墓表の文の名作である。阡とは墓道の意であり、「阡表」とは墓道にたてた碑文のことで、つまり神道碑とおなじ意味である。この表は、欧陽脩が、自分の父の崇公と母の鄭氏のために碑をたてたさい、彼みずから撰したものである。彼の父母は瀧に合葬されたので、「瀧岡阡表」と称するわけだ。この表の文は、真摯な感情に裏うちされており、とくに構想の点で特色がある。

私は不幸にして、うまれて四歳で父をうしなった。その夫人たるわが母は、貞節をまもり誓いをたて、貧乏ななかでも、自分の力で衣食の資をえようと努力された。そして、私をそだて教育し、一人前に成人させてくださったのである。

母は私にいわれた。おまえのお父さまは、役人として廉潔でした。施しものをよくされ、お客さまがいらっしゃるのをこのみました。俸禄はおおくなかったのですが、余りがでないよういいつけられ、「余分な財産で、私に心労をかけてくれるな」といわれました。だからお亡くなりになったときは、一軒の家も、一枚の畑もなく、生計を立てるもといは、なにもありませんでした。私はなにを支えとして、貞節をまもりつづけてきたんでしょうねえ。私はおまえのお父さまについて、一、二のことをしっていますが、おまえにこそ期待をかけてきたのですよ。

私がおまえの家に嫁入りしてから、「お姑さんは亡くなっていたので」姑におつかえすることはできませんでした。でも、おまえのお父さんが孝養をつくされたことはしっています。おまえは幼児にお父さまに死別しました。私は、おまえがひとかどの人物になれるかどうかはわかりませんが、でもお父さまには、きっとりっぱな後継ぎができるだろうと、信じているのです。

私がお嫁にきた当初、おまえのお父さまは母上の喪があけて一年たったころでした。でも節季ごとの祭祀には、かならず涙をこぼしながら、「祭祀にごちそうをお供えしても、生前に粗末なものしかたべさせなかったのでは、しかたがない」とおっしゃっていました。ひまひまに酒食をおとりになるときは、またなきながら、おっしゃいました。「以前はいつも不足ぎみだったが、いまでは余分がある。でも［もう母上は逝去されたので］、とりかえしがつかない」。私は当初、一二度こうしたことを目にしても、お姑さんの喪明けまもないころだから、たまたまこうなのだろう、とおもっていました。ところが、そのあとでも、いつもこうなのです。そして亡くなるまで、ずっとおなじ調子でした。こうしたことから、私じしんはお姑さんにおつかえできませんでしたが、おまえのお父さまが、お姑さんによく孝養をつくされていたことをしったのです。

おまえのお父さまはお役人でしたが、夜に家のあかりをつけて裁判の書類を調査していました。そしてしばしば手をやすめては、ため息をついておられました。私がどうしたのかとたずねますと、「これは死刑にあたる罪だ。いかしてやりたいが、どうにも無理だ」とおっしゃいました。私が「いかしてやったほうが、いいんでしょうね」といいますと、お父さまはいわれました。「いかそうと努力して、それでもだめだったら、死刑になる者も、このわしも、悔いはのこらない。まして、うまくいかしてやれたばあいは、なおさらだ。だが、いかしてやることができたにもかかわらず、努力しないで死刑になってしまったら、恨みがのこるにきまっている。だいたい、いかそうとおもっても、まちがって死刑にしてしまいやすい。それなのに世の役人連中は、いつも死刑にしたがっている」。

そしてお父さまは、おまえをダッコしている乳母のほうをふりかえりました。そしてそのそばにたち、おまえを指さしてため息をついておっしゃいました。「易者がいうには、私は戌年に死ぬそうだ。そのとおりだったら、私は息子がひとりだちした姿をみることができない。わしが死んだら、わしのいまのことばを、きっとこの子につたえるのだぞ」。お父さまは、ふだんから、よその子どもにもおなじことをおっしゃって、教訓をたれておられました。私はなんども耳にしたので、くわしくしっているのです。

お父さまがお外で、いかなることをなされたのか、私は存じません。お家にいらっしゃるときは、いばることもなく、いまいったような調子でした。ほんとうに、「さきのやさしいおことばは」自分の心からのお気もちだったのでしょう。ああ、ほんとうに心やさしいひとでしたねえ。こうしたことによって、私は、「こんなやさしい」お父さまには、きっとよい後継ぎができるにちがいないと、信じたのですよ。

墓表の文は、故人の生涯を叙し、亡父の徳行を直接に称賛してゆくのが通例だが、この欧陽脩の表は、そうした旧套の叙法をいっさい無視している。彼は母親の口をかりて、父親の徳望ぶりや教訓をのべており、あたかも回想録のごとき、懇切な記述がなされている。そのため読者は、真実味や親しみを感じて、あたかも日々の生活の息吹にふれるかのようだ。こうした叙述によって、家でくつろぐときも、なお「ひとをすくおうとする」仕事をわすれぬ、亡き父親のやさしき心持ちを、あますところなく表現し、さらに母親の賢婦ぶりや、その家風までもみごとにえがいている。沈徳潜はこの作品を評して、つぎのようにいっている。「この表は、父親称賛のことばが列挙されぬだけでなく、父親の崇公の事迹も、くわしく叙されていない。ただ母親のことばから、父親の逸話が一、二かたられるだけだ。それでも、父の崇公の孝子ぶりや、そのやさしき人柄が子孫によき影響をあたえたことが、千年後のいまでもよくわかる。これはすばらしい作品である。もし最近の文豪がこうした作品をかいたなら、自分の父親を周公や孔子のように、あがめたてまつることだろう」。

旧時の［広義の］墓碑の文は、右の墓表と墓誌銘とをふくんでいる。これらの文は、当初は古朴さや清雅さを旨としていた。だが南北朝の時期になると、華麗さをたっとぶようになり、「郡での徳望ぶりをのべつらね、官名をかざりたてて列挙する」常套的叙法から脱却できなかった。そうした平板で俗套にながれやすいジャンルも、唐宋の文学者の手にかかると、いきいきとした叙事ぶりとなり、うるわしき心情を表現できるようになったのである。

唐宋以前では、墓碑はおもに、故人の家族が身内の者を記念するために、たてるものであった。ところが、明代の張溥「五人墓碑記」となると、政治がらみの事件による死者や遭難者のためにかかれていて、功徳碑文のような性格もおびている。その張溥の作は、当時の蘇州の民衆が強権をおそれず、奸賊の魏忠賢にたちむかった戦いの記録を、叙したものである。文中で張溥は、大義にもえて死をもおそれなかった、五人の壮士の英雄的な気概を活写している。その行文は、叙述と議論とが融合しあっており、激昂し、また憤慨して、強烈な喚起力にみちている。たとえば、当時の蘇州の民衆が、正義をふりかざして反抗する場面や、五人がとらえられて従容として死につくようすを、つぎのようにえがいている。

私は周蓼洲先生（魏忠賢に誣告され逮捕された、東林党の周順昌のこと）が逮捕された日を、まだおぼえている。それは、丁卯の年（天啓七年）の三月十五日であった。わが復社の先頭にたって行動する同志たちは、先生の逮捕に義憤の声をあげた。彼らは寄付をあつめて、周先生が連行されてゆくのにつきそっていったが、彼らの泣きごえは天地をふるわすほどであった。

このとき、連行役をつとめていた下っぱ役人が、剣に手をかけてすすみでて、「だれが泣きごえをあげたのか」と詰問した。すると民衆たちはがまんしきれず、その役人をなぐりつけ、地面におしたおした。当時、中丞の官にあって呉の地を巡撫していた人物は、宦官の魏忠賢の配下の者だった。そのうえ周先生の逮捕も、彼の指示によるものだったので、呉の民衆たちは彼を心底からうらんでいた。そこで民衆たちは、その憤激の声に乗じて、騒動をおこして中丞をおいかけた。中丞は便所の垣根のなかにかくれて、ようやく追跡をまぬがれたのである。

その後、中丞は、呉の民衆が謀叛をおこしたと朝廷にうったえ、首謀者五人を死刑に処することに決した。それが、顔佩韋、楊念如、馬傑、沈揚、周文元の五人で、いまこの墓のなかに、ねむっているかたがたである。

この五人の者は、いざ刑に処せられようとするときも、意気揚々として、中丞の名をよばわりつつ、これをののしり、わらいながら死についたのだった。彼らの首は城郭のうえにさらされたが、その顔つきはすこしもかわっていなかった。ある志操すぐれし士人が五十金を拠出して五人の首をかいとり、これを箱にしまった。そして死体といっしょにしたので、いまこの墓のなかでは、五人とも五体満足になっているはずだ。

ああ、あの宦官どもが明朝をみだしたとき、大官たちで経世の志をかえぬ者が、このひろい天下に何人いたというのか。それなのに、この五人の者は庶民の生まれにすぎず、『詩経』や『書経』の教えを耳にしたこともない。だが、それでも大義のために奮起し、死地においてもひるまなかったのは、どうしてなのだろうか。……

かくして、私は復社の仲間たちとともに、この五人の墓に石しかないのをかなしくおもって、このような碑記をつづったしだいである。これによって、生死の意義のおおきさや、社稷における民衆の重みというものを、あきらかにしたいとおもう。

この墓碑文は、このジャンルの伝統を打破している。思想上の意義はもちろん、文学のレベルからみても、たかい評価をあたえることができよう。

第十一章　連珠のジャンル

連珠は聯珠ともいい、両漢以後に出現したユニークなジャンルである。連珠のうちの「連」は「つらぬく」の意、また「珠」はことばづかいの精妙さを形容したもので、「精妙なること真珠のごとし」の意である。この連珠の主要な特徴は、比喩をもちいて哲理をかたり、訓戒性をもたせている点にある。その文辞は精妙な美しさを追求し、読誦できるよう配慮している。通常は駢偶や排比の句をもちい、篇幅は短小で韻をふむ。

晋の傅玄「叙連珠」は、連珠をつぎのように解釈している。

連珠は、後漢の章帝の世に発生し、班固、賈逵、傅毅の三文人が詔をうけてつくった。そして蔡邕や張華らは、この連珠の文をひろめた。そのスタイルは、ことばは美麗だが内容は簡約である。直截には主題をいわず、比喩をかりながら間接的にのべる。だから賢者だけが真意を了解でき、古詩の諷諫や比興の義に合致している――というものだ。このジャンルは、真珠がつらなったような文であり、文采うるわしく、たのしむことができる。だから、連珠というのである。

また梁代の沈約は「注制旨連珠表」で、つぎのようにのべている。

私は、連珠の創作は揚雄にはじまる、ときいています。彼は『易』に模し［て『太玄経』をつくり］、

『論語』にならって『法言』をつくっており、よく経書を模倣しました。ですから班固は、揚雄を大賢だといい、桓譚も無双のひとだとかんがえました。この連珠のジャンルは、辞句が連続してならび、意味的にたがいに呼応しあっており、あたかも真珠がつらなったかのようです。

これらは、連珠の起源や命名の由来、さらに文体的特徴について、概略的な説明をほどこしたものである。

さて、現存最古の連珠は、揚雄の撰したものである。

○臣聞　┌明君取士、貴抜衆之所遺、是以　┌巌穴無隠而、
　　　　└忠臣薦善、不廃格之所排。　　　└側陋章顕也。

臣はつぎのようにきいております。明君が士を採用するや、みながみおとした人材に留意し、忠臣が善士を推挙するや、身分的に除外されやすい人物をみすてない、と。こういうわけで、岩穴に隠者はいなくなるし、身分のひくい人物も立身できるのです。

右の作品は、一篇すべてが四六の排比句によってつづられ、勧戒的内容を有している。冒頭で「臣聞く」が布置されているのは、揚雄が詔をうけて、この連珠を撰したからである。ただし、この作は議論のみで比喩がない。もっぱら事実を直言するだけで、辞采にとぼしい。

いっぽう、班固にも五篇の連珠がのこっているが、ここでは揚雄の作とは明瞭な違いをしめしている。

○臣聞　┌公輸愛其斧、故能妙其巧、
　　　　└明主貴其士、故能成其治。

臣はつぎのようにきいております。公輸は斧を大事にしたので、名手になった。明主は士をたいせつにしたので、りっぱな政績があげられた、と。

○臣聞
良匠度見材而成大廈、
明主器其士而建功業。

臣はつぎのようにきいております。良匠は材料をみきわめて、大廈をたてる。明主は士の能力をみとめて、功業をうちたてる、と。

○臣聞
聴決価而資玉者、無楚和之名、故
因近習而取士者、無伯玉之功。
璵璠之為宝、非駔儈之術也、
伊呂之為佐、非左右之旧。

臣はつぎのようにきいております。値段をきいてから宝玉をかう者は、楚和のような名玉は手にはいらない。周辺の者だけをとりたてるような者は、蘧伯玉のような功臣をえられない、と。こういうわけで、美玉が国の宝になるのは、馬商人の眼識のよしあしのせいではなく、伊尹や呂尚が補佐してくれるのは、左右にひかえる旧臣のせいではありません（君主じしんの心がけしだいです）。

○臣聞
鸑鳳養六翮以凌雲、易曰、鴻漸于陸、其羽可以為儀、
帝王乗英雄以済民。

臣はつぎのようにきいております。鸑鳳は羽を手入れして雲上にかけあがり、帝王は英雄をつかって民をおさめる、と。『易経』に「鴻が陸にすすむ」とあり、その羽は儀礼に使用できます。

○臣聞 ┌馬伏皁而不用、則駑与良而為群、
　　　└士斉僚而不職、則賢与愚而不分。

臣はつぎのようにきいております。馬が皁《おか》にうずくまって活用されないと、駄馬も名馬もいっしょくたになってしまう。士もくだらぬ連中といっしょにされて採用されないと、賢者も愚者も区別できないようになる、と。

班固の作品は精錬された排比句をつかっていて、「比喩をかりながら主題を理解させる」という叙法を、はじめてとっている。傅玄はこの作品に対し、「班固の連珠は、比喩がうつくしく文采がすぐれる。その行文はうるわしく、もっとも連珠のスタイルにかなっている」（叙連珠）と評している。

一般的にいうと、漢代の連珠はわりと素朴であり、古典的ではあっても、それほど華麗ではない。六朝以後になると、文采や声韻がもっと配慮されるようになる。後発の連珠は前人の作を踏襲してつくられるので、しばしば標題のうえに「広」（たとえば蔡邕「広連珠」）や「擬」（たとえば潘岳「擬連珠」）、「演」（たとえば陸機「演連珠」）、「范」（たとえば顔延之「范連珠」）、「暢」（たとえば王倹「暢擬連珠」）などの字を冠した。そのうえ、連珠の篇数も十数篇、さらには数十篇にもおよぶ長篇も出現している。たとえば、陸機「演連珠」は五十篇、庾信の「擬連珠」は四十四篇にもおよんでいる。

以下に晋南北朝のころの連珠をあげて、その特色をしめしてみよう。まずは陸機「演連珠」から二篇をしめす。

○臣聞　因雲灑潤、則芬沢易流、是以　徳教俟物而済、
　　　　乗風載響、則音徽自遠。　　　　栄名縁時而顕。

臣はつぎのようにきいております。雲によって雨をまけば、潤いはゆきわたりやすく、風にのせて音をひびかせれば、美音は遠方までとどく、と。そういうわけで、徳教はひとによってつたわり、名声は時の経過に応じてひろまってゆきます。

○臣聞　絃有常音、故曲終則改、是以　虚己応物、必究千変之容、
　　　　鏡無畜影、故触形則照。　　　　挟情適事、不観万殊之妙。

臣はつぎのようにきいております。琴の絃にきまった調子があれば、曲がおわるともとの調子にもどるが、鏡はもともと無像なので、事物に応じてその姿をうつす、と。そういうわけで、己をむなしくして事にあたれば、千変にもきちんと対応できますが、私情をまじえて事にあたれば、万化の妙をみつくすことができなくなります。

つぎは、沈約「連珠」から二篇をしめす。

○臣聞　烈風雖震、不断蔓草之根、是以　一夫不佳、威於赫怒、
　　　　朽壌誠微、遂霣崇山之峭。　　　　千乗必致、亡於巧笑。

臣はつぎのようにきいております。あたりをふるわす烈風でも、蔓草の根はたちきれないし、わずかな腐土でも、高山の頂上にまいおちることがある、と。そういうわけで、ひとりの匹夫でも待遇がわるければ、激怒してひとをおどろかせますし、千乗の大国でもすきかってなことをすれば、美女の巧

笑でほろびてしまうのです。

○臣聞　鳴籟受響、非有志於要風、是以　万竅怒号、不叩而咸応、
　　　　涓流長邁、寧厝心於帰海。　　　百川是納、用卑而為宰。

臣はつぎのようにきいております。穴から発した声音がひびきわたるのは、風をほしがったからではなく、細流が遠地へながれゆくのは、海にかえろうとしたからではない、と。そういうわけで、万穴が怒号すれば、たたかなくてもすべて呼応して音をだすだろうし、百川が海に流入すれば、ひくい位置にあっても王となれるのです。

巧麗な対句、文采の重視、いきいきした比喩、これらがこの時期の連珠の特徴である。

いっぽう、北朝の大作家だった庾信の「擬連珠四十四篇」は、規模がおおきいだけでなく、題材も広範にわたっている。そのうえ、感情もゆたかで、悲憤慷慨の気にみちている。

○蓋聞　樹彼司牧、既懸百姓之命、是以　一馬之奔、無一毛而不動、
　　　　及乎厭世、復傾天下之心。　　　　一舟之覆、無一物而不沈。

私はつぎのようにきいております。［君主は］長官を任命して、民衆の命をあずけるものだが、［君主が］政務にあきるや、天下の人心をうしなってしまう、と。そういうわけで、馬がはしりだせば一毛とてうごかないものはなく、舟が転覆すれば一物としてしずまないものはないのです。

○蓋聞　名高八俊、傷於閹豎之党、是以　洪沢之蛟、遂挫長饑之虎、
　　　　智周三傑、斃於婦女之計。　　　　平皐之蟻、能摧失水之龍。

私はつぎのようにきいております。後漢の八俊は、名声こそたかかったが、宦官どもにころされたし、前漢の三傑の知恵も、呂后の計略にはかなわなかった、と。そういうわけで、沢にすむ蛟も、腹をすかせた虎のまえでは餌食になってしまいますし、水辺の蟻は、水からでた龍もくいちぎってしまうものです。

○蓋聞五十之年、壮情久歇、憂能傷人、故其哀矣。是以
┌譬之交譲、実半死而言生、
└如彼梧桐、雖残生而猶死。

私はつぎのようにきいております。五十歳ともなれば、志もおとろえ、心配ごとが心をなやまし、かくして悲哀の情が生じてくる、と。そういうわけで、たとえれば、［こもごも盛衰するという］交譲の樹のごとく、半死半生というありさまですし、また［半分は死んだ］龍門の梧桐のごとく、いきてはいても死んだと同然なのです。

○蓋聞秋之為気、惆悵自憐、
┌耿恭之悲疏勒、
└班超之念酒泉。
是以
┌韓非客秦、避讒無路、
└信陵在趙、思帰有年。

私はつぎのようにきいております。秋の気というものは、ものさみしい気分におちいらせる。耿恭は疏勒の地でかなしみ、班超は酒泉の地をのぞんだ、と。そういうわけで、韓非は秦にとらわれて、讒言をさけるすべもなかったですし、信陵君は趙にとどまって何年も帰国できなかったのです。

○蓋聞
┌三関頓足、
└長城垂翅、
┌既羈既旅、
└非才非智。
是以
┌烏江艤楫、知無路可帰、
└白雁抱書、定無家可寄。

私はつぎのようにきいております。三関こと長安の地で地団駄をふみ、長城の地で羽をもがれている。またながい旅途にあり、才もなければ知もない、と。そういうわけで、烏江で舟を準備してくれても、かえるべき路もありませんし、白雁が足に手紙をはこんでくれても、おくるべき家もないのです。

庾信はかつて梁の太子の侍臣であったが、のちに西魏に使者としてでむいた。ところが、まもなく故国の梁が滅亡してしまい、彼はそのまま北方に抑留されたのである。梁末の政治腐敗によって故国が滅亡した悲劇、屈辱的な敵国への拘留、さらには故国をしたうあつき思い、これらが彼の詩文の現実的な主題をかたちづくっている。そうした境遇への感慨をもりこんだ彼の連珠は、その悲愴感がよむ者の心をうつ。これによって、庾信の連珠は、勧戒をモットーとした前人の作をのりこえ、個性にとんだ叙情的な作品となったのである。

わかいころ、庾信の文学はまだ浮艶の風から脱することができず、梁の徐陵とともに世人から模倣されて、「徐庾体」とよばれていた。ところが、中年にこの危難にであって以後、彼の文風は変化をとげた。その諸作は修辞と内容とがたすけあい、感情、文采ともにすぐれている。また、その風格は力づよさをたたえ、ときに慷慨し、憤懣する気分もただよわすようになった。庾信の連珠は、おおむね彼の［渡北後の］後年の作だったので、このジャンルに対しても、新機軸をもたらすことになったのである。

このほか、劉孝儀にも「為人作連珠二篇」があり、女性をえがいたものである。それゆえ「艶体連珠」とも称するが、内容は艶体詩と同類なので、別体というべきだろう。

○妾聞┌洛妃高髻、不資於草沢、故┌雲名由於自美、是以┌梁妻独其妖艶、
　　　└玄妻長髪、無籍於金鈿。　　└蟬称得於天然。　　└衛姫専其可憐。

妾はつぎのようにきいています。洛妃の高髻は、草沢のおかげではないし、美女のながき黒髪も、金鈿の飾りを必要としない、と。ですから、雲のよき名はそれじたいがうつくしく、蟬のよき呼称もそれじたいの美によります。ですから、梁妻はもとからひとり妖艶であり、衛姫は自分だけの可憐さをもっているのです。

○妾聞┌芳性深情、雖欲忘而不歇、是以┌津亭掩馥、秖結秦婦之恨、
　　　└薫芬動慮、事逾久而更思。　　└爵台余妬、追生魏妾之悲。

妾はつぎのようにきいています。よきひとのうるわしき思いは、わすれようとしてもわすれられないし、思いをみだすよき香りは、時がたつといっそうつよくしたわれる、と。ですから、津亭でかおりをおさえても、秦婦の恨みをのこすだけですし、銅爵台で心におこった慕情も、魏の妓女の悲しみをつよめるだけです。

これを要するに、連珠は駢体文の一枝流だといってよい。ただ、内容的に「かならず物に託して真意をのべる」必要があるので、読者には啓発や教訓になったりしやすい。そのためある意味では、銘や箴、戒の文の役わりもはたしている。ことばのうえでは、連珠は清新にして流麗、珠玉のごとく優雅であり、また措辞は精妙でなければならない。明代の徐師曾は、連珠についてつぎのようにいう。「そのスタイルは転々と変化し、二転三転してきているが、どの時代の作品でも、すべて駢体で押韻を欠かしていない。だ

から、連珠の名手は、主題を明確にし措辞を簡潔にし、また事がらは論理的にし、音調はなめらかになるよう、作品をつくっている。玉がコロコロころがるような作となれば、真珠（成功作）だと称することができよう」（『文体明弁』連珠の条）。この徐師曾の解説は、連珠の主要な特徴を的確に説明したものである。

第十二章　八股文のジャンル

八股文とは、明清の科挙で規定された、人材採用のための専用のジャンルをいう。制義や制芸ともよばれたが、この呼称は実際面からの名称である。というのは、当時の士人たちが、科挙に応じて受験したさいの答案だったので、こう名づけたわけだ。また経義（もとは経書の意味、の意）や四書文とも称したが、これはその出題範囲や文の性格からの命名である。儒家の経書から出題し、四書を主とした経文の意味を解釈するよう要求したので、こうよんだわけだ。このほか、時文や時芸などとも称したが、これは、唐宋以来の古文と対比した言いかたであり、時下に流行している文章スタイルという意である。

いっぽう、八股文という名称のほうは、その文体や構成の特徴に由来する俗称である。顧炎武は『日知録』でつぎのようにいっている。

経義の文は世間では八股と称するが、こうした呼称は明の成化（一四六五～八七）以後にはじまったようだ。八股の「股」は対偶のことをいう。天順（一四五七～六四）以前の経義の文は、経書の伝注を敷衍するだけのものだった。対偶もつかったりつかわなかったりで、きまった書式はなかったし、単句題の出題もすくなかった。

ところが、成化二十三年（一四八七）の会試における題目「楽天者保天下」（『孟子』梁恵王下）への答案では、起講でまず三句を提示し、「楽天」について四股でのべ、経過部分の過接に四句をつづけた。そしてまた「保天下」について四股でのべ、四句でこれを収束したあと、大結で全体をとじている。この両四股のなかでは、それぞれ一反一正、一虚一実、一浅一深の章法をもちいている。題目が二句の排比句のときは、一句ごとに四股をつくるが、そのやりかたは右とおなじである。だから、今人はこれを八股というのである。

『明史』選挙志も、「文章は宋の経義の文にほぼ似るが、古人の語気を模してつづり、対偶をもちいる。こうした文を八股文といい、また経義とも称する」といっている。これらの記事によって、「股」とは対偶や排比の意であることがわかろう。そこでじっさいの八股文から、その書式をかんがえてみれば、四つの対偶もしくは排比ふう行文をふくみ、すべてで八条にわたる対偶ふう長句（股）であるのを必須としている。だから、これらを八股文というわけだ。八股文はまた八比文とも称する。比も排比であり、対偶の意である。

明清の両代は、科挙に八股文を課したので、おおくの八股文の選集が出現して、士人たちの習熟をたすけた。そうした選集の名称には、右の「制義や制芸などの」ほか、課芸（『鍾山課芸』など）、房書（『歴科房書選』）、闈墨（『乙卯順天闈墨』）、程墨（『五科程墨』）、試帖（『試帖偶鈔』）、課試文（『経訓書院課試文』）などの語が使用された。

八股文は正式には、明の憲宗の成化年間（一四六五～八七）に出現したが、じつはそれじたい発展の経緯を有している。いっぱんには、八股文は経義の文にもとづくとされるが、それは北宋の王安石（一〇二一

〜八六）からはじまるとされる。清の劉熙載『芸概』経義概には、つぎのようにいう。

経義の文を士に課するのは、宋の神宗（在位一〇六七〜八五）のときにはじまる。神宗は、王安石や中書門下省が具申した、科挙の方針を制定すべしとする意見を採用した。そして、士人たちに『易』『書』『周礼』『礼記』のうちの一経をおさめ、あわせて『論語』『孟子』を兼習するようにさせた。かくして、初場は［右の易、書、周礼、礼記の］一経の大義（内容の大略をとう問題）、次場は［右の論語、孟子の］兼経の大義がとわれ、かくして経義の出題が恒例となったのである。その後、元に『四書疑』、明に『四書義』が課されたが、じっさいは宋の制度で、『論語』『孟子』『礼記』がすでに出題されており、しかも『礼記』は『中庸』と『大学』とをあわせたものであった。つまり、いまの四書文のことを、当時の士人たちは経義と称していたのである。

また清の鄭灝若は『四書文源流考』で、つぎのようにいっている。

四書文（八股文のこと）は［宋の］経義の文にもとづき、王荊公（安石）がはじめたものである。荊公は神宗が経学に熱意を有していたので、学校を設立することを懇請したが、蘇軾はこれを批判した。荊公は他日に、ふたたび「士人が経術に精励すれば、古道を復活することもできましょう」と言上した。ここにおいて、神宗は科挙の制を変更した。すなわち、詩賦と帖経（前後の文をかくして、当該字句をあてさせる問題）と墨義（筆記でこたえさせる問題）をやめ、そのかわりに『易』『書』『周礼』『礼記』のうちの一経をまなび、また『論語』『孟子』を兼習するようさせた。毎試に四場を課し、初場は［易、書、周礼、礼記の］一経の大義、次場は［論語、孟子の］兼経の大義がとわれ、合計十道が出題された。のちに『論語』と『孟子』を各三道にあらためた。元祐四年（一〇八九）に律義の出題をやめ、経義と詩賦の両科をたてたが、ここではすべて『論語』と『孟子』の二道を課した。これらが、四書文の由来となったのである。

宋代の人びとは経義を科挙に出題した。このことは、後代の八股文とよく似ている。だが、その条件や書式はおなじではない。宋人の経義の文も、経書の文句によって出題するが、自己の意見をのべることを重視している。また行文も、聖人の語気を模倣しなくてもいいし、強引に対偶にそろえる必要もない。つまり、これという固定したスタイルがなく、事実上は古文による論ジャンルの文章に相当していた。

元代の科挙の出題方式は、基本的に宋のやりかたを踏襲している。だが、その出題範囲はしだいに四書だけにかぎられるようになり、内容も朱子の『四書章句集注』に準拠するようきめられた。この二点からいえば、元代の科挙は、八股文の条件にいっそう接近している。

明初は、洪武三年（一三七〇）から科挙を開始したが、五経を出題するほか、「四書義」（四書の意味）だけの問題も設定された。だが作文に際しては、対偶でも散体でもよく、これといったきまったスタイルはなかったのである。ところが成化朝になってから、王鏊（守渓）らが文の構成を詳細に研究し、しだいに八股文の書式がきめられていった。それが後人によって模倣されて、遵守すべき形式となったのである。

八股文の基本的な特徴は、出題は五経と四書の語句によること、内容展開においては、程朱派の注釈に準拠することなどがあげられるが、このほかにも、一篇の構成にきまった型があり、また行文の語気にも一定の規則がある。

八股文は、通常つぎのような部分からできている。

一、破題

題目の趣旨をのべる。題目の長短や繁簡にかかわらず、かならず二句でいいきる。

二、承題

三、四句または四、五句をもちいて、破題の内容を展開して平易に表現する。

三、起講

小講や原起ともいう。数句または十数句をもちいて、題目の道理や意図などについて、総括的に説明する。

四、入題

領題や提挙、入手などともいう。一、二句または四、五句をもちいて、上文から本論へとすすんでゆかせる。題目がながいときは（経文の数句、一節、一章など）、この部分で末句の字や意味をきちんと指摘して、題目の範囲をはっきりさせねばならない。ここまでは、すべて散句でつづる。

五、起股

起比、題比、前股、提股などともいう。二条からなる対偶ふう文章をもちい、［各条は］四、五句もしくは八、九句からなる。ここで題目に対して、正式に議論をはじめる。

六、中股

中比ともいう。二条からなる対偶ふう文章をもちいるが、対応する文の長短については、きまりはない。

全篇の中心部である。

七、後股

後比ともいう。二条からなる対偶ふう文章をもちい、やはり長短については、きまりがない。いっぱんには、中股がながければ後股はみじかく、中股がみじかければ後股はながくなる。

八、束股

束比ともいう。二条からなる対偶ふう文章をもちい、中股でいいたらぬところをのべつくす。みじかくてもよいが、ながすぎるのはよくない。

九、大結

落下ともいう。自分の意見をのべて、全体をまとめる。

ここでは、明と清の時代の八股文をおのおの一篇あげて、例をしめしてみよう。

至誠之道（二句）　（明）馬世奇

（破題）

誠之明也、以其道決之而已。

（承題）

夫至誠非有意為知、固道可以前知也、所謂誠則明者也。

（起講）

且天下開物成務之故、皆視所知而起、故凡聖人継統、其智未有不処天下之上者、而吾以為非其明至、乃其誠至耳。

（入題）

何也。至誠之道、天道也。

（起股）

(1)言天則不与情為役、夫情之遇物常昧、天之遇物常覚、情有妄而天無妄也。無妄而其道已精矣。

(2)言天則并不与識為偶、夫識之所及在事、中天之所及在事先、識有心而天無心也。無心而其道弥大矣。

（中股）

(3)羲皇以来、五徳代移、則事之起于知也漸多、而要之理以御数、果其根極于理、即所謂成功之退、将来之進、皆其理之自然而無俟推測者也。至誠所可知之于数以前也。

(4)唐虞以降、三統遞変、則知之歴于事也愈詳、而要之幾以造形、果其通極于幾、即所謂前人之智、後人之師、皆其幾之相乗而不籍探索者也。至誠所可知之于形以前也。

（後股）

(5)天下莫前于不睹不聞、而睹聞為後。試想誠者未発之中、心無所繫、無所繫則常虚、虚故気機畢貫、其知之在千古、猶在須臾也。総一誠之上通于天命而已。

(6)天下莫前于生天生地、而天地為後。試想誠者尽性之後、心有所主、有所主則常実、実故微顕咸徹、其知之在三才、猶其在一念也。総一誠之黙契于化育而已。

（束股）

(7)是故人患知少、至誠則無所不備、彼其験知于不爽者、皆応順而不労者也。天下之賢智莫能幾及矣。道之可前知者、不在外也。

(8)人患知多、至誠則操之至密、彼其涵知于坐照者、皆蔵用而莫窺者也。天下之世運頼以匡維焉。道之可前知者、大有為也。

（大束）

此所為天道也。

この試験の題は『中庸』からとっている。『中庸』は『礼記』中の一篇だったが、宋の朱子が『大学』（おなじく『礼記』中の一篇）や『論語』『孟子』とあわせて、『四書章句集注』という書物をつくった。この書は、宋の紹興元年にはじめて刊行され（朱子『書臨漳所刊四子後』にみえる）、元代に士人の受験科目のひとつとなり、明清の科挙では規範とあがめられた。

題目の「至誠之道」というのは、『中庸』の第二十四章によっている。すぐあとに「二句」というのは、同章「至誠之道」句のあとの「可以前知」句にまでつづくという意味である。『中庸』は儒家でいう、「孔子一門に」伝授された「心法」の書であり、つまり天道や性命に関する論文である。朱子『中庸章句』ではこの章に、つぎのように注している。「これらはすべて、道理がさきに出現したものだ。その誠実さが至純であり、心目にまったく私欲がない者であってはじめて、現象の機微を察することができるのだ」。また朱子は、この章を「天道をかたったものだ」とものべている。この八股文は、そうした朱注の観点に準拠して展開されており、その議論はすべて朱注に依拠している。王守渓はこれを「内容は精深で、文気は充満している。諸作のうちの第一等である」と評している（潘芝軒評選『明文塾課二編』）。だが我われが今日の立場でみると、この八股文は起承転結の構成に多少のくふうがみられるだけで、それ以外は、まったくなんの長所もない。この八股文の作者、馬世奇は明の天啓年間の甲子の年（一六二四）の挙人であり、崇禎の年の辛未（一六三一）の科挙で進士に登第している。

然後知生于憂患而死于安楽也　（清）柏謙

（破題）

大賢恍然于生死之機、而発人深省焉。

（承題）

蓋好生悪死者情也、若之何好安楽而悪憂患乎。決生死之機、願天下共知之耳。

（起講）

若曰人莫不憚于所苦、而抑知無苦之非甘乎。人莫不溺于所甘、而抑知無甘之非苦乎。遇苦即以為苦、遇甘即以為甘、均非深于閲歴之言也。

（入題）

吾曠覧今古而慨然有感矣。

（起股）
(1)天道之難知也、所以待君子小人者、疑于愛不遽愛、憎不遽憎、及統前後以究興亡之故、而一言可泄造化之機。

(2)人事之不斉也、所得于聞聞見見者、幾于慕不勝慕、悲不勝悲、乃合宇宙以観成敗之由、而両途以定斯人之局。

（出題）

不見夫人之生者生而死者死乎。生有所以生、而後知生于憂患也。死有所由死、而後知死于安楽也。

（中股）

(3)天下不堪之境不肖者避之、即賢者何楽就之、試挙究困之人而告以天欲玉女、鮮不謂傍観相慰之詞。非篤論也、然而生矣。精神厄而愈振、才力屈而愈伸、千載後猶有生気焉。脱不従憂患来何遽此乎。所願与困頓無聊者奮袖而起也。

(4)天下快意之境幸而得之、毎不幸而耽之、試挙懐安之輩而指為天降之罰、鮮不謂流俗相忌之私、無足凴也、然而死矣。性真以陥溺而日消、形質以楔亡而日敝、気体間明亦死期焉。脱不堕安楽中何遂至此乎。所願与宴安酖毒者垂涕而道也。

（後股）

(5)大抵豪傑之所以異于凡庸者、争百年不争一日。所争在百年者、寧以安楽易憂患。所争在一日者、竟不恤以生易死也。窮通相反、千古有明鑑矣、特局中人常不悟耳。

(6)且余慶之所以別于余殃者、在存心不在処境。居安楽而不忘憂患、雖安楽何嘗不生。使処憂患而猶貪安楽、其憂患亦必無不死也。禍福相因、惟人所自召矣、在深識者歴験之耳。

（大結）

嗟乎。死生亦大矣。而蚩蚩者顧謂以憂患生、不如以安楽死也。哀哉。

（潘芝軒『国朝文塾課二編』）

この試験の題目は、『孟子』告子下の語句によっている。

ここにあげた二篇の八股文は、構成でたがいにことなった箇所がある。ひとつは、後者の柏謙の文が、起股と中股のあいだに何句かを布置していることだ。これは出題と称されるもので、入題のいいたらぬ点をおぎない、題をいっそう確認する役目をはたしている。もうひとつは、後者の文は起股、中股、後股の三つの部分の計六股しかなく、束股がないということだ（後股がじゅうぶん展開されておれば、束股は省略してもよい）。つまり八股文は、八つの股をもつのが規則だが、実質は六股や十股、十二股、あるいはそれ以上のばあいもあったのである。

以上をまとめれば、八股文の文体上の特徴は、以下のようになろう。

一、四書の語句を題目として課し、文意は朱子の注釈にしたがう。

明代の科挙では、初場では四書文を三篇、五経義を四篇、それぞれ課した。だから、当時は「七篇出身」（七篇をかいて官職につく、の意）という言いかたもあったほどだ。こうした四書と五経をともに課するやりかたは、清の康熙年間までつづいたが、乾隆辛未の年（十六年　一七五一）に科が開始されるや、五経で及第できる制度をやめた。乾隆十四年に「国は科を設置して試験をおこなうが、もっとも重視するのは四書文である。六経の精微なる箇所は、四書につきているからである」という上諭がくだされていた。このようにして、もっぱら四書文が科挙及第のために課されるようになったのである。

当時の試験は、四書の文を題目としたが、その出題のしかたは、きわめて多様であった。単句題や通節題、通章題（四書の文の、それぞれ一句、一節、一章を題目としたもの）があったが、これ以外にも双扇題（排比をなす二句の題）、三扇題、四扇題、截搭題（文の途中できったり、くっつけたりした題）、結上題（文の結論箇所をとりだした題）、冒下題、上偏下全題（上が不完全で下が完全な文による題）、上全下偏題などがあった。当時、試験の出題範囲が四書にかぎられていたので、試験官たちは受験生が出題にヤマをかけるのをふせごうとして、四書中の語句を故意に切り貼りしたのである。たとえば「其為仁之本与子曰巧言令色」の題目は、『論語』学而篇の第二章の末句（其為仁之本与）と第三章の初句（子曰巧言令色）を切り貼りしたものである。また「在人」は『論語』子張篇の二字をきりとったものだし、「嫂溺」は『孟子』離婁上篇の二字をきりとって題目としたものである。また朱子の伝注を尊重すべきことは、明初以来きちんと規定されていた。

二、駢散を兼行させ、古人の語気を体得する。

八股文の構成については、さきにのべたように、いくつかの部分からできている。そのうち、破題と承題、起講、入題、そして最後の大結などは、散体文でつづられるが、それ以外、つまり起股から束股までは、駢体文を模して対偶で構成されている。これらの書きかたには、おおくのくふうがなされた。

たとえば、破題においては明破（題の字句にもとづく）、暗破（題を別字におきかえる）、正破（正面から論じる）、反破（逆手から論じる）のやりかたがあり、そのうえ種々の禁忌も規定されていた。たとえば破題では、題の範囲をはっきりさせないまま、「題の」上下の文意に関連させて論ずれば、「侵上」とか「犯下」

とか称された。また、題意を完全にのべつくさなかったり、落ちがあったりしたばあいは、「漏題」といわれた。破題の答案をつづるさい、題目の字眼（重要な文字）をかきうつすだけで、なんの展開もできなければ「罵題」と称された。これらは、すべて合格点にとどかなかった。

承題では、「平頭並脚」がもっともきらわれた。「平頭」とは、承題と破題のはじめ数字がおなじになるのをさす。「並脚」は、承題と破題のおわり数字がおなじになるのをいう。たとえば、破題のおわりに「而已」をつかい、承題のおわりにも「而已」をつかったなら、これは並脚の禁忌をおかしたことになる。

起講でも種々のくふうがおこなわれた。たとえば題前寛説法、就題虚起法、借主定賓法、急擒題字法などである。また起講では、七句か八句を定式としており、ながくても九句か十句をこえてはならなかった。同時に、起講の部分から「口気」にはいる必要があった。ここでいう口気とは、四書中における聖賢の話しかたや論じかたを模して、文辞をつづることをいう。たとえば、もし題目が孔子や孟子のことばだったら、孔子や孟子の口調をもちいてつづらねばならぬし、孔子の弟子の発言だったら、その弟子の口調をもちいてつづらねばならない。だから八股文をつづるには、文の語気をも体得せねばならなかった。これが「聖賢に代わりてものをいう」ということである。

種々の制限があるなかで、作者じしんの議論を表白し、思いを叙してもゆるされる唯一の部分が、末尾の「大結」（落下ともいう）である。一説によると、明の万暦朝のとき、趙南星が「非其鬼而祭之」（『論語』為政）の題で八股文をつづるや、その大結でつぎのようにかいた。「高位の者の寵をえようとして、霊魂にへつらうかのように、ひとにへつらい、先祖の霊の恵みをえんとして、ひとにへつらうかのように、霊魂にへつらっている。世間にこんな風潮がひろまっているとは、私はおもいもしなかった」。この行文は、あきらかに世俗批判のことばである。

だが、自説を叙したために、禍をまねいたケースもないではなかった。たとえば明の嘉靖朝のとき、ある士人は「無為而治」(『論語』衛霊公)の題で八股文をつづったとき、大結のなかにつぎのような一節をかいたという。「帝位をつぐ太子たる者は、体得しておくべききまりがあるものだ。ただ、その徳望がりっぱでないと、聡明なふりをして、その旧章をやぶってしまいがちだ」。このため、「世宗(雍正帝)はこれをよんで、おおいにいかった。自分を非難したものとみなし、かいた者を逮捕し杖殺してしまった」(清の梁章鉅『制義叢話』巻五)。清代になると、この種の禁忌はますますきびしくなり、康熙六十年には令を公示して大結を禁止してしまった。そして、文末に数句の散体の字句をつづって、結尾とするだけにしてしまったのである。

八股文の主要部分は、排比の文で構成されている。これは駢文に由来している。だが、伝統的な駢文とも、またことなるところがある。それは、美辞麗句を重視しないこと、典故をもちいないこと、押韻しないことなどで、ひたすら「清真雅正」な排比の句によって、抽象的な説理の文を叙してゆくのである。だから八股文には、いかなる文采もありえないわけだ。そのうえ、ここでいう説理なるものも、孔子や孟子の発言を模し、朱子学の伝注に依拠するだけなので、作者そのひとの見解も、まったく表現されてこないのである。

そのほか、八股文は字数のうえでも制限がある。明初の四書義では一問ごとに二百字以上、五経義では三百字以上にきまっていた。清代の順治朝では五百五十字以内、康熙朝では六百五十字以内でかくようきめられていた。乾隆四十三年以後では、一律に七百字というふうに規定されて、「これに違反するものは合格させない」とされた。さらに八股文を答案用紙に書してゆくさいにも、きちんと規則がきまっていた。清代の順治、康熙、乾隆朝では、会試をおこなうさい、この八股文重視の姿勢を表明するため、四書からの題目は皇帝による欽定という形式をとったのであった。

八股文は、明清両代における、科挙専用の文章スタイルであった。当時の士人たちにとっては、この八股文は功名をたてる（科挙に合格する）ための道具にすぎず、学術や文学の見地からみれば、なにほどの価値も有していなかった。だから前人は、八股文に対して、「門を敲《たた》く磚《かわら》」「等を得れば則ち之を舎《す》つ」などといったのである（馮班『鈍吟雑録』巻一）。これらは、「いったん合格すれば、すててかえりみない」の意である。だから、封建社会においても、有識者たちは八股文への反対意見を提出し、「いまの八股文は空論にすぎず、実用に適さない。八股文の答案は転々と筆写されるが、どれも内実のともなわぬ議論ばかりが、いたずらに蔓延するだけだ。科挙に合格すればよいというだけのしろもので、とてもよき人材を採用できるようなものではない」とかんがえていた（乾隆の兵部侍郎、舒赫徳の上奏文）。

八股文は、じっさいは統治階級が推進した、文化的な愚民政策の一環であった。これによって、才能あり、学殖もすぐれた明清のおおくの人材が、「場屋」（科挙の試験場）にとらわれの身となって、おおくの時間を浪費し、けっきょく士人たちの風気を堕落させてしまったのである。清代の名士だった徐霊胎（徐大椿）は、道情俚曲によって「刺時文」をつくって、つぎのようにいっている（『制義叢話』巻二四）。

読書人はまったく役だたず。時文に習熟しても、ひとは泥のよう。お国は人材をもとめたが、時文がだましの技になったのを誰がしろうぞ。三句の承題、両句の破題をかくと、得意になって聖人の門弟なりといいふらす。三通四史がどんな文章で、漢祖や唐宗がどの王朝の皇帝かごぞんじか。机には八股文の参考書がつまれ、本屋では模範答案をかいあさる。時文を勉強すれば、肩臂はゆらゆらうごき、口ではすすりなく。サトウキビの搾りかすをかんだって、どんな味がするというのかね。時間をむだにし、生涯おろかなまま。そんな人物が［科挙に合格して］高官をだましとったなら、民衆や朝廷の大不幸なるぞ。

この作は、八股文で人材を採用する弊害を、いきいきかつ辛辣に風刺している。

付論 「文体」について

一

「文体といふ言葉にみんながいろんな意味を勝手に付与したため収拾がつかなくなつたといふ事情は、今日、誰でも知つてゐる」（丸谷才一『文章読本』第九章「文体とレトリック」 中央公論社 一九七七）、「〈文体とはなんぞや〉とあれこれ思案をはじめるのだが、書き手側のこの努力は十中八九まで徒労に終るものと相場がきまっている。これほど中味の曖昧な語はそうざらにはないからだ。正確な語釈が与えられたことがないので、うなぎを摑み、それを竹刀がわりに撃剣の稽古をさせられているように心もとない思いをしなければならなくなるのである」（井上ひさし『自家製文章読本』「形式と流儀」 新潮社 一九八四）。

日本語論や文章作法にも造詣のふかい作家、丸谷才一や井上ひさしもこういっているように、現代日本語における「文体」なることばは、なかなか意味が確定しにくい。この語、いちおうは「文の体」、つまり「文章のスタイル」ぐらいの基本的了解はあるかもしれない。しかし、じっさいのばめんにおいては、じつに多様な意味づけを付してつかわれていることは、我われが日常感じていることだろう。比喩的な使いかたまでふくめれば、これはもう、ほとんど無限定の内容をふくんでいるといっても過言ではない。

問題をややこしくしているのは、現代日本語の「文体」には、日本語ほんらいの意味内容にくわえて、ドイツ語の stil や英語・フランス語の style などの概念も流入していることである（もっとも、厳密にいえば日本語の「文体」の語も、もともとは漢語系のことばであり、中国ふう概念にそまっているのだが）。おかげで、ちょっとでも学問的に文体の語を論じようとすれば、すぐ、文芸学的シュティリスティクがどうしたとか、パロールとしての文学テクストがこうしたとかいう、門外漢にはチンプンカンプンの議論がはじまってしまい、欧米系の言語や文学理論によわい私などは、まったくお手あげだ。そんなこむずかしい欧米系の概念は、日本語の「文体」とは関係ないだろうと、憎まれぐちのひとつもたたきたくなるが、しかし現代においては、それらの概念を排除することはできないだろう。「経済」なることばが、もともと「経世済民」の意だったからといって、いまさら「経済」から economy の意味を排除することができないように。現代は、日本語も国際化の時代をむかえているのである。

これほど複雑な内容をふくむ「文体」なので、包含する意味を整理しようとする動きもでてき、そしてそれ専門の書物も編纂されている。ことなる外国の言語や文化を専攻する研究者たちが、一堂にあつまって編纂した『文体論入門』や『文体論の世界』（ともに日本文体論学会の編　前者は一九六六年の刊、後者は一九九一年の刊　三省堂）などは、そうした意図をもってかかれた代表的な研究書であろう。だが、これらの書物によって、「文体」の語の統一的な定義づけが可能になったかといえば、それはまったくそうではない。逆に、おなじ文体を意味することばであっても、専攻する言語や文化圏がちがうごとに、さまざまにことなるニュアンスがふくまれていることがわかってきて、いかに文体の語の統一的な定義づけが困難であるかを、おもいしらされるだけである。そして、「みんながいろんな意味を勝手に付与したため収拾がつかなくなつたといふ事情」や、「これほど中味の曖昧な語はそうざらにはない」という状況が、まさに実感として、よく了解できることだろう。

このように現代日本語においては、この「文体」の語の定義づけはなかなか困難であるが、中国の古典文学における「文体」においても、それは似たようなものであった。辞書や解説書のたぐいで「文体」の語を検しても、あまり要領をえない説明しかのっていなかった、というようなことは、私をふくめ、この方面の研究者がひとしく経験してきたことだろう。したがって、この語がでてきたときには、ジャンルと訳したり、スタイルと言いかえたり、あるいはそのまま「文体」としておいたり——というふうで、じつにさまざまであった（いや正確にいえば、よくわからないので、さまざまにならざるをえなかったのである）。なかでも最後の、文体をもって文体を訳する訳しかた（？）は、さわらぬ神にたたりなしというか、もはや匙をなげたというか、いかにも処置に窮してしまったという感じがよくつたわってきて、私などには、翻訳放棄でけしからんというよりは、むしろほほえましくさえ感じられる。

もっとも、「毒をもって毒を制す」やりかたが、けっこう効果があがるように、この「文体をもって文体を訳する」方法も、あんがい有効なやりかたなのである。というのは、さきにのべたように、日本語の「文体」の内容じたいが茫洋としているので、逆にどこかで、漢語の「文体」の意ともかさなってくることになるからだ。その意味では、このいっけん投げやりふうなやりかたも、あながち誤訳だともいいきれないわけで、文体の語のあいまいさや茫洋さをついた、なかなか高等な翻訳テクニックだといってよいかもしれない。

二

では、中国の古典文学の方面では、この文体の語の定義づけはまったく不可能なのかといえば、そうではない。ただし、時代を限定せず、漠然と「中国の古典文学」のなかにおける「文体」の意味はなにか――とかんがえてゆくと、おそらく各様の意味が簇出してきて、収拾がつかなくなってくる可能性がおおきい。それゆえ、文体の語を定義づけるさいには、まずなによりも、時代を限定すること、「文」と「体」とにわけてかんがえること、この二段階の操作をふまえる必要があるであろう。もっとも、後者の「文」と「体」とにわけてかんがえることのうち、「文」字の意味については、すでにおおくの論及があって、ひろく「言語でかかれた諸作品すべて（文章だけでなく、詩歌もふくむ）をさす」ということで、ほぼ先学の意見が一致しているようだ。それゆえ、時代を限定し、さらに文体の「体」の意義さえきちんと把握できれば、「文体」の語の意味はおのずからあきらかになってくることだろう。

だが、じつはこうした点によく留意したうえで、「体」、さらには「文体」の意を考察した論文が、すでにかかれている。それが、王運熙の「中国古代文論中的〝体〟」（一九六二初稿　一九八五改写　『中国古代文論管窺』所収）である。この論文は、おもに魏晋南北朝期に焦点をしぼって、その時期における「体」字の用例を吟味し、その結果、妥当な結論を呈示してくれている。その結論だけを紹介すれば、以下のとおりである（「　」でくくった語は、王論文中で使用されたことばである）。

「体」はまず、たとえば詩や賦、奏、議などの「体裁」や「様式」（ともに、ジャンルと訳してよかろう）を意味する。このばあいはわりと単純であるが、「体」にはもうひとつ、「風格」（作風、もしくはスタイルと訳してよかろう）の意をあらわすときがある。そのばあいは含意がひろくて、注意が必要である。ここでいう「風格」の内容は、おおまかに三とおりに分類できる。第一はジャンルの風格であり、この意のときは、たとえば「詩の体たるや、綺靡でなければならぬ」「奏の体たるや、閑雅さを重視すべし」などとつかわれることになる。第二は作家の風格であり、この意のばあいは、たとえば劉公幹体（劉楨ふうスタイル）や陶彭沢体（陶淵明ふうスタイル）、謝霊運体などのように使用される。第三は時代や流派の風格であり、このときは永明体や斉梁体、宮体（斉梁体の呼称は唐以後に発生した）などと称されることになる。唐宋以後の文学評論においても、ほぼこうした用法が踏襲されている。

以上が、王論文の要旨であるが、この明快な議論を簡約にまとめれば、

体
- ジャンル……………………賦・奏・碑・銘など
- スタイル
  - ジャンルのスタイル……綺靡、閑雅など
  - 作家のスタイル…………劉公幹体・陶彭沢体など
  - 時代・流派のスタイル……永明体・斉梁体・宮体など

ということになろう。もちろん、これはおおざっぱな分類であって、時代の別や個々の文学評論を微視的にみれば、さらにこまかく分類してくる必要もでてくるであろう。くわえて、王も指摘するように、ときにはジャンルとスタイルの意をかねた「体」の使用例もでてきて、完全に意味を弁別できないケースもな

いではない。だが、それにしても、この王運熙の論文は、ややこしい体、そして文体の語の内容を、みごとに整理してくれたものといってよい。じゅうらいは、このあたりの把握が不じゅうぶんだったので、「文体」の語があいまいなまま使用されて、種々の混乱がひきおこされていたのである。

三

ところが、この王論文では「わりと単純である」(原文「比較簡単」)とされたジャンルの意の「体」、つまり文体が、唐宋よりあとの時代になると、かならずしも単純ではなくなってくる。というのは、後代になると、詞や曲などの新ジャンルがいっきに増加してくるし、さらに旧来のジャンルでも、たとえば詩でいえば、七言や絶句、律詩、排律などの新形式がふえて、さらなる細分が必要になってきたからである。

このように複雑化してきたジャンルに対し、後代の選集編纂者たちは、いくつかのくふうをこらした。まずひとつは、新ジャンルの増加に応じ、積極的に翼をひろげてゆくことである。たとえば、明の呉訥『文章弁体』や徐師曾『文体明弁』などは、後起の新ジャンルはもちろんのこと、だれもしらぬような珍奇なジャンルまで、網羅的に採録している(たとえば、『文体明弁』は貼子詞、楽語、右語、道場疏、青詞などを収録する)。こうした意欲的な採録の結果、後者の『文体明弁』では、じつに百二十余種ものジャンルがとられている。

しかし、この種の多多ますます弁ずふうのやりかたでは、いたずらに量がふえてゆき、分類煩瑣のそしりをまぬがれない。そこで、もうひとつのくふうがあみだされた。それは、煩多なジャンルをまず少数の大部門に収斂し、そのしたに、こまかな小ジャンルを属させるという、二段階の分類のしかたである。これをかりに大門小類方式と称すれば、そうした方式をとった初期の例として、宋の真徳秀『文章正宗』があげられよう。この『文章正宗』では、収録作品をおおきく辞命、議論、叙事、詩歌の四つの門にわけ、そのしたに諸ジャンルをおさめている（ほかにも、曾国藩『経史百家雑鈔』では、どうように著述、告語、記載の三門がたてられている）。たとえば、辞命の門のしたには、周天子の諭告や両漢の詔冊のたぐいが、議論の門のしたには、上奏、奏議のたぐいが、そして叙事の門のしたには、碑誌や伝状のたぐいが、それぞれ属している。

こうした大門小類方式は、類聚によってジャンルや諸作品を整理しようとするもので、ジャンル名がいたずらに列挙されないだけ、なかなか合理的な分類法だといってよい。『文体明弁』のやりかたをヨコ方面への膨張だとすれば、この方式は、タテ向きへの整理だと評してよかろう。

だが、この大門小類方式は便利な反面、あたらしい問題も惹起してきた。その問題というのは、第一に、門に採用された名称が、誤解をまねきやすかったということだ。たとえば、『文章正宗』の門の最初にくる「辞命」は、もともとは「春秋時代の外交交渉のさい、使者たちが発した応対用のことばや文章」の意味であった。ところが、真徳秀はこの辞命という門のしたに、周天子の諭告や両漢の詔冊の文もふくめてしまっている。おかげで、『文章正宗』の分類にしたがうかぎり、「辞命」とあっても、ただ「春秋時代の外交交渉上のことばや文章」の意だけでなく、周天子の諭告や両漢の詔冊などもふくむことになってしまった。こうした独自の意味づけは、『文章正宗』だけをよんでいるうちはいいが、おなじ読者がべつの選集をひもといたときは、おもわぬ誤解をしてしまいかねない。「辞命」の語にかってな定義づけをしてしまったので、ほかの選集とのあいだに齟齬を生じてしまったのである（同種の問題が、「議論」や「叙事」の門でも発生している）。

さらに第二に問題になるのは、大門小類方式によってうまれた、これら「辞命」「議論」「叙事」「著述」「記載」などの名称は、賦や銘や奏など通常のジャンルとは、ちがった次元や原理から命名されているということだ。じっさい、これらは高次分類たる「門」の名称であって、低次分類たる「類」のジャンル名とはちがっている（また、通常のジャンル名よりは、ひろい範囲をさす必要があるので、議論や叙事などの普通名詞ふう名称がえらばれたのだろう）。だがこまったことに、当該選集のなかでは大門と小類の別が明確なのだが、いったんその選集からはなれると、この区別があいまいになってしまいがちだった。そのため後代のジャンル論では、この別次元や別原理から命名された議論や叙事などの名称が、ひとりあるきするようになってしまったのだ。こうして、詩の体、賦の体、銘の体、奏の体などとならんで、議論の体、叙事の体、著述の体、記載の体などのことばも、またジャンルの名称として、並列的に使用されるようになってしまったのである。

いったい、中国のジャンル分類では、基準の設定しだいで分類体系がかわり、名称やその定義づけが変化してくることは、あるていどやむをえないといってよい。しかしそれにしても、ジャンルを論ずるにあたって、銘の体や奏の体などとならんで、議論の体、著述の体などもジャンルの一種だと主張したならば、事情をよくしらぬ一般読者はもちろんのこと、研究者たちであっても、中国のジャンル分類は、いったいどうなっているんだろうと、首をかしげざるをえないであろう。

このように、別次元や別原理による呼称がごっちゃになって使用されたり、おなじジャンル名であっても、選集によってさす実体がちがっていたりする――これが、現代の我われが直面している、ジャンル分類の現状なのである。こうした混乱した状況は、中国文学の一般読者はいうまでもなく、研究者に対しても、ジャンルなるものの概念、ひいては「文体」なる語の定義づけを、いっそう困難なものにしてしまうだろう。王論文が「わりと単純である」といったジャンルの意の「体」も、後代になると、なかなか単純ではなく、ややこしい問題をかかえてしまっているのである。

四

こうした、ジャンルの意の「文体」の諸問題に正面からたちむかったのが、本訳書の原著たる褚斌杰『中国古代文体概論』（一九八四年初版　ここでは一九九〇年の増訂本による）であった。まずは、この原著の標題から説明しよう。冒頭の「中国」は問題ないとして、つぎの「古代」の語は日本の習慣とはちがって、上古から清代の阿片戦争あたりまでの旧時代をひろくさす。そして「文体」は、王論文でいう「体裁」や「様式」、つまりジャンルのことをさしている。また「概論」の語は、もちろん「大要をのべたもの」の意であるが、おそらく謙遜の意図もふくまれていよう。以上を要するに、この『中国古代文体概論』は、「中国旧時のジャンルについての概論」と翻訳してよかろう。

この原著（以下、「本書」と称する）は、右のようなジャンルの増加や、分類の複雑化という現象に対しても、くわしい解説をほどこしている。緒論におさめられた「第一節　中国古代文体的発生和発展」と「第二節　中国古代文体的分類和文体論」とがそれであり（本訳書では第一章と第二章）、前者は、いついかなるジャンルが発生したかについて、また後者は、ジャンルの分類法がいかに発生し、いかに発展していったかについて、詳細に論じている。これによって、ジャンルの発生や発展のようすがきちんと整理され、またジャンル分類の歴史が、はっきり了解できるしかけになっているのである。

くわえて、周到な作者は、ジャンル分類の困難さについて、わざわざべつに一文を草して、ていねいに説明してくれている。それが、本書の末尾に付録としておかれた「古代文体分類」であり、この一文は、私がしるかぎりでは、中国のジャンル分類の複雑さや困難さについて、もっとも的確に論じてくれた解説だといってよい（初版と台湾学生書局版には、この一文はない）。それゆえ、その「古代文体分類」をここに訳出して、読者の参考に供することにしよう。

分類は、科学の研究方法の第一歩である。ジャンルの分類も、各部門や種類に応じた研究がしやすいよう、歴史のなかでかきつがれてきた文学作品に対し、類型に応じて分別してゆく作業なのである。中国では、ジャンルの分類は、文学選集の出現や文学批評の発生にともなって、こころみられ、出現してきた。ここにいう選集とは、ことなる時期、ことなる作家の作品をひとまとめにして、一集としたものをいう。文献の保存と普及とを目的とし、おおくはジャンルに応じて作品を分別し、排列している。これは検索に便ならしむるためであるが、また同時に後学の者に手本をしめす効果もあった。また文学批評の目的は、創作経験を総括することにあるが、個々の作品はことなる姿で存在している。

批評の基準を確立し、創作活動を指導するためにも、各作品を分類して批評してゆく必要があった。こうした事情で、ジャンル分類学が呼応して発生してきたのである。

古代のジャンル分類学の発展については、本書の緒論（本訳書では第二章「ジャンル分類とジャンル論」）で、すでにざっとのべておいた。総じていえば、ジャンルの分類は、魏晋にはじまって、しだいに煩瑣にながれ、その分類基準もおなじではなくなった。その主要な原因は、つぎのような点にある。

第一に、古代の文学観念は、ずっと明瞭ではなかった。このことは、とくに散文領域（無韻の文）において、文学と非文学の境界がはっきりしないという点に、よくあらわれている。はやく先秦のころに、古代の散文が発展したが、それは、実質的には学術的文章と実用的文章の混合物で、独立した美的存在ではなかった。以後の散文作品においても、ずっと同種の特徴を有してきており、美的な散文もすこしは出現したが、やはり主流をしめるのは、学術的、実用的文章に文学性を加味したものであった。こうしたことが、理論的にも実践的にも、文学的散文［と非文学的散文と］の境界線をさだめるのを、困難にしたのである。一般的にいえば、詩や賦が文学に属するのは明白だが、文学的散文と非文学的散文とのあいだには、ずっと明確な区別がなかった。そのためジャンルの分類も、しばしばすべての文章への分類となりやすく、また「文」解釈がこれほど広義であれば、とうぜん包含する種類も煩瑣なものになってきたのである。

第二に、ジャンルは、ほんらい外形と内容の双方にかかわっている。言語や構造などの外形的特徴とともに、内容や題材なども問題になるわけだ。そのため、分類においては多様な角度が可能になるし、基準も画一的ではなくなってくる。詩や賦は、ふつうはリズムや韻律の違いによって、四言、五言、七言、雑言、古詩、律詩、古賦、駢賦、律賦、文賦などに分類するが、内容や題材からみて、山水詩、詠史詩、詠懐詩、京都賦、江海賦などにわけることもできる。ところが文章のばあいは、ずっと実用性重視の特徴をひきずってきたために、その役割の相違をも分類の基準とすることができた。たとえば、おなじ公用文ではあっても、内容や使用する場面、用途の違いなどによって、詔、令、章、表、議、封事、弾文などにわけられるし、またおなじ哀悼用の文章ではあっても、哀文、誄、祭文、諡文、墓誌銘などに分類される。これによって、煩瑣なジャンルの違いが生じてくるわけだ。

第三に、ジャンルの分類は、ほんらい困難なのである。文学の個々のジャンルは、とうぜん固有のものをもっているが、それは相対的なものでもある。「すべての文学作品は、ほんらいさまざまなジャンルの要素を包含しており、程度と方式に違いがあるにすぎない。だが、この違いこそが、文学史の発展のなかで、各ジャンルの独自性をたもたせてきたのだ」（ウルリッヒ・ウエスティン「文学体裁研究」北京師範大学出版社『比較文学研究資料』所収）。こうした各ジャンルの相対性が、しばしばその分類を複雑にさせる原因になってきた。

また、各ジャンルは、ほんらい規範性と安定性とを有しているが、それは発展の途上において、つねに変化し、更新し、拡大している。そのためジャンルは、いつも安定と変革、規範と反規範のなかに位置することになる。これが、ジャンル史上、しばしば変体が出現する原因でもあるのだ。この変体は、作家の偶発的な試みの結果であったり、新様式の萌芽であったりするのだが、けっきょく、こうしたジャンルの発展は、いつもその分類にあたらしい課題をもたらすことになる。これもまた、ジャンルの分類に複雑さや多様性をひきおこす原因になるのである。

中国の文学批評家たちは、みなそれぞれに文学の分類の問題に言及してきた。文学観念の変化や中国文学の特殊性によって、ジャンル分類においては、散体派、駢体派、駢散兼修派などの各流派による、ことなった分類法が存在している。こうした各流派の分類には、それなりの主張があり、また相互の盛衰もあった。このように、中国のジャンル分類学はながい歴史を有しており、我われの研究と総括とを必要としているのである。……（以下、略）……

五

本書の中心部をなすのは、各ジャンルについての具体的な解説である。右のような考察のうえにたって、各ジャンルの特徴や発展の経緯が、明確に説明されている。どのようなジャンルがとりあげられているのかを一望するため、まずは本書の目次をしめしてみよう（ただし、細目はのぞく。なお※を付した項目は、この訳書『中国の文章―ジャンルによる文学史―』に収録したものである）。

このように、本書は古典文学に発生したジャンルについて、その主要なものをほとんど網羅している。詩や賦はもとより、詞や曲までとりあげているのは、なかなか周到だといえよう（ただし、小説や戯劇など通俗文学のたぐいがないのが、おしまれる。「後記」によると、これらの増補も予定しているようだ）。また第八章「古代詩歌的其他体類」では、マイナーな詩体である三言、六言、雑言、雑句、雑体、雑名体、唱和詩、聯句詩、集句詩まで解説してくれているのも、この方面の研究者にはありがたいことだろう。また目次ではわからないが、第十一章の「公牘文」では、奏議文のしたに疏、啓、対策、表などが項にたてられて、それぞれ解説されているし、また詔令文のしたでは、詔と令、制と策（冊）、檄などが細分類され、その特徴や発展の歴史が簡潔に概観されているのである。

くわえて、ありがたいのは、同類のジャンルにおいて、その異同を明快にときあかしてくれていることだ。「おなじ上奏用の文章であっても、奏、疏、表、章の違いがあり、またおなじ祭事用の文章であっても、祭文、弔文、誄、哀辞、告文の別がある……。これらには、いったいどのような区別があるのか。それぞれ、行文や用途の面で、いかなる特徴を有しているのか——こうした問題に接すると、中国旧時の文化への初心者たちは、首をかしげるばかりだったし、専門家たちでも、あまりよくわかっていなかったのだ」（『中国古代文体概論』への譚家健・韓雪の書評「古代文体研究的新収穫」『文史知識』一九九一－八）。本書では、こうした問題についても、わかりやすく解説してくれている。一例をしめそう。

○祭文は旧時、故人を供養するためにかかれた哀悼用の文章である。旧時では、天地や山川をまつるとき、よく祝禱ふうの文をつづったが、それらを祭文や祈文、祝文などと称していた。のち、親族や友人の葬儀をおこなうさいにも、この祭文をもちいて故人をしのび、哀悼の意を表したのである。
○古人を供養する文は、「祭」と題することもあれば、「弔」と題するときもある。この種の文は弔《とむら》いのニュアンスがつよいので、旧時は「弔文」というジャンルをべつにもうけていたが、じっさいは祭文の一種である。
○誄は祭文とおなじく、故人を哀悼する文に属している。ただ誄のばあいは当初、故人のために謚《おくりな》をさだめる役わりを有していた。
○哀辞のジャンルも、故人をとむらい、しのぶ内容の文だが、ただ不幸な死にかたをした者や、夭折した幼児に対して、かかれることがおおい。
○旧時の哀祭の文は、ふつう祭、弔、哀、誄などの名称をもちいる。このほか、「告何某」「哭何某」「悼何某」「葬何某」「奠何某」「悲何某」などの名称をもちいた作もあるが、性質はほぼおなじである。ただ「告何某」と称したばあいは、「告祭」の意で、おもに後生の者が、先祖や先師の祭祀をおこなうときにもちいる。……「哭何某」のばあいは、とくに親密だった親戚や友人に対してもちい、いっそう強烈な感情を表出することができる。

類似ジャンルの異同に対するこうした説明は、じつに簡潔にして明瞭である。そのため、年来の疑問があっけなく氷解してしまって、むしろ拍子抜けしてしまうかもしれない。しかしながら、こうした、いっけん簡潔そうな解説こそ、コロンブスの卵というべきものであって、じつはなかなかむつかしいことなのである。

六

最後に、ジャンルと文学との相関について、あらためてかんがえてみよう。

いったい、文学作品というものは、すべてなんらかのジャンルに属している。詩なら詩ジャンルに、賦なら賦ジャンルに、というように。すると、個々のジャンルの発生と発展を詳細に考究し、それに属する諸作を時代順に分析してゆけば、それはジャンル別の文学史に相当するものになってゆくだろう。通常の文学史が、まず総論からはいり、やがて文学各論（ジャンル論）の生成発展の記述にすすんでゆくとすれば、本書は逆に、文学各論からはいって記述してゆくうちに、やがて総体として文学史の体裁を形成してきている、といってよいであろう。

じっさい、本書の内容はジャンルごとの解説や発展史が主となっているが、ときにそうした個別的な議論からはなれて、文学史全般に通じるような卓抜な見解も、しばしば提示してくれている。一例をあげれば、第一章「原始型二言詩和四言詩」（この訳書では省略）の後半部分は、四言詩の盛衰について叙しているが、ここで作者は、通説にしたがって、四言詩は漢魏の交から五言詩に圧倒されはじめ、やがて六朝において衰微していった――とのべている。ところが、四言詩についての記述はこれでおわらず、四言詩が衰微したあとどうなったかについて、つぎのような記述をつづけているのだ。拙訳でしめそう。

ジャンルの発展からみれば、四言は一種の詩体であった。四言は詩の世界ではおとろえたが、なお一種の精錬された句形として、そのまま〔詩以外の〕韻文のジャンルのなかに吸収され、採用されていった。たとえば、後世の銘文や碑文、賛頌から辞賦、騈文にいたるまで、しばしば四言のスタイルを採用したり、また四言の句形とほかの句形とをまじえて一篇を構成したりしている。銘文や碑文、賛頌の文辞が、しばしば四言を習用しているのは、主要には『詩経』中の雅や頌の伝統を利用しているのだが、くわえてそれらの風格を模して、古朴さや厳粛さをかもしだそうとしているのだ。…（略）…また辞賦や騈文は、おもに事物の鋪陳に便利で対句もつくりやすいことから、四言の句を利用している。…（略）…

とうぜんながら、辞賦や騈文の四言句は、もはや四言詩の体ではありえない。だが、この種の四言句の使用は、四言詩の一種の変容したすがたでもあり、四言詩の影響がその裏面にあるのだ。ジャンルの歴史においては、各種ジャンルの発生・発展・変化などは、もともと先後継承しあっており、相互に浸透しあうものなのである。（原著五二～四頁）

四言詩と四言体の韻文（銘や賛や頌など）とは、じゅうらいは形態こそおなじだが、まったく別個のジャンルだと目されていた。ところが、本書は、この両者のあいだに連続性をみいだし、「四言は詩の世界ではおとろえたが、なお一種の精錬された句形として、そのまま〔詩以外の〕韻文のジャンルのなかに吸収され、採用されていった」と指摘している。この指摘は、じつに斬新なものだといえよう。我われはややもすれば、「四言詩は四言詩ジャンルのなかでかんがえるべきで、辞賦は辞賦ジャンルのなかで論ずべきだ」とかんがえやすい。いわば、みずからジャンルの枠をつくりあげ、その枠のなかで跼蹐しているのだ。

ところが、この指摘は、そうしたジャンルの枠をやぶって、ひろい視野から文学の発展を鳥瞰している。そのため、こうしたひろい視野からの鳥瞰をへて提出された考察、すなわち「ジャンルの歴史においては、各種ジャンルの発生・発展・変化などは、もともと先後継承しあっており、相互に浸透しあうものなのである」という発言は、新鮮なおどろきとつよい説得力とをもって、我われにせまってくるのである。こうした卓抜な文学史的考察は、おそらく、各ジャンルを総合的に検討した本書をまって、はじめてなしえたものだといってよかろう。

本書には、こうした独創的な見解が、あちこちの箇所でさりげなく提出されている。その意味で本書は、ただ文学ジャンルについて概説した書というだけではなく、一個の独創的な「ジャンルによる文学史」だとみなしてもよいであろう。

あとがき

このたび、汲古書院のご好意によって、本書を上梓することができて、ホッとしている。おもえば、本書をだすことになったきっかけは、私が北京で研修をおこなった数年前にさかのぼる。すなわち、私は一九九九年春から一年間、本務校（中京大学）の好意によって、海外での研修をゆるされることになった。そこで私はかんがえた結果、以前から本書の原著『中国古代文体概論』を介して私淑していた北京大学の褚斌杰教授のもとで、中国文体論を研究したいとおもいたったのである。かくして、褚教授から受けいれを快諾していただいた私は、九九年の三月末、建国五十周年をむかえて活気あふれる北京にむけて、桜花まう日本をとびたったのだった。

そして、北京に到着するや、私はすぐに褚斌杰先生のご自宅をたずね、原著の日語訳出版の許可をいただいた。そして、身のまわりがおちつくや、さっそく翻訳予定の部分に目をとおし、すぐ日語訳作成の作業にとりかかったのである。ところが、いざはじめてみると、各種工具書や資料の不足、さらにはパソコンの不調などもあって、けっきょくかの地での翻訳作業は、途中で中断したままになってしまった。さらには帰国したあとも、本務校における学部改組の大波にのみこまれてしまい、輻輳する校務においまわされるようになってしまった。そういうわけで、せっかく手がけていた翻訳もおくれにおくれて、けっきょく今日にまでいたってしまったのである。本書の刊行を心待ちにされていたにちがいない褚斌杰先生には、まことにもうしわけない次第であった。

さて、原著の『中国古代文体概論』は、中国古典文学における文体（ジャンル）という、やっかいな分野に鍬をいれた書物である。この書の内容や価値については、本書の付論「文体について」でふれておいたので、ここでは詳述をさける。ひとつだけ個人的な思い出をつけくわえておけば、私が原著にひきつけられた理由のひとつは、この書のなかに「ジャンルの歴史においては、各種ジャンルの発生・発展・変化などは、もともと先後継承しあっており、相互に浸透しあうものなのである」という、卓抜な指摘を〝発見〟したことにあった。この卓抜な指摘に、目からウロコがおちる思いをした私は、おおいに感激して、さっそく、当時かいていた自分の論文「六朝四言詩の衰微をめぐって——美文との関連——」（『日本中国学会報』第四九集　一九九七）に、この個所を引用したのだった。

ところが、その二年後の北京研修中、北京大学図書館でいろいろ書物をあさっているうち、たまたま譚家健・韓雪の両氏の手になる『中国古代文体概論』への書評（『文史知識』一九九一－八）をみつけた。そして、それをよんでみると、両氏の書評でも、まさに私が〝発見〟したおなじ箇所が注目されていて、わざわざ引用されたうえ、「作者のこの考察は、ひじょうにふかくつっこんだ、周到な議論であり、透徹した見解にとんでいるというべきである」と絶賛されていたのである。そのとき私は、自分の〝発見〟が両氏より六年おくれだったことを、恥ずかしくおもうと同時に、五百頁をこえる大著のなかから、ともに同頁の同箇所に目をつけた奇妙な暗合をおもいやって、面識のない両氏に対し、ふしぎな連帯感を感じたのであった（本書の付論「文体について」も参照）。

ところで、本書の著者の褚斌杰先生については、方銘「褚斌杰教授伝略」(『古典文学知識』一九九二―六)にくわしい。それによると、褚先生は一九三三年生まれで、北京籍のひと。屈原をこのんだので、筆名を楚子にしたという。五四年に北京大学中文系を卒業し、そのまま游国恩、林庚、王瑶らの教授のもとで研鑽にはげみながら、母校の教壇にたったが、やがて五八年から中華書局の編輯に任をうつされた。そして七八年になって、また北京大学にかえりざいて、そのまま現在にいたっている。中国屈原学会会長や中国詩経学会副会長など、学界での肩書も数おおい。

褚先生は才幹をあらわすことまことにはやく、まだ二十歳にみたぬ学生のときに『白居易評伝』(人民文学出版社)をあらわして、はなばなしく学界に登場された。以後、おおくの論著を不断に公表されつづけ、主要な著作としては、『中国古代神話』『白居易』『中国文学史綱要(先秦・秦漢文学)』『古典新論』等がある。最近になっても、『詩経全注』『楚辞要論』などを公刊され、いよいよ精力的に活躍されている。

このように、おおくの著作をもたれる褚先生からすれば、本書の原著『中国古代文体概論』は、先生の業績のほんの一端でしかないかもしれない。だが、峨々たる高峰がそびえたつ著作群のなかでも、方銘氏がとくに原著をとりあげて、「褚斌杰先生のもっとも得意の作は、やはり中国古代文体概論だろう」といわれているように、本書の原著『中国古代文体概論』こそ、褚先生の代表作だといってもよいだろう(褚先生が本書によせてくださった「日本語版への序」にも、この書が出版されるや、学界の注目をあつめ、各種の賞をさずけられたことが記されている)。

褚先生のお人がらについて、方銘氏は「人となりは身体長く、性は簡易にして豪邁である。師友や二三子と談じて得意の処においては、往々にして天を仰いで笑い、或いは莞爾として笑う。循循然とし、また温温爾としている」とかかれているが、私の印象もおなじで、よくいいえたものといえよう。先生のご自宅でのある暢談のおり、私が、陶淵明の文学は飾りがすくないので、文辞としてはあまりおもしろ味を感じない、と偏屈なことをもうしあげると、褚先生は、ニコニコわらいながら「うんうん、文心雕龍などでも、あまりおもくみてないようだよ」と応じてくださった。いつも温容をたたえた褚先生であった。今夏(二〇〇三年)に褚先生からいただいた電子メールによると、ちかぢか褚先生の古稀と教壇生活五十周年とを記念して、受業生や友人らが論文集を計画されているという。

原著は一九八四年に初版がでたが、訳出にあたっては、九〇年刊の増訂本を底本にもちいた。原著は五百頁をこえる大著であるうえ、内容的にも上古から明清の広範囲におよぶので、全書をすべて翻訳するのは、私の手にあまる。それゆえ本書は、原著全体のほぼ三割にすぎぬ選択であり、これに私のつたない論考「文体について」一篇を付したにとどまる。本書が原著のどの部分を訳出し、どの部分を省略したかについては、三〇四~六頁をご覧いただきたい。そこをみると、本書の訳出箇所が、文章ジャンル方面にかたよっていることに、お気づきになることだろう。これは、私の専門が六朝の文章論なので、おのずからその関係の方面がおおくなってしまったのである。楚辞や詩ジャンルの部分も訳出しておけば、本書はより広範な読者をえられるだろうとわかってはいたが、こうした方面については、私などよりも、もっと適任者がおられるとおもい、今回は割愛した。ご了承いただきたい。

なお、本書の書名には『中国文体論』や『中国文体学』などもかんがえたが、日本では「文体」の語が誤解をまねきやすいことも勘案して、おおきく『中国の文章――ジャンルによる文学史』とした。本書の出版がきっかけとなって、日本の学界でも中国のジャンル論がさかんになってくれれば、私としてはねがってもない幸せである。

本書は、私が北京での研修をゆるされなかったら、世にでることはなかったろう。その意味で、私に海外研修をゆるしてくれた本務校関係者、および北京滞在中にお世話になったかたがたに、あつく御礼もうしあげる。また、翻訳のさい、しばしば相談にのってもらった中京大学大学院文学研究科の康林くんにも、感謝したい。くわえて、『六朝美文学序説』につづき、本書の刊行をひきうけていただいた汲古書院の坂本健彦相談役には、深甚の謝意をささげたいとおもう。

平成十五年十一月

福井佳夫

本書の刊行にあたって、中京大学出版助成費（平成十五年度）の交付をうけた。関係各位にあつく御礼もうしあげる。

29 **陸賈『新語』の研究**　福井重雅著

秦末漢初の学者、陸賈が著したとされる『新語』の真偽問題に焦点を当て、緻密な考証のもとに真実を追究する一書。付節では班彪『後伝』・蔡邕『独断』・漢代対策文書について述べる。

▼270頁／本体3000円

30 **中国革命と日本・アジア**

寺廣映雄著　前著『中国革命の史的展開』に続く第二論文集。全体は三部構成で、辛亥革命と孫文、西安事変と朝鮮独立運動、近代日本とアジアについて、著者独自の視点で分かりやすく俯瞰する。

▼250頁／本体3000円

31 **老子の人と思想**　楠山春樹著

『史記』老子伝をはじめとして、郭店本『老子』を比較検討しつつ、人間老子と書物『老子』を総括する。

▼200頁／本体2500円

32 **中国砲艦『中山艦』の生涯**

横山宏章著　長崎で誕生した中山艦の数奇な運命が、中国の激しく動いた歴史そのものを映し出す。

▼260頁／本体3000円

33 **中国のアルバ**—系譜の詩学

川合康三著　「作品を系譜のなかに置いてみると、よりよく理解できるように思われます」（あとがきより）。壮大な文学空間をいかに把握するかに挑む著者の意欲作六篇。

▼250頁／本体3000円

34 **明治の碩学**　三浦　叶著

著者が直接・間接に取材した明治文人の人となり、作品等についての聞き書きをまとめた一冊。今日では得難い明治詩話の数々である。

▼380頁／本体4300円

35 **明代長城の群像**　川越泰博著

明代の万里の長城は、中国とモンゴルを隔てる分水嶺であると同時に、内と外とを繋ぐアリーナ（舞台）でもあった。そこを往来する人々を描くことによって異民族・異文化の諸相を解明しようとする。

▼240頁／本体3000円

36 **宋代庶民の女たち**　柳田節子著

「宋代女子の財産権」からスタートした著者の女性史研究をたどり、その視点をあらためて問う。女性史研究の草分けによる記念碑的論集。

▼240頁／本体3000円

37 **鄭氏台湾史**——鄭成功三代の興亡実紀

林田芳雄著　日中混血の快男子鄭成功三代の史実—明末には忠臣・豪傑と崇められ、清代には海寇・逆賊と貶され、民国以降は民族の英雄と祭り上げられ、二三年間の台湾王国を築いた波瀾万丈の物語を一次史料をもとに台湾史の視点より描き出す。

▼330頁／本体3800円

38 **中国民主化運動の歩み**

——「党の指導」に抗して——

平野　正著　本書は、中国の民主化運動の過程を「党の指導」との関係で明らかにしたもので、解放直前から八〇年代までの中共の「指導」に対抗する人民大衆の民主化運動を実証的に明らかにし、加えて「中国社会主義」の特徴を概括的に論ずる。

▼264頁／本体3000円

20 グリーンティーとブラックティー
中英貿易史上の中国茶
矢沢利彦著　本書は一八世紀から一九世紀後半にかけて中英貿易で取引された中国茶の物語である。当時の文献を駆使して、産地・樹種・製造法・茶の種類や運搬経路まで知られざる英国茶史の原点をあますところなく分かりやすく説明する。
▼260頁／本体3200円

21 中国茶文化と日本
布目潮渢著
近年西安西郊の法門寺地下宮殿より唐代末期の大量の美術品・茶器が出土した。文献では知られていたが唐代の皇帝が茶を愛玩していたことが証明された。長い伝統をもつ茶文化ー茶器について解説し、日本への伝来と影響についても豊富な図版をもって説明する。カラー口絵4葉付
▼300頁／本体3800円

22 中国史書論攷
澤谷昭次著
先年急逝された元山口大学教授澤谷先生の遺稿約三〇篇を刊行。東大東洋文化研究所に勤務していた時「同研究所漢籍分類目録」編纂に従事した関係から漢籍書誌学に独自の境地を拓いた。また司馬遷「史記」の研究や現代中国の分析にも一家言を持つ。
▼520頁／本体5800円

23 中国史から世界史へ　谷川道雄論
奥崎裕司著　戦後日本の中国史論争は不充分なままに終息した。それは何故か。谷川氏への共感をもとに新たな世界史像を目ざす。
▼210頁／本体2500円

24 華僑・華人史研究の現在
飯島　渉編　「現状」「視座」「展望」について15人の専家が執筆する。従来の研究を整理し、今後の研究課題を展望することにより、日本の「華僑学」の構築を企図した。
▼350頁／本体2000円

25 近代中国の人物群像
――パーソナリティー研究――
波多野善大著　激動の中国近現代史を著者独自の歴代人物の実態に迫る研究方法で重要人物の内側から分析する。
▼536頁／本体5800円

26 古代中国と皇帝祭祀
金子修一著
中国歴代皇帝の祭礼を整理・分析することにより、皇帝支配による国家制度の実態に迫る。
▼340頁／本体3800円　好評再版

27 中国歴史小説研究
小松　謙著
元代以降高度な発達を遂げた小説そのものを分析しつつ、それを取り巻く環境の変化をたどり、形成過程を解明し、白話文学の体系を描き出す。
▼300頁／本体3300円

28 中国のユートピアと「均の理念」
山田勝芳著　中国学全般にわたってその特質を明らかにするキーワード、「均の理念」「太平」「ユートピア」に関わる諸問題を通時的に叙述。
▼260頁／本体3000円

11
中国語文論集　文学篇
太田辰夫著

本巻には文学に関する論考を収める。「紅楼夢」新探／「鏡花縁」考／「児女英雄伝」の作者と史実等。付固有名詞・語彙索引

▼350頁／本体3398円

12
中国文人論
村上哲見著

唐宋時代の韻文文学を中心に考究を重ねてきた著者が、詩・詞という高度に洗練された文学様式を育て上げ、支えてきた中国知識人の、人間類型としての特色を様々な角度から分析、解明。

▼270頁／本体2912円

13
真実と虚構―六朝文学
小尾郊一著

六朝文学における「真実を追求する精神」とはいかなるものであったか。著者積年の研究のなかから、特にこの解明に迫る論考を集めた。

▼350頁／本体3689円

14
朱子語類外任篇訳注
田中謙二著

朱子の地方赴任経験をまとめた語録。当時の施政の参考資料としても貴重な記録である。「朱子語類」の当時の口語を正確かつ平易な訳文にし、綿密な註解を加えた。

▼220頁／本体2233円

15
児戯生涯　一読書人の七十年
伊藤漱平著

元東京大学教授・前二松学舎大学長、また「紅楼夢」研究家としても有名な著者が、五十年近い教師生活のなかで書き綴った読書人の断面を随所にのぞかせながら、他方学問の厳しさを教える滋味あふれる随筆集。

▼380頁／本体3883円

16
中国古代史の視点　私の中国史学(1)
堀　敏一著　中国古代史研究の第一線で活躍されてきた著者が研究の現状と今後の課題について全二冊に分かりやすくまとめた。本書は、1時代区分論　2唐から宋への移行　3中国古代の土地政策と身分制支配　4中国古代の家族と村落の四部構成。

▼380頁／本体3883円

17
律令制と東アジア世界　私の中国史学(2)
堀　敏一著　本書は、1律令制の展開　2東アジア世界と辺境　3文化史四題の三部よりなる。中国で発達した律令制は日本を含む東アジア周辺国に大きな影響を及ぼした。東アジア世界史を一体のものとして考究する視点を提唱する著者年来の主張が展開されている。

▼360頁／本体3689円

18
陶淵明の精神生活
長谷川滋成著

詩に表れた陶淵明の日々の暮らしを10項目に分けて検討し、淵明の実像に迫る。内容＝貧窮・子供・分身・孤独・読書・風景・九日・日暮・人寿・飲酒　日常的な身の回りに詩題を求め、田園詩人として今日のために生きる姿を歌いあげ、遙かな時を越えて読むものを共感させる。

▼300頁／本体3204円

19
岸田吟香―資料から見たその一生
杉浦　正著　幕末から明治にかけて活躍した日本近代の先駆者―ドクトル・ヘボンの和英辞書編纂に協力、わが国最初の新聞を発行、目薬の製造販売を生業としつつ各種の事業の先鞭をつけ、清国に渡り国際交流に大きな足跡を残すなど、謎に満ちた波乱の生涯を資料に基づいて克明にする。

▼440頁／本体4800円

著者紹介

褚　斌杰（ちょ　ひんけつ）

1933年、北京市生まれ。54年、北京大学中文系を卒業。北京大学や中央広播電視大学等の教授を歴任。主要な著書に、『中国古代文体概論』『中国古代神話』『白居易評伝』『中国文学史綱要（一）』『古典新論』『詩経全注』『楚辞要論』等。

訳者紹介

福井　佳夫（ふくい　よしお）

1954年、高知市生まれ。81年、広島大学大学院博士課程を単位取得退学。高校教員等をへて、現在、中京大学文学部教授。共訳書に『中国文章論　六朝麗指』（汲古書院　1990）、著書に『六朝美文学序説』（汲古書院　1998）、最近の論文に「遊戯文学論（一～八）」（2001～）等。

中国の文章 ――ジャンルによる文学史――

2004年３月25日　初版発行

著　者　褚　斌　杰
訳　者　福　井　佳　夫
発行者　石　坂　叡　志
製版印刷　富　士　リ　プ　ロ

発行所　汲　古　書　院
102-0072　東京都千代田区飯田橋2-5-4
電話03(3265)9764　FAX03(3222)1845

ISBN4－7629－5039－4　C3398　汲古選書39

索　引

た

ち

れ

ろ